JN099596

徳間文庫

山田正紀・超絶ミステリコレクション#5

囮捜査官 北見志穂 4

芝公園連続放火

山田正紀

徳間書店

囮捜査官
北見志穂4
芝公園連続放火

目次

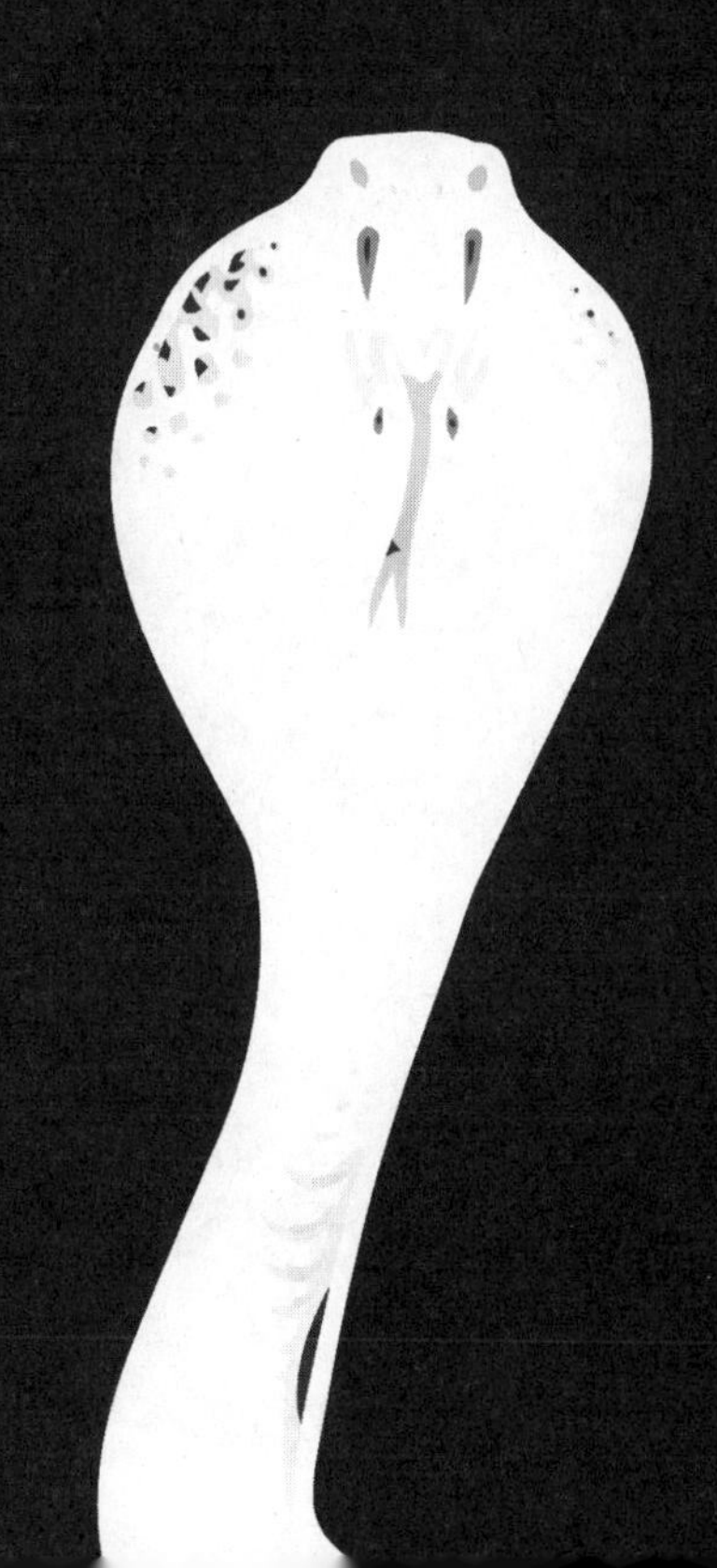

NTS

CONTE

Design　円と球

SHIHO

囮捜査官　北見志穂4
芝公園連続放火

KITAM

プロローグ

ああ、
風、だ。
風が吹いている。
吹きつづけて、やむことがない。
今日も吹いている。
昨日も吹いていた。
思い起こせば、
二十年まえにも吹いていた。
…………

昭和五十一年八月。

この日も風が吹いていた。

大田区の大森だ。

ここには町工場が蝟集(いしゅう)している。

経営者に、従業員ふたりか三人、せいぜい五人ぐらいまでの小さな町工場が多い。

夜、そのうちの一軒から火が出た。

プラスチック部品の表面処理をしている工場だった。

工員ふたり、面積一〇〇平方メートルたらず、その界隈でもとりわけ小さな工場だ。

工場のなかにはプラスチック部品が山積みにされていた。プラスチックは引火しやすい。いわば火薬庫のようなものだ。ひとたまりもない。

たちまち工場は業火にあおられた。

幹線道路は環状七号線になる。小規模な町工場が蝟集するそのあたりは、細い路地がいりくんでいる。

消防車は入れない。

隊員たちの消火活動にも限界があり、ただ工場を燃えるにまかせるほかはなかった。

さいわい延焼だけは避けられた。隣りの工場はわずかに庇(ひさし)を焦がしただけだ。

しかし火元の工場は全焼した。

経営者夫婦が焼死した。

夫は泥酔して遅く帰ってきた。妻は自宅でやはり、ひとりで遅くまで飲んでいた。

八歳になる娘が残された。

父親は再婚で、前妻との間の娘だった。

翌日、警察と消防署が現場検証をし、これを放火と判断した。

そして、十七歳になったばかりの若い工員が被疑者とされ、その日のうちに任意同行を求められた。

どうやらこの若い工員は経営者の妻と関係があったらしい。

若い後妻は四十を過ぎた夫に満足できなかったのだろう。

夫の目をしのんで、ひそかに若い男と情事をつづけていた。

しかし、それがいつしか夫に知れることとなり、夫婦のあいだでいざこざが絶えなかったらしい。

近所の噂では若い工員は夫に殴る蹴るの暴行を受けたという。

そしてクビをいいわたされた。

それが火災の前日のことだ。

経営者は後妻に未練があり、別れるつもりはなかった。

後妻のほうでも安定した暮らしを捨て、家を出る気まではなかったらしい。

結果からいえば、若い工員は後妻に遊ばれたということになる。後妻はそのまま妻の座にいすわり、若い工員だけがわりを食うことになった。

若い工員は経営者夫婦を恨んだろう。

それを逆恨みと決めつけるのはかんたんだが、それだけ若い工員は純情で、後妻のことを本心から愛していたのではないか。

動機は十分だった。

若い工員は経営者夫婦を恨んで工場に放火した……。

当局はそう判断し、若い工員に任意同行を求めたのだった。

若い工員はすぐに自供した。

経営者夫婦を殺すつもりはなかった。ただ困らせてやりたい、という一念から、工場に火をつけただけだ。

未成年のため、家庭裁判所で「少年審判」を受け、その結果、刑事処分を受けることが相当とされ、検察官のもとに送致された。

そして中等少年院に収容された。

ひとり娘だけが残された。

両親をうしない（母親は継母だが）、娘は親戚のもとに預けられた。

八歳では何もわからない。

両親が亡くなったと言葉ではわかっても実感はできなかったのだろう。

人形を胸に抱いて、ひとり、ぽつんと焼け跡にたたずんでいた姿は、近所の人たちの涙を誘った。

そういえば、その人形のことではこんなことがあった。

若い工員が焼け跡から警察に連れていかれるときのことだ。

娘にとって若い工員はいつも一緒に遊んでくれる優しいお兄さんだった。

よくなついていたという。

それだからだろう。

係官に引致される若い工員のもとにふいに駆け寄ってくると、

「これ、あげる」

無邪気にそういって、プラスチックの人形を手渡した。

若い工員は泣き笑いのような、なんともいえない表情になったという。

もう昔の話になる。

この年の二月、いわゆるロッキード事件が持ちあがり、もと首相・田中角栄の関与がしきりに取り沙汰されていたころのことだ。

ピンク・レディーが爆発的なブームを引き起こし、連日、その「ペッパー警部」という曲がテレビ、ラジオから流れていたころのことなのだ。

そう、すでに昔話になるが――

そのときのことを係官は忘れられず、

「自分が孤児にしてしまった女の子から人形をもらって、あいつ、どんな気持ちがしたろう」

後々になるまで何度も人に話した。

そのプラスチックの人形は……

ユカちゃん人形だった。

そして、
ここでも、風、だ。

風は吹いて、吹きつづけて、昭和という時代を吹き抜けようとしていた。

町は暗く重い雰囲気に閉ざされていた。

昭和六十四年一月、昭和天皇が重態におちいり、マスコミは、日々、その容態をつたえていた。

そのために「自粛」という言葉がいつしか一人歩きし、さまざまな催しが中止され、事業が先送りにされた。

ここ横浜・黄金町は日雇建設作業員の町だ。

さまざまな建設プロジェクトが中断されたことに打撃を受け、大勢の人間が仕事を失い、火が消えたような不景気にみまわれていた。

その暗く、淋しい町を、ひとりの男がビルの屋上から見おろしていた。

八階のビルだ。

男はジャンパーのポケットから一枚の紙を取りだした。広告のチラシで、その裏に「遺書」がしるされていた。靴を脱ぐと、それを重しにして、コンクリートの床に置いた。

金網をよじ登ると、なにか一声叫んで、飛んだ。

風だけが残った。

この年、年号は昭和から平成に変わる。

男は昭和に飛んで、ついに平成に行き着くことができなかった……


いつでも風だけが吹いていた。

五年、十年、十五年……

二十年後のいまも変わらず吹きつづけている。

風はおなじだが人は変わる。

その風のなか、
「――――」
声をかけられ、女は振り返った。
東京港区の芝公園だ。
そこにひとりの男が立っていた。
どちらかというと見すぼらしい格好をしている。
男は懐かしげにまた女の名を呼んだ。
女は眉をひそめた。
見覚えのない男だった。
女には連れがいた。
その連れの男が、
「知り合いかい？」
といぶかしげに聞いた。
女の知り合いにしてはあまりに貧相な相手に思えたのだろう。
「………」
女は黙って首を振った。
こんな男は知らない。

これまで一度も会ったことがない。
男が一歩踏み込んできた。
女は後ずさった。
するどい不安が胸をよぎった。
自分は悲鳴をあげるのではないか、とふとそんなことを思った。
女がそんなふうに怯(おび)えてさえいるのに、男はひどく懐かしげだった。
このときにも、
風が――

放火犯よう撃捜査

1

八月三日、月曜日。

最高気温三十二度、不快指数七五パーセント――

これでもう不快指数七〇パーセント以上の天候が一週間以上もつづいている。

雨も降らず、そろそろ東京都では給水制限を検討し始めているらしい。

この日、夜になっても、いっこうに気温は下がろうとせず、つけっぱなしのクーラーのために、都下の電力消費量はうなぎのぼりに上がった。

午後十一時。

その男は日比谷通りを歩いていた。

ひとりだ。

いつも、ひとりなのだ。

都営三田線「芝公園」駅から「御成門（おなりもん）」駅方面に向かっている。

夜になっても暑い。

肌がじわっと汗ばんでいる。

汗の臭いが気になった。

しかし、それ以上に気になっているのはガソリンの臭いだった。

ガソリンの入った四リットル缶を持ち歩いている。

どうやら缶の蓋がゆるんでいるらしい。ガソリンの臭いが洩（も）れている。汗のそれと入りまじってひどい臭いだ。

が、いまさらどうにもならない。ここで四リットル缶を捨てるわけにはいかない。

臭いに耐えて運ぶしかないのだ。

それはやむをえないが、行きすぎる人間がその臭いに不審を覚えないか、気にかかる。

もっとも日比谷通りは人の数が少ない。

ほとんど人と行きあうことはない。

とりわけ芝公園のあたりはそうだ。

このあたりは夜にはほとんど無人になってしまう。

一方の公園側には、ゴルフ練習場やボウリング・センター、プール、ビア・ガーデンなどがあるが、いずれもすでに営業を終えている。

もう一方には港区区役所や薬科大の建物が並んでいて、当然、この時刻にはほとんど人がいない。

都心にありながら淋しい。人通りが極端に少ないのだ。

男はそのことが気にいっている。

だから、ここに足を向けずにいられない。

しかし——

今夜は何かがいつもと違う。

男は意識の底でそれを敏感に感じとっていた。わずかに怯えていた。うなじの毛がちりちりと逆だっていた。なにが違うのか？　それを無意識のうちに懸命に探ろうとしていた。

ふいに何が違うのかに思いあたった。

——人がいない。

そのことが違うのだ。

芝公園一帯に人通りがほとんどないのはいつものことだ。

が、ここ一、二週間はそうでもない。

このところ、このあたりでは放火事件が頻発し、警察の警備が強化されていた。

パトカーが巡回し、要所に検問が敷かれていた。そこかしこに警察官の姿が目につき、どうかすると職務質問に引っかかりそうになる。

それが今夜にかぎってまったく警官の姿が目につかないのだ。

どうしてか？

――決まってるじゃないか。

そのことに気がついた。

――もちろん警察がおれを罠にかけようとしているからだ。

男は緊張した。

しかし、日比谷通りを歩いている男の姿からは、その緊張はすこしも感じられない。

うつむいて、やや足を引きずるようにし、のろのろと歩いている。

そのくせ、そのうつむいた顔から、視線をあわただしく周囲に向けていた。

どこにも刑事の姿など見えない。パトカーもとまっていない。このところ放火が連続していることなど嘘のようだ。

が、どこかに刑事たちがひそんでいることは間違いない。それもおそらくひとりやふたりではないはずだ。

潮が引いたように日比谷通りから警察官たちの姿が消えてしまっている。そんなはずはないのに。警察はやりすぎていた。徹底して警備を引きあげさせてしまっているように見えるのが、逆にその罠の周到さをうかがわせた。

男がもうすこし鈍感であれば、そのことには気がつかなかったろう。が、あいにく男は敏感すぎるほどに敏感な質（たち）だった。

いや、どんな鈍感な人間でも、常習的に放火をつづけようとすれば、いやでも敏感にならざるをえないだろう。

——警察はおれを罠にかけようとしているのだ。

男はそのことを思った。

——バカな連中だ。そんな見え透いた手に引っかかってたまるか。

胸の底をなにか戦慄（せんりつ）めいたものが走るのを覚えた。それは恐怖感に似ていたが、どこか淫靡（いんび）な快感のようなものを含んでいた。ほとんど性的な快感に近かった。ちょうど放火をするときがこんなふうだ。

今夜はやめるべきだ、とそう思う。

警察が罠を張っているのを知りながら放火を実行しようとするのはあまりに危険すぎる。男にそんな危険を冒さなければならない道理などない。

が、いったん胸の底にともされた淫靡な喜びは、ちろちろと種火のように燃えつづけ、そのことを実行しないかぎりおさまりそうになかった。

――これは病気なのだ。おれの因果な病気なのだ……。

つまり男に選択の余地はないのだ。

男は刑場に連れていかれる罪人のように力なくうなだれていた。

うなだれながら、しかしその足をとめようとはせず、芝公園のほうに向かった。

こんな時刻で、さすがに芝公園に人の姿はない。いるとしたらアベックだろうが、どうせ人目を避けてどこかの暗がりにひそんでいるにちがいない。

いや、と男は頭のなかで首を振った。暗がりにひそんでいるのはアベックではない。

おそらく刑事たちだ。

芝公園には入らない。

そのまえにさしかかったとき、人とすれちがった。

公園に入ろうとしていた。

こんな時刻に公園で何をしようというのだろう?

たがいに、ちらり、とうさん臭げな視線をかわしあった。

――刑事たちか。

と放火犯の男はそう思った。

しかし、どうやらそうではなさそうだ。アルコールの臭いがした。手には日本酒の一合缶を持っている。これが刑事であるはずがない。いくら何でも刑事が職務中に酒を飲むことはしないだろう。

――ただの酔っぱらいだ。気がつくはずがない。こんなところで酒を飲んでいる淋しい酔っぱらいなのだ。

放火犯の男はフンと鼻を鳴らした。

いい歳をして、孤独なのをあざ笑ったのだが、自分もおとらず孤独であることを忘れていた。

孤独な男たちは孤独にすれちがった。

2

この日――

愛宕警察署、三田警察署の「芝公園連続放火事件」合同捜査本部は、機動捜査隊、機動隊を含め総員百八十名のよう撃捜査部隊を編成した。

すでに三回にわたって、日比谷通りの芝公園を中心にし、放火事件が起きている。

最初は芝公園四丁目の東照宮で起こった。

東照宮は日比谷通りに面している。

その入り口の鳥居は、通りからやや奥まって位置していて、うっそうと大樹が茂っている。

そこに数台、車がとめられていたのだが、そのうちの一台が放火されたのだ。

メルセデス・ベンツが燃えた。

時刻は夜の十一時ごろと推定されている。

放火には早すぎる時刻だ。

もっとも、このあたり芝公園一帯は、都心にありながら、にぎやかな場所ではない。

港区の日比谷通りに面し、増上寺、旧台徳院霊廟惣門、三解脱門などの境内がつづいている。

その敷地は閑散として、一種、都会の離れ小島のような様相をていしているのだ。

ホテルもあり、ゴルフ練習場もあるが、それらの施設は日比谷通りからはるかに奥まっていて、そのだだっ広い前庭が、かえってこの一帯を閑散とさせている。

日比谷通りにつらなる並木は、みどり濃く茂り、深々とした影を落として、夜にはただ暗い。

都営三田線「芝公園」、「御成門」の駅があるにはあるが、けっして足の便がいいとはいえない地域なのだ。

新橋、六本木という二大繁華街にはさまれて、どこか忘れられたような淋しさをにじませている。

夜には人通りもまれといっていい場所なのだった。

そのために、午後十一時という時刻にもかかわらず、この放火事件には誰も目撃者がいなかった。

東照宮の駐車場でメルセデス・ベンツが全焼した……

それが三週間まえのことで、先々週、先週と、それから二件、つづいて放火事件が起こった。

一件は芝公園四丁目、東照宮にほとんど隣接している月極め駐車場――

もう一件は芝公園三丁目、日比谷通りから新橋方面に対して左折、みなと図書館まえの路上駐車場――

それぞれBMWとアウディが全焼した。

とりわけ月極め駐車場での放火は、ほかの車にも延焼し、タイヤを焦がした程度のものまで含めると、じつに十四台もの車がなんらかの被害をこうむった。

この二件とも、犯行時刻は午後十一時ごろとされ、双方ともに目撃者がいない。

どうやら、この犯人は高級外車をねらって放火する性癖があるらしい。

所轄の係官たちは現場周辺の聞き込み捜査にあたったが、残り二件に関しても目撃者は見つからなかった。

四百人以上にもおよぶ前歴者捜査も、現場に残された足痕跡の検証からも、容疑者を特定することはできなかった。

足痕跡以外にも遺留品はある。

月極め駐車場のＢＭＷ放火事件では現場から四リットルのオイルの空き缶が発見されていたのだ。

空き缶にはガソリンの臭いが残っていた。

犯人はこの四リットル缶でガソリンを運んで、車に放火したものと考えられる。

この四リットル缶は平成×年、神奈川県下の工場で二千三百個が製造され、そのほとんどが都内のガソリン・スタンドで使われている。

残念ながら、ガソリン・スタンドは都内全域にひろがっていて、四リットル缶から容疑者を割りだすのは不可能なことだった。

ただ、オイル缶に入れたガソリンを使用していることから、この犯人は車を使っているのにちがいない、と推測された。

オイル缶はカバンに入れて持ち運ぶのにはかさがありすぎる。大きなショルダーバッグにでも入れれば、持ち運ぶこともできるだろうが、それではあまりに人目につきすぎる。

しかし、車を使っているらしいというだけでは、あまりに漠然としすぎていて、容疑者を特定する役には立たない。

現場付近の聞き込み捜査、遺留物の捜査、前歴者捜査など、いずれもはかばかしい成果を得ることはできなかった。

こうして愛宕警察署、三田警察署は「合同捜査本部」を置いて、よう撃捜査に重点を置くことを決定したのだった。

よう撃捜査とはつまり待ち伏せ捜査のことだ。

「愛宕警察署の刑事課長を本捜査の責任者とする——」

先週金曜日にそう警視庁からの指示が下された。

「責任者は放火犯の犯行を予測し、関連部署との連携を統括して、組織捜査の徹底に鋭意努力されたい」

よう撃捜査を実施するには、同一犯人による犯行が連続的、集中的におこなわれ、その犯行地域、被害対象、犯行周期などを予測できることが必要だった。

この連続放火事件の場合はどうか?

犯人は、東照宮から、芝公園四丁目・月極め駐車場、みなと図書館まえ路上駐車場まで、日比谷通りを新橋方面に北上し、犯行を重ねている。

犯行日は、月曜、火曜、月曜と連続していて、要するに週明けと考えていい。

これに、午後十一時前後、という事件発生時刻を重ねあわせれば、次の犯行日時、犯行現場を予測するのはむずかしくない。

一般的な捜査常識としては、よう撃捜査をおこなうには、その分析資料として、最低、五、六件の犯行が重ねられることが必要とされる。

わずか三件の犯行では、つぎの犯行を予測するには十分とはいえないが、これはやむをえないことだろう。

よう撃捜査を成功させるには、あらかじめ緻密な作戦を要する。

それというのも、よう撃捜査を実施するには、事前に、大規模な捜査体制を敷かなければならないからなのだ。

現場での張り込みは捜査員に疲労を強いることになるし、犯人に気づかれる危険性を考えても、これを長期にわたって持続することはできない。

つまり、よう撃捜査を実施するには、短期間で成果をあげなければならない。

そうでなければ捜査員が疲弊し、ついには捜査そのものが暗礁に乗りあげかねない。

捜査本部としては何としてもそれだけは避けなければならない。

そのためには、細部にわたって具体的な任務分担、責任区域をさだめておき、これに可能なかぎり多数の人員を投入するのが望ましいとされていた。

ただし、多数の人員とはいっても、たんに男性捜査員ばかりそろえればいいというものではない。

場所は芝公園だ。

いわばデート・スポットであり、張り込み捜査をするには、女性の捜査員を動員しなければならない。

しかし、愛宕警察署でも三田警察署でも女性警官の数は十分ではない。

北見志穂がよう撃捜査にかりだされたのもつまりはそういうことからだった。

3

北見志穂は警視庁・科捜研（科学捜査研究所）特別被害者部に属している。みなし公務員という異例の資格で、司法巡査に準じる身分だが、人はそんな名称で志穂を呼ばない。

特被部・囮捜査官――。

女性を被害者とする犯罪を対象にして囮捜査を断行するのが囮捜査官なのだった。

特被部の性質からいえば、放火事件のよう撃捜査は管轄外だが、女性警官の絶対数の不足から、ときにこうした捜査にかりだされることもある。

志穂は口をとがらせ、

「こんなの特被部の仕事じゃないよ。これじゃ、わたしたち、まるっきり便利屋みたいじゃない」

そう袴田刑事に不平をいった。

袴田もやはり特被部に所属していて、志穂が囮の仕事をするときには、いつも護衛に任じる。各署の防犯課をたらい回しにされ、ようやく本庁勤務になったと思ったら、すぐに特被部に出向になった。

すでに五十ちかい年齢であるが、いまだに巡査部長どまりなのは、おのずとこの人物の能力のほどを物語っている。これが民間企業であれば、とっくにリストラの対象にされているだろう。

そんな袴田だが、それだけに警察というピラミッド組織の内実を知りつくしている。たしかに特被部の人間が放火事件の捜査にかりだされるのは理屈にあわないが、警察組織ではいったん決定されたことを覆すことはできない。

「まあ、適当にやればいい。捜査本部長としてはうてるだけの手はすべてうっておいたという言い訳が欲しいんだよ。どうせ三、四日のことだ。つきあってやるさ」

袴田はそう志穂をなだめたものだ。

袴田自身も張り込みに参加することになっている。

やむをえず、志穂もよう撃捜査に協力することになった。

放火犯は毎週、月曜か、火曜、日比谷通りを新橋方面に北上しながら、外車に放火しつづけている。

愛宕、三田両署の「芝公園連続放火事件」捜査本部では、つぎに犯人が犯行をおかす場所を予測した。

犯行の可能性がもっとも高いと予測されたのは芝公園内の路上駐車場である。これをAランクとし、その周囲に捜査員たちを重点配備することにした。

つづいて可能性が高いと予測されたのは西新橋三丁目の慈恵医大附属病院で、これをBランクとし、ここには特殊張り込み用の通報装置を配置した。

ただ捜査本部としては、できれば犯人をAランクの現場にしぼり込みたいという意向があった。

捜査員を分散させるのは得策ではない。

そのために慈恵医大附属病院に、できるだけ外車を病院の駐車場にとめるのは避けてほしい、ということを申し入れた。

職員が通勤に使うのはもちろん、外来の患者や見舞い客なども外車を使うのはひかえるのが望ましい、という通達を院内に掲示させたのだった。

これが徹底されれば捜査本部は芝公園に全精力を投入することができる。

Aランク、芝公園――

それほど大きな公園ではないが、北東部分に路上駐車場を擁している。

ここに外車を駐車させておけば、それが絶好の標的になるにちがいない。

警視庁には要人移送のためのメルセデス・ベンツがある。

これを芝公園に路上駐車させた。

それと同時に公園を管理する職員を編成指定し、駐車場の監視、不審車の発見などの協力をあおいだ。

芝公園・路上駐車場以外の地域パトロールを強化したのは、そのことで犯人をAランク現場にしぼり込もうという意図があったからだ。

もちろん実際にベンツを焼かれるようなことになれば刑事課長の始末書ぐらいではおさまらない。

芝公園・路上駐車場の周囲には慎重に張り込みの捜査員を配し、指揮系統の統一を配慮するのもおこたらなかった。

愛宕警察署、三田警察署が合同捜査本部を編成したのも、警視庁の統一指揮のもとに共助捜査にあたるようにし、いたずらに功名を競う愚を避けるためなのだ。

この日。

八月三日、月曜日——

四十人の捜査員がふたり一組になり、芝公園を中心にして、二十カ所の張り込みにあたった。
使用車両、カメラ、無線機、双眼鏡、照明器具などもすべて点検整備されていた。
つまり捜査本部はよう撃捜査のために万全の準備をととのえたといえるだろう。
あとは犯人が現れるのを待つだけだ。待つだけであったはずなのだが――。

志穂はひとりだった。
特被部の同僚たちは協力を要請されていない。
いわば遊撃要員のようなもので、最初から戦力として期待されていない。
芝大門一丁目――。
その日本赤十字社ビルに隣接し、オフィス・ビルがある。
そのオフィス・ビルの外壁非常階段の三階踊り場にひそんでいた。
そこからは日比谷通りをはさんで芝公園をのぞむことができる。
しかし、
――これじゃよく見えない。
けっして視界がいいとはいえない。
芝公園が見えるには見える。
中央にレンガ敷きの広い通路があり、その両側にベルト状に芝生を配して、ベンチやブランコが敷設されている。

通路には街灯が並んでいるのだが、うっそうと茂る樹木にさえぎられ、その明かりが霧でけぶるようにかすんでいた。

芝公園は御成門小学校の校舎と接している。

そのあいだの、狭い敷地に路上駐車場があり、ベンツがとめられている。

志穂がひそんでいる非常階段の踊り場からは公園をはさんで反対側になる。

双眼鏡を覗き込んでもよく見えない。

無線のイヤフォンにも連絡は入ってこない。

暑いし退屈だ。

いらだっていた。

もっとも、なにも志穂がやきもきすることはない。

駐車場の周囲には何組もの捜査員たちが張り込んでいる。彼らの目を盗んでベンツに放火するのは不可能なことだろう。

志穂が呼びだされるとしたら、捜査員にアベックを装う必要が生じたときだけだ。

それ以外にはまず出番はない。

志穂はただ待機していればいいのだ。

――どうせ、わたしなんかエキストラのがや、みたいなもんなんだから。

半分、ひがんでいた。
踊り場にひそんで、ひたすら時間が過ぎるのを待っていた。
すでに十一時を三十分過ぎている。
――今夜はもう何も起こらないかもしれないな。
志穂がそう思ったときだった。
フッとあたりが暗くなったのだ。
いきなりのことだった。
なにか真っ黒で大きなものが頭上にのしかかってきたように感じた。
志穂は全身をこわばらせ、
「あっ」
と口のなかで叫んだ。
暗闇ぐらい人間を非力で臆病にするものはない。
一瞬、パニックにおちいりそうになったが、
――停電だ。
そう自分にいいきかせ、かろうじて冷静をたもった。
どうということはない。これは何でもない停電なのだ。
ジッと動かないようにした。

芝公園一帯が暗闇に閉ざされた。

ビルも公園も見えない。

これまで、芝公園の向こうに、東京タワーがそびえていたのだが、それもただ闇のなかに溶け込んでしまった。

それでも新橋方面には変わらず灯が点じているのが見えるから、そんなに広範囲にわたる停電ではないらしい。

夏には電力消費がピークに達すると聞いたことがある。

電力会社は十分な電力を確保するのに苦労しているらしいが、現代の東京で、こんなふうに停電になるのはめずらしい。

もっとも「芝公園連続放火事件」捜査本部としては、めずらしい、という言葉ではすまされないだろう。

ただもう不運の一語につきる。

志穂としても、

――これじゃ放火犯の張り込みどころじゃないわ。

苦笑せざるをえない。

しかし――。

捜査本部の不運はたんなる不運にとどまらなかった。

これはそんなまやさしい話ではなかったのだ。

ふいに暗闇のはるか一点がボウと明るくなったのだ。

最初は針で突ついたような一点だったのだが、それが見るまに膨らんだ。膨らんで揺れた。そして、その明かりのなか、めらめらと炎が燃えあがったのだ。

——やられた！

芝公園の方角だが、路上駐車場のあたりではない。

どうやら、路上駐車場のメルセデス・ベンツを放火犯の標的にし、これをよう撃するという捜査本部の目論見ははずれてしまったらしい。

だとしたら、こんなビルの踊り場などでいつまでも張り込みをしていても無駄というものだ。

犯人は逃走をはかっているだろう。それを追わなければならない。

志穂は立ちあがり、懐中電灯で足元を照らしながら、非常階段を駆けおりた。

日比谷通りに出る。

日比谷通りには行き来する車のヘッドライトがある。

懐中電灯の必要はない。

現場は混乱していた。

捜査員たちが張り込みの持ち場から飛びだしてきて通りを右往左往していた。

その走るさきがまちまちなのだ。

炎のほうに走る者もいれば、芝公園に飛び込んでいく者もいる。

口々に何かわめきたてていた。

——どうしたんだろう？

どちらに向かえばいいかわからず、一瞬、その場に立ちすくんだ。

そのとき——

明かりがともった。

街灯の明かりがこうこうとともり、ライトアップされた東京タワーが夜空に浮かんだ。

捜査員のひとりが、

「女が死んでいる。芝公園で女の死体が発見されたそうだ！」

そう志穂に向かって叫んだ。

——女が死んでいる？

一瞬、志穂はその捜査員がなにを叫んだのかわからなかった。

自分たちは放火犯の捜査をしているはずではないか。どうして、女が死ななければならないのか？　そんな混乱にみまわれた。

しかし、それを問いただそうにも、もうその当の捜査員は日比谷通りを渡って芝公園に駆け込んでいた。

わけがわからないまま、志穂も片手をあげて、走ってくる車をとめながら、日比谷通りを横切った。

急ブレーキの音、ホーンの音が、いたるところから悲鳴のように聞こえてきた。

このとき混乱したのは志穂ひとりではない。捜査員全員が多かれ少なかれ似たような混乱にみまわれたのだ。

混乱するのが当然だった。

放火事件のよう撃捜査を実行している捜査員たちのつい目と鼻の先で女の死体が発見されたのだ。

思いもよらないことだった。とんでもないことだ。

こんなことが起こるのを予想した人間はひとりもいない。

ましてや、これが、この夏につづいて起こる「人形連続殺人事件」のその発端になろうとは、捜査員の誰ひとりとして想像もしていなかったことだった。

裸のユカちゃん

1

芝公園で女が死んでいた。

しかも全裸だった。

芝公園はこぢんまりとしたシンメトリックな公園だ。

夜が美しい。

中央にフラワーボックス、両側にベンチを並べて、レンガ敷きの通路がつづいている。ベンチに接して、街灯を配し、うっそうと茂る木々のさらにその奥に、ライトアップされた東京タワーをのぞんでいる。

恋人たちが恋を語らい、熱い抱擁をかわすにはもってこいの公園だった。

東京タワーの灯は夜十二時に消える。

そのこともあって十二時前後になるとさすがに公園にも人の姿は少なくなる。

その芝公園で人が死んでいると捜査員に伝えられたのは十一時四十分のことだった。

人の数は少ないが、それでもまったくの無人になってしまうという時刻ではない。

そんなところに、いきなりという印象で、死体が出現したのは、やはり停電のせいだろう。

停電が夜の都心に思いもかけないブラックボックスを生んだ。

停電は十一時三十四分から六分間ほどつづいた。

わずかに六分、しかしこの間(かん)、芝公園はまったくの暗闇に閉ざされてしまったのだ。

現場付近には数十人の放火犯よう撃捜査の捜査員たちが張り込んでいた。

しかし、遺体を発見したのは捜査員ではない。

高瀬邦男(たかせくにお)。

三十七歳になる男だ。

大田区の大森で弁当製造業をいとなんでいて、昼間、その弁当をワゴン車で運んで、芝公園で販売している。

芝公園のあたりには食堂やレストランの数が少ない。

近所のサラリーマンやOLたちは、昼食にこまっていて、弁当の売れ行きは悪くないらしい。

幕の内弁当、ヒレカツ弁当、シャケ弁当、中華弁当——

どれもこれもありふれた弁当だが、値段が安い。

夕方にはあらかた売り切れる。

そのあとは暇な体になるのだが、どうせ高瀬は独身で、自宅に帰ったところで待っている人がいるわけではない。

弁当製造業といえば聞こえはいいが、近所の主婦をパートに頼んで、細々と弁当を作っているだけなのだ。

仕入れで朝は早いが、そうかといって早く帰ったところで、テレビを見るぐらいしかやることがない。

大森といっても、埋め立て工業島の昭和島にすぐ隣接している地域で、近くには飲み屋の一軒もないところだ。

帰れば、いっそうわびしさが身に染みるだけで、つい三日に一度は、どこか公園の近くで夕食をかねて酒を飲むことになる。

車を公園に乗り入れることはできない。

いつも日比谷通りから御成門に曲がる道路の、公園側の路肩にワゴン車を駐車させ、そこで弁当を販売している。

駐車禁止の場所なのだろうが、これまで警察からとがめられたことはない。

それをいいことにして、ワゴン車をそこにとめたまま、飲みに行ってしまう。

今夜もそうで、酒場では飲みたらずに、路上で自動販売機の酒を飲んでいるうちに、こんな時間になってしまった。

帰りは酔っぱらい運転になるが、どうせ大森までは第一京浜をまっすぐだ。慣れているし、たいした距離ではない。

——たいして酔っぱらっちゃいない。これぐらいどうということはない。

そう、おだをあげ、

——そうとも、そんなに酔っぱらってはいないさ。どうということはないさ。

そう納得する。

ずいぶん飲んだ。飲みすぎた。

酔いを覚ますつもりもあって、芝公園を突っ切って、ワゴンをとめてある道路に向かおうとした。酔いを覚ますつもりなのに、手にしっかりカップ酒を持っていた。

公園に入るときに、ひとりの男とすれちがったが、それ以外には人の姿は見かけなかった。

公園に踏み込んだ。公園を通って、御成門に曲がる道路のほうに向かう。

あたりの灯が一斉に消えた。

公園の街灯はもちろん、付近にあるビルの灯、正面にそびえていた東京タワーの明かりまで消えてしまったのだ。

「…………」

その場に立ちすくんだ。

なにも見えない。まったくの暗闇だ。

酔っぱらっていて、ただでさえ足元が覚つかないのだ。こんな暗闇のなかで、なまじ動こうものなら、蹴つまずいて、それこそ怪我をしかねない。動かずにジッとしているほかはなかった。

──ただの停電じゃないか。

そんなふうにして自分にから元気をつけた。

──そうとも、ただの停電じゃないか。こんなものはすぐにともるさ。

しかし、暗闇のなかで立ちすくんでいると、さすがに心細い。この広い東京で、自分だけがとり残されたような淋しさを覚えた。

──淋しいな。

いや、淋しくなんかない。淋しくなんかあるもんか。

そのときのことだ。

ふいに芝公園の一角で炎が燃えあがったのだ。

芝公園をはさんで反対側の通りのあたりらしい。

——だれかが明かりがわりに焚き火でも燃やしたのかな？

いや、そうではない。どうもそんななまやさしいことではないらしい。

炎は高々と噴きあげられ、あかあかと夜空を焦がしているのだ。

こんな派手な焚き火はないだろう。

炎に赤く染まって、煙がもくもくと入道雲のようにたちのぼっていた。

どうしてそんなところに炎があがっているのか？

それもふしぎだが、それよりもいぶかしいことがある。

その炎の明かりに映えて、それがぼんやりと浮かんで見えたのだ。

「…………」

目を瞬(しばたた)かせた。

すぐ目のまえだ。

そこに裸の女がいた。

まだ若い女だ。

ジッとして動かない。

停電のまえにはそんな女はいなかった。

どこから現れたのだろう。どうして裸なんだろう。どうして動かないのか。

のろのろと女に近づいた。

声をかけた。

「どうしたんですか」

「何をしてるんですか」

「いくら夏でも風邪ひきますよ」

返事がない。

女はやはりジッとしている。

ためらった。

しかし、こんなところで裸の女が動かずにいるのを放っておくわけにはいかない。

ためらいながら女に手を伸ばした。

女の肌に触れた。

――死んでいる！

ふいに喉になにか固まりのようなものがこみあげてくるのを覚えた。悲鳴をあげようとしたが、それは声にならず、ただ、フワーッ、とかすれた息が洩れただけだった。

になった。

2

「芝公園連続放火事件」捜査本部のよう撃捜査は思いもかけないことで頓挫することになった。

思いもかけないこと、というのは、ふたつある。

ひとつは犯人が駐車場のメルセデス・ベンツに放火しなかったこと、もうひとつは公園で女の死体が発見されたことだった。

捜査本部は芝公園に隣接する駐車場にメルセデス・ベンツを準備した。

おなじ駐車場にトラックをとめ、赤外線カメラまで用意し、捜査員を待機させた。全体を見おろすビル二階の一室を借り、そこにも捜査員を張り込ませた。近くのコンビニエンス・ストアからも、客を装い、常時、捜査員が見張っていた……

そのすべての準備が徒労に終わった。

犯人は車ではなく、輸入車ディーラーの店の資材に放火したのだった。

芝公園に接するPホテル近くに輸入車専用ディーラーの店舗がある。

営業時間中、そのショールームはシャッターを開けはなし、前庭風の空間に開放されている。そこにテーブルやベンチなどが置かれているのだが、犯人はそれにガソリンを撒いて火をつけたのだ。
たいした被害ではない。テーブルやベンチを焼いて、ポスターやのぼりを焼いて、ショールームの化粧タイルをやや焦がした。

被害はたいしたことはないが、万全の準備をととのえたはずのよう撃捜査をはぐらかされ、まんまと犯人にだし抜かれた、という捜査陣のショックは大きい。

外車ではなく輸入車専用ディーラーのショールームに放火する……

盲点といえば盲点といえるだろう。

しかし、夜間、ショールームのシャッターは閉ざされ、すべての車は屋内に収納されるために、捜査員たちもここにも外車があることについ注意をおこたったのだ。

もっとも芝公園を中心にして四十人以上もの捜査員が張り込みをしていたのだ。停電という突発事態が起きなければ、よしんば犯行現場が予想とくいちがったとしても、放火犯を捕らえることができたにちがいない。捜査本部は不運というほかはない。

芝公園で女の全裸死体が発見されたことをどう理解したらいいのか、捜査本部はそのことを判断しかねていた。

これは一連の放火事件と関係があるのか、それともまったく無関係の偶然から起こった事件なのか？

いずれにしろ事件捜査に先入観をもってのぞむのは危険だ。これが放火事件に関係があるのか、それとも無関係なのか、とりあえずそのことには白紙でのぞむべきだろう。

それに――

何もいまこのときにそんなことを考えなくても、女の死体が発見されたこの事件は、それだけでも捜査陣を悩ませるのに十分なのだった。

それというのも女の死体の状況がなんとも異様なものだったからだ。

女は全裸だった。

しかもベンチにすわっていた。

志穂は現場を見、そのあまりの異常さに、

「…………」

呆然とした。

女は若い。

せいぜい二十五、六歳に見えた。

生きていたときには美人だったろう。

身長一六〇センチ強、髪は短い。均整のとれた肢体はよく手入れがされ、ほとんど贅肉がない。よく日に焼けていた。ふんだんに金をつぎ込んだ体だ。

女は死んでいる。それなのにベンチにきちんとすわっている。両足をそろえ、両手を膝のうえに置くようにし、ベンチの背板に体をもたせかけている。うなだれていた。

異様な印象だった。なまじ女が若くて美しいだけに、なにか人形めいてグロテスクな印象だ。

人形めいて見えるのは、女の肌が奇妙につやがいいことも関係しているかもしれない。よほど丹念にムダ毛を剃っているらしく、全身がなめらかでつるつるしている。陰毛さえきれいに剃られているのだ。街灯の灯に映えてその全身がほとんど青白いまでに見えた。異様だ。

衣類、所持品はすべて持ち去られ、被害者の身元を明かすようなものは何ひとつ残されていない。

死体の第一発見者は高瀬という男だ。

高瀬の話によれば、こういう状況だったらしい。

高瀬は公園をそぞろ歩きしているときに停電にみまわれた。

暗闇で途方にくれ立ち往生した。

そのときに公園の反対側から火の手があがった。輸入車ディーラーのショールームが放火されたのだ。高瀬からは直線距離にして四〇〇メートルというところか。

高瀬はその炎の明かりで被害者を発見したという。

以上が高瀬の証言で、これに放火の現場に駆けつけようとした捜査員たちの証言を重ねあわせると、それ以後の経過はこういうことになる。

停電で明かりが消え、輸入車ディーラーのショールームから炎があがる。

捜査員たちはそれを見て、全員が放火現場に駆けつけようとした。

そのなかのふたりの捜査員が、ひとりの男がいきなり芝公園から飛びだしてきたのに出くわした。

男はこう大声でわめいた。

「公園で女が死んでいる！」

ふたりの捜査員はそれを聞いて混乱したという。

連続放火犯のよう撃捜査に失敗し、ただでさえ泡をくっているところに、いきなり女が死んでいると告げられたのだ。

混乱するのが当然だろう。

混乱し、半信半疑ながら、公園に飛び込んだ。

そのときに明かりがともった。

公園を入ってすぐに、レンガ敷きの中央通路になり、その両側にベンチが並んでいる。

その右手、最初のベンチに若い女が裸ですわって死んでいた。

ベンチの後ろには街灯があり、その青白い明かりのなか、なにか女は舞台のうえで死人を演じているように見えたという……

要するに、前後の事情を総合して考えあわせると、すべては六分の停電のあいだに起こったことになる。

「芝公園連続放火事件」を担当しているのは愛宕署、三田署の刑事課員たちだ。

幸い、といえば語弊があるが、刑事課は、傷害や殺人を専門にする、いわゆる「強行犯」の担当で、変死体のあつかいには慣れている。

芝公園で女の死体が発見されたのを知ってからの動きは迅速だった。

とりあえず放火事件の現場には、必要最低限の人数を残し、ほかはすべて「裸女死体事件」の現場にまわされた。

もっとも、連続放火事件のよう撃捜査を担当していた捜査員たちが、そのままべつの事件にまわされたのだから、若干の混乱があったことは否めない。

野球好きの刑事が、

「いきなりのスライド登板だ。肩の準備ができてねえよ」

そうぼやいたのも無理はないのだ。

まず、これが殺人事件であるのか、それともたんなる死体遺棄事件であるのか、それを判断しなければならない。

これが「殺人事件」であれば、所轄署長から警視庁に連絡され、機動捜査隊員、捜査第一課員、鑑識課員などが現場に派遣されることになる。

とりわけ機捜隊（機動捜査隊）は、殺人事件などの凶悪犯罪の初動捜査を専門におこなう部署であり、現場の判断ミスからこれに連絡するのが遅れれば、その後の捜査に重大な支障をきたすことにもなりかねない。

通常、変死体が発見されたときには、まず機捜隊が出動し、それから所轄に捜査がゆだねられることになる。

たまたま、変死体が発見された現場に、愛宕警察署と三田警察署の捜査員たちが張り込んでいたために、警察活動の手順が狂うことになった。

現場の指揮にあたったのは、所轄署刑事課の課長補佐であるが、その責任は重大であるといえるだろう。

これが「殺人事件」なのか、たんなる「死体遺棄」なのか、課長補佐はその判断に迷ったが、結局、機捜隊の出動を要請することにした。

緊配（緊急配備）も手配された。

この場合、緊急配備は、放火犯、殺人犯（まだこれが殺人事件と断定されたわけではないが）のふたつの事件を視野におさめて発動されることになる。

緊急配備指揮システムが稼働した。

通信指令センターの大型地図盤のうえに、芝公園を中心にし、犯人の逃走可能範囲が赤く描きだされる。その逃走可能範囲に捜査の網の目がかぶせられ、駅、幹線道路、高速道路ランプなどに検問が張りめぐらされた。

あるいは課長補佐が本庁に連絡するのを決意したのは誤りだったかもしれない。

死体には致命傷と目されるどんな外傷も見うけられなかったからだ。

警察用語でいう「異常死体」であることは間違いないが、これがいわゆる「犯罪死体」であるかどうかの判断はつかない。

しかし——

外傷は見うけられなかったが、死体の頸部にわずかながら指の痕が残されていた。紐などの索条物を用いずに手腕などで被害者の頸部を圧迫する……これを扼頸と呼んでいる。

現実の事件では扼頸の例は少ない。

人間を素手で絞め殺すのにはよほどの力を必要とするからだ。

この被害者にしても頸部に残された指の痕はかすかで、それほど力をこめたようには見えない。しかも両手ではなく右手だけを使っているらしい。絞めたというより、どちらかというと頸部をつまんだような印象なのだ。

そのことからも被害者の頸部に指の痕を残した人間に殺意があったとは思えない。

それに親指の痕が頸部右に残され、ほかの四本の指が左に残されているのも奇妙なことだった。頸部に指の痕を残した人間は被害者のまえに立ってそれをしたことになるからだ。

素手で首を絞めようとする人間が、被害者のまえに立ち、しかも右手一本だけで、そんなことをするだろうか？

死体をざっと検証しただけでもこれが死因でないことは一目瞭然だった。

死因ではないが、この指の痕はいかにも不審だった。だれが何の理由があってこんなことをしたのか？

おそらく、被害者の頸部に指の痕が残されていなければ、現場の責任者もこれを「犯罪死体」と判断することはなかったのではないか。機捜隊の出動を要請することも、緊急手配をあおぐこともなかったろう。

すぐに現場検証が開始されたが、犯人のものはもちろん、被害者のものと見なされる遺留物もない。被害者の身元を突きとめられるようなものは何も発見されなかった。

鑑識の現場検証と並行して、死体の検視が進められることになった。

刑事調査官（検死官）の到着を待って、すぐに検視が始められた。

被害者が若い女性であり、しかも全裸であるということから、所轄署からビニールテントが運ばれ、そのなかで検死官たちの司法検視がおこなわれることになった。

志穂も現場での唯一の女性であるということで検視に立ち会うことになったのだ。

3

まず鑑識課員があらゆる角度から死体の状況を写真に撮った。検視をするには死体を寝かさなければならない。そのまえに死体がどんなふうにベンチにすわっていたか、それを記録にとどめておかなければならないのだ。

テントのなかでフラッシュが焚かれる。そのたびに女の肌に閃光（せんこう）が映える。その乳房はミラーボールのように光沢があった。

それを見つめる志穂は、

「…………」

奇妙な非現実感にとらわれていた。

これまで何度も犯罪現場に残された死体を見たことがある。

どんなに美しい女も死んでしまえばたんなるものにすぎない。凄惨でなまなましい。が、ものにすぎない。ある意味では〝死〟ぐらい散文的で無造作なものはないのだ。

しかし――

この死体はどこか違う。

そう、強いていえば、あまりにものでありすぎる。生々しさもなければ、凄惨さもない。頸部に指の痕が残されているといっても、わずかに赤みがかっているだけで、陰惨さは感じさせない。うつむいてベンチにすわっているその姿がなにかマネキンのように乾いて無機的なのだ。ひどく現実感にとぼしい。

——どうしてだろう？

志穂はそのことを疑問に思わずにはいられなかった。

似たような印象はほかの捜査員たちも持ったらしい。

「なんだか妙にツルッとした感じの仏さんだな」

捜査員のひとりが首をひねった。

ひとつにはこの女性の体の手入れが異様にいいこともある。全身が丹念に脱毛されているし、シミやソバカスもほとんどといっていいぐらいないのだ。

若い女性が体の手入れに気をつかうのは当然だろう。しかし、この被害者の場合、それが度を越していて、なにか偏執的なものさえ感じさせるのだ。

——もしかしたら水着かヌードのモデルだろうか。

ふと、志穂がそんなことを考えたのは、被害者の陰毛がきれいに剃られていたからだった。

「終わりました。いいですよ——」

鑑識課員の撮影が終わって、ようやく検視が開始された。

捜査員たちが数人がかりで死体をベンチに寝かせる。

検死官が検視を開始した。

このとき午前零時四十分――。


身長、体格、栄養状態などを記録し、皮膚の色、死斑の有無、死後硬直の状態などの検視に移った。

死後硬直は起こっていない。

わずかに右臀部に死斑がある。

口のなかの粘膜、および小陰唇に乾燥が見うけられる。

体温は下がっていない。夏には死体の体温は一時間に〇・五度のわりあいで下がるといわれている。ただ、今夜は三十度をこえる熱帯夜で、被害者の体温は死ぬまぎわにはかなり上がっていたものと見られる。

そのことを加味し、さらに死後硬直、死斑の状態、死体の乾燥状態などを考えあわせれば、

「死後一時間から一時間三十分――」

という結論になる。

捜査員たちがざわついた。

ということは、この被害者は捜査員たちが放火犯のよう撃捜査で張り込んでいるその目と鼻のさきで死んだことになる。

芝公園のすべての入り口は捜査員たちの監視下にあった。

また芝公園を見おろすビルの屋上にも捜査員たちが張り込んでいて、公園をそぞろ歩く人々を暗視スコープで監視していた。

放火犯を検挙し、起訴するための証拠として、公園の様子を写真に撮り、ビデオにもおさめている。

もちろん、そこには裸の女などベンチにすわっていなかった。

つまり、この女はわずか六分の停電のあいだに、公園に出現し、裸で、ベンチで死んでいたということになる。

これが殺人事件であれば、犯人は闇にまぎれて、女を殺し、その衣服を剝いで逃亡したことになる。たんなる死体遺棄であれば、犯人は闇にまぎれ、死体を公園のベンチに運び込んだことになる。いずれにせよ六分という時間は十分な長さとはいえないだろう。

——そんなことが可能だろうか？

捜査員たちは一様にその疑問を持ったようだ。

が、その疑問とは関わりなしに、検死官は機械的に検視を進めていく。

頸部の指の痕はやはり死因ではないようだ。検死官も、絞めたというより、指でつまんだという程度だとそう判断した。

「一種のキスマークのようなものじゃないかな。あの最中に女の首をしめる奴がよくいる。女のほうもそれを喜ぶという話だぜ」

捜査員のひとりがそういい、志穂に気がついて、顔を赤らめた。

「………」

志穂は気がつかなかったふりをしている。警察組織に身を置いていれば、ときに自分が若い女だということを忘れなければならないこともある。

たしかに、ある種の嗜好を持った人間は性交中に相手の首を絞めることがある。一種の愛撫といえるだろう。つまり、これはそういうことなのだと考えるべきだろうか。

いま、この段階では何ともいえない。

いずれ死体は解剖に処せられることになるだろうから、そうなればもう少しはっきりしたことがわかるはずだ。

検死官は眼瞼（がんけん）の検視に移り、

「目やにが多いな――」

やや緊張した声でそういった。

「目やに？　被害者（ガイシャ）は眼病でもわずらっていたんですか」

所轄の捜査員が尋ねる。

いや、そうじゃなさそうだ、と検死官はつぶやいて、

「眼球に黄色い浮腫(ふしゅ)がある」

「…………」

「これは睡眠薬じゃないかな。どうやら睡眠薬中毒らしいぜ。目やに、眼球の浮腫、どちらも睡眠薬中毒の症状だ」

「睡眠薬中毒……すると被害者は自殺ということになりますか」

捜査員はそう聞いて、いや、そんなはずはないな、と自分で否定した。

「自殺した人間が裸のはずがない」

「だが殺人ということも考えられない。睡眠薬で眠らせたうえで首を絞めるなりして殺すという例はいくらもある。だけど、この指の痕はそんなに強いものじゃない——」

検死官は首をかしげて、

「睡眠薬だけで人を殺すのはむずかしい。睡眠薬で人を殺すには、かなりの量が必要だし、その致死量も人によって違うからな。そんなあいまいなことでは人は殺せないんじゃないか」

「要するにこれは殺人事件じゃない可能性が強いわけだ——」

と課長補佐がそういった。

その声にわずかながらホッとした安堵の気持ちがにじんだのは現場の責任者として当然だろう。

たしかに被害者が睡眠薬中毒で死んだとしたら殺人ということは考えにくい。だれかが衣服を持ち去っているのだから、これが「死体遺棄」であるのは間違いない。が、たんなる「死体遺棄」であれば、本庁の応援をあおぐ必要はない。あとになって初動捜査の出遅れを問題にされることもないのだ。

そのほかにわかったことは――

被害者の外陰部にほとんど目に見えないすり傷が何カ所か残されているのが観察された。傷痕は新しい。おそらく陰茎によって生じたものと思われる。つまり被害者は死ぬ寸前に性交をしているらしいのだ。それが合意によるものであるか、あるいは強姦であるのかはわからないが、膣、および大腿部などから精液は発見されなかった。挿入はしたが射精はしていないということか。

これによって被害者の乳房などに唾液の痕跡がないかが調べられることになる。性交をした相手の唾液が残されていれば、それでその人間の血液型を鑑定することができるわけだ。

もっとも、それは鑑識の仕事であるし、いずれにせよ被害者は解剖に処せられることになる。検死官の仕事はここまでだった。

4

テントの外でイヌの鳴き声が聞こえた。

男がひとり、顔を突っ込んできて、

「どうもうまくいきませんね」

ぼやくようにいった。

男は一匹のイヌを連れていた。精悍(せいかん)なシェパードだった。

警察犬だ。

警察犬は死体のそばに行こうとした。それを男が引き戻す。警察犬は、クンクン、と悲しげに鳴いた。

イヌの嗅覚は人間の三千倍から一万倍といわれている。脂肪酸などの特殊な臭いに関しては百万倍もの能力を持つらしい。

そのため捜査の初期段階で、警察犬に事件現場の足痕跡などを嗅がせ、犯人を追跡させるのはよくあることだ。

しかし——

「なにしろアスファルトの路面で、真夏ですからね。臭いが分散している。警察犬にはいい条件とはいえませんよ。それでも、このあたりは人通りも車もそんなに多くないし、夜でそこそこ気温も下がっている。なんとかお役にたてるんじゃないかと思ったんですが。犯人の遺留物が発見されないんじゃどうしようもない。せめて足痕跡でも特定できればいいんですけどね。それに、どうもこいつ何かほかに気になる臭いがあるみたいなんですよ。その臭いにばかり反応して、ほかの臭いを識別できないみたいだ」

係官は首を振った。

警察犬はしきりに引き綱を引いて、前足で地面を掻くようにしている。死体に近づこうとしているらしい。興奮していた。

そうか、と課長補佐はうなずいて、

「やむをえないな。どうもご苦労さん。イヌを休ませてやってくれ」

と係官にいった。

はい、と係官はうなずいて、綱を引こうとしたが、イヌは前足を突っぱるようにし、それに抵抗した。

また悲しげな声で鳴いた。

志穂はそれを見て、ふと思いついたことがあった。

被害者の死体が妙にツルッとした印象であることから思いついたことだ。

警察犬の係官に声をかけた。

「ほかに気になる臭いがあるみたいだってそうおっしゃいましたね。それが死体の臭いだってことはありませんか」

係官はいぶかしげに志穂を見た。どうしてここにこんな若い女性がいるのか、それがいぶかしかったのだろう。しかし愛想よく答えた。

「死体の腐敗がよほど進行している場合はそういうこともありますけどね。その臭いが強すぎてほかの臭いを消してしまう。イヌは興奮しますよ。だけど、見たところきれいな仏さんじゃないですか。腐敗臭があるとは思えない。その程度の臭いなら気にしないんじゃないかな」

「でも、わたしには気にしてるように見えるんですけど――」

「………」

係官はイヌを見た。

ほかの捜査員たちも一斉に見た。

警察犬はしきりに前足であがいている。死体に近づきたがっていた。係官が引き戻そうとするのにもおかまいなしだ。首を伸ばし、クンクンと悲しげに鳴いて、耐えかねたように吠えた。

「腐敗臭以外にほかの臭いを消してしまう臭いってありますか。イヌが興奮するような臭いはありますか」

志穂は質問を重ねた。

「さあ、何だろう？　刺激臭かな。薬品とか油とか――」

油、とつぶやいたのは検死官だ。

と同時に、ほかの捜査員たちも志穂が何をいわんとしているのかわかったらしい。

この被害者はあまりに全身がなめらかすぎる。丹念に脱毛されていることもあるが、どうもそればかりではないらしい。

「そうか、オイルか――」

捜査員のひとりがつぶやいた。

それを受けて、志穂が、

「被害者はサンスクリーンか、サンタンを全身に塗っているんじゃないかと思うんですけど。イヌはそれに反応してるのではないでしょうか」

「サンスクリーンが日焼けどめだということはわかるがね。サンタンというのは何なんだね？」

課長補佐が聞いた。

「日焼けクリームです。ただ――」

「ただ？」

「それを全身に塗っているというのがわかりません。そんなことはありえません。サンスクリーンにしろサンタンにしろ、全身に塗る必要なんかないんです。肌の露出しているところにだけ塗ればいい。それはビキニの水着を着ていてもおなじことです。どうして全身に塗っているのかそれがわかりません」

「………」

課長補佐は眉をひそめ、唇を噛んで、志穂の顔を見ていたが、すぐに、鑑識を呼んでくれ、とそうわめいた。

被害者がどんなオイルを塗っているのかそれを分析させるつもりだろう。

そして、あらためて警察犬の係官のほうを見ると、

「なにかわかるかもしれん。イヌに被害者の臭いを嗅がせてみてくれないか」

そう期待をこめた声でいった。

鑑識課員が現場検証をつづけている。

そのなかを警察犬が鼻を地面にこすりつけるようにして進んでいく。

被害者のオイルの臭跡をたどっているのだろう。

志穂は好奇心から警察犬のあとをついて歩いている。

たしかにイヌの嗅覚は人間の何倍もするどい。が、アスファルト路面は乾燥していて、臭いの発散が早い。人の行き来が激しい場所だということも臭跡をたどるのをむずかしくしている。

警察犬は苦労しているようだ。

被害者がすわっていたベンチのすぐ後ろに植え込みがある。

警察犬はそのなかに鼻を突っ込んだ。

そしてすぐに吠えた。

係官が植え込みのなかを覗き込んで、

「おい、ちょっと来てくれないか」

鑑識課員たちを呼んだ。

なにかを発見したという興奮した声ではない。半信半疑の確信なさげな声だ。

「何かあったんですか」

志穂はそう尋ねたが、

「うん、よくわからないんだけどね」

と係官はあいまいになま返事をしただけだ。

「…………」

係官の肩ごしに植え込みを覗き込んだ。

そこに人形があった。

有名な人形だ。志穂も子供のころに買ってもらったことがある。

ユカちゃん人形だ。

ユカちゃんは地面のうえにちょこんと裸ですわっていた。

「だれがこんなところにこんなものを置いたんでしょう?」

「さあ」

係官は首をひねるばかりだ。

捨てられているのではない。きちんと足を曲げてすわっているのだ。こんなふうにして人形が捨てられるはずがない。

ユカちゃん人形は膝関節が曲がらない。したがって両足を伸ばしてすわっている。

しかし――

その姿は被害者の姿を連想させずにはおかなかった。

それはやはり裸でベンチにすわっていた被害者のカリカチュアのように見えた。

――いや……

ふと志穂は妙なことを考えた。

もしかしたら被害者のほうがこのユカちゃん人形のカリカチュアではないのか。

被害者が全身にオイルを塗って、きれいに脱毛し、なにか人形めいて見えたのを思いだした。そう、ちょうどそれは愛らしいユカちゃん人形のようだった。

そんな目で見るからか、かれんで愛らしいユカちゃん人形がなにか邪悪なものを秘めているように感じられた。

「………」

背筋に悪寒が走った。意識の底にちりちりと逆だつものを覚えた。

このユカちゃん人形と被害者とのあいだに関係があるのかどうかはわからない。が、この両者のあいだには、たんに偶然の暗合めいたものを超えて、なにか運命のようなものさえ感じるのだ。

志穂の考えすぎだろうか。おそらく、そうだろう。

しかし、このとき志穂は、裸のユカちゃん人形の姿を通して、この事件の背景に黒々とわだかまる暗く重たいものに視線を投じていたのだ。

これはのちに捜査陣の内で「ユカちゃん人形連続殺人事件」と呼ばれる異様な事件の幕開けとなる。

このとき志穂はその事件の異様さをはっきりと予感していたのだった……

警察犬はあいかわらず興奮している。

その警察犬をわきに押しのけるようにして鑑識課員たちが植え込みのなかに踏み込んでいった。

解剖所見

1

翌日の午後、死体は「司法解剖」に処せられることになった。

執刀したのはT大法医学教室の楠木教授である。

解剖には捜査員二名が立ち会うことになった。

解剖の結果、死亡推定時刻は、前夜の十時三十分から十一時三十分と鑑定された。

これは検死官の死亡推定時刻とほぼ一致した。

死因もまた検死官が推測したように睡眠薬中毒によるものだった。

被害者の尿からバルビタールが検出されたのだ。

膀胱に大量の尿が残っていることそれ自体が睡眠薬中毒の特徴でもある。

被害者はかなりの量の睡眠薬を飲んでいる。

が、どうやら致死量というほどの量ではないらしい。

「暑さのせいで中毒症状を起こしたのかもしれませんね――」

というのが楠木教授の意見だった。

外温が高いと自然に体温も上昇する。体温が上昇すると、腸管からのバルビタールの吸収量も増加し、それが血液中の濃度を高めることになるわけだ。そのために致死量を飲んでいなくても中毒症状を引き起こすことがよくあるという。

だとすると、これは殺人でもなければ自殺でもなく、たんなる事故ということになるのだろうか。

「つまり殺人の可能性は弱いということでしょうか?」

捜査員はそう尋ねたが、さあ、と楠木教授はあいまいに返事を濁し、断定を避けた。

捜査陣としては「事故」ということで片づけられれば、それにこしたことはないようなものだが、事故にしてはあまりに不審な点が多すぎた。

たとえばこんな事実が明らかになった。

胃にはほとんど消化物がなく、十二指腸内に消化物や食べ物の残りカスがあった。

このことから被害者は食後四、五時間ぐらいで死亡したものと推定される。死亡推定時刻を考えれば、常識的には夕食ということになるだろう。

奇妙なのはその食べ物の残りカスだ。

日本ソバ、寿司、サラダ、ステーキ、プリン……

いずれも少量だが、これだけのものが十二指腸に残されていた。ほとんど支離滅裂といっていいメニューだ。どこでどんな食事をとればこんな統一感のないメニューになるというのか。この報告に捜査陣は悩まされることになる。

もうひとつ捜査陣が悩まされることになったのは頸部の指の痕だった。

楠木教授の鑑定によれば、頸部はたしかに指で圧迫されているが、これには生体反応が見られないという。

つまり、だれが何の目的でやったものなのか、どうやら被害者は死んだあとに頸部を絞めつけられたらしいのだ。

捜査員は納得しなかった。

死人の首を絞めるなど、そんな理屈にあわない話はない。これが力まかせに絞めつけられているのであれば、犯人がよほど被害者を憎んでいて、死んだあとも首を絞めるということもありうるだろう。死後性交の可能性もある。しかし、被害者はやんわりとほとんど五本の指でつまむように首を絞められているのだ。どうにも理屈にあわない。

「そんなバカな話はない――」

捜査員はなじるようにいった。

「どうして犯人にそんなことをする必要があったんですか」

「さあ、それはぼくにはわからない。ぼくはただ事実を述べているだけのことでね。そのことを調べるのがきみたちの仕事なんじゃないのかね」

楠木教授はとりあおうとしなかった。

「だけど――」

もうひとりの捜査員が死体の頸部を指さした。

「皮下出血があるじゃないですか。しかも凝血している」

たしかに切りひらかれた頸部の、軟骨組織内には出血があり、しかも水で洗っても容易にとれないほど固まっていた。

「そう、凝血していますね」

「それは首を絞めたときの出血じゃないんですか。生体反応ということになる。だとしたら被害者は首を絞められたとき生きていたことになりませんか」

「ならないね――」

楠木教授は陽気にそういい、死体の頸部にバシッと手刀を振りおろした。首が手術台のうえで跳ねあがる。

「こうやって死んだあとに外力を加えてもね、生体反応とおなじように出血が起きることがあるんだよ。死んだあとに外力が加わっても小血管が破壊されるんだよね」

法医学などを専攻していると、死体に対する感覚がほかの人間とどこか違ってしまうのかもしれない。死体に手刀を振りおろしながら、楠木教授はあくまでも陽気だった。

「人間の体というのは妙なものでね。当人はとっくに死んでいるのに、組織内のトロンボキナーゼが凝固反応をおこしてしまう。死んだ人間の血を固めてしまうんだ。経験のない人間はよくそれを生体反応と見あやまってしまう」

「…………」

捜査員たちはしらけたような表情になっていた。

どこの誰がどうして死人の頸部を指で押さえる必要があったのか?

これはそのまま見すごしにはできない疑問だった。

「わけがわからない事件だな……」

捜査員がそうぼやくと、

「そういうことだね――」

なにがおもしろいのか、楠木教授はニヤニヤと笑いながら、そう相槌をうった。

「これはわけのわからない事件なんだよ」

2

所轄の捜査員たちが望んだように、これはたんなる「死体遺棄」というだけでは片づきそうにない事件らしい。

いや、それどころか殺人事件の可能性が消えてしまったわけでもない。

バルビタールが致死量に達していないからといって、それが本人の意思で飲んだものと決めつける根拠にはならないのだ。

だれか他者が殺意をもって飲ませたのではないか、という疑いは残る。

その人間に睡眠薬の知識が欠けていて、致死量に満たない量を被害者に飲ませ、それがたまたま中毒死を引きおこすことになった……

捜査陣がそう疑わざるをえないのは、被害者が裸で死んでいた以上、だれかが故意にそうした、という事実は残るからだ。

この事件の謎を整理すると、とりあえず以下のようになる。

どうして被害者は死んだあと全裸にされてベンチにすわらされていたのか？

被害者の十二指腸に残されていた支離滅裂な食事は何を意味するのか？

死んだあとにだれが何のために死体の首を絞めたのか？

現場に残されたユカちゃん人形には何か意味があるのか？

こうした謎を未解決のままにしておくわけにはいかなかった。

要するに「司法解剖」は事件を解決する助けになるどころか、なおさらその謎を深めただけといえそうだった。

せめて被害者の身元だけでもわかればいいのだが、それも手がかりらしい手がかりは得られていない。

都内はもちろん、近県の若い女性の失踪者も調べられたが、この被害者に該当しそうな人間は見あたらなかった。

すでに事件のことはマスコミで報じられているが、被害者の身元に関して有力な情報は得られていない。

ふつう、こうした事件では、だれかしら被害者に心当たりのある人間がいて、警察に連絡してくるものだが、そんな情報提供者はいまだに現れないのだ。

死体には性交の痕跡が認められる。

膣内から精液は検出されなかったが、胸部から唾液が検出された。その唾液から、被害者は死亡する一、二時間まえに、男と関係を持ったものと推測される。

唾液からその男の血液型はＢ型と鑑定された。

どうして、その血液型Ｂ型の男は、関係を持った女が変死したというのに、名乗りでようとはしないのか？　もしかしたら、その男が被害者に睡眠薬を飲ませ、死んだあとに衣類を剝ぎとって身元を隠そうとしたのか。

すべては不明のままだ。

要するに、いまのところ被害者の身元を突きとめる手がかりは皆無なのだった。

鑑識からの報告も（唾液から血液型を鑑定した以外は）あまりはかばかしいものとはいえなかった。

いまのところ現場からは遺留物らしいものは発見されていない。

捜査に役だちそうな指紋も採取できなかったし、事件と関係がありそうな足痕跡も採取できなかった。

たしかに被害者の頸部には指の痕が残されていた。だが、残念ながら、人間の皮膚から指紋を検出するのはほとんど不可能なことなのだ。

被害者はやはり全身に日焼けどめクリームを塗っていた。

波長の短いB紫外線、やや波長の長いA紫外線……そのいずれの紫外線も吸収する、日焼け防止用のサンスクリーン剤で、全国どこの店でもたやすく入手することができる製品だという。

このサンスクリーン剤そのものからは、被害者の身元を突きとめるのはむずかしいということだ。

どうして被害者が肌の露出する部位だけではなく、全身にサンスクリーン剤を塗らなければならなかったのか、という謎ばかりが残されることになった。

現場に残されていたユカちゃん人形に関しては、はたして事件との関連があるのかどうか疑問視する声もあったが、一応はそれも調査されることになった。

愛宕警察署、三田警察署の刑事課は「芝公園連続放火事件」の合同捜査に追われ、いまのところ「死体遺棄」にとどまっているこの事件に、それほど人員をさく余裕はない。

バルビタールの中毒死ではあるが、被害者は致死量を飲んでいないから、殺人事件と断定するだけの根拠にとぼしい。

奇妙な事件だ。

しかし、いまのところはまだ本庁の応援をあおぐほどの事件とはみなされていない。

志穂は、本来、囮捜査官で、この種の事件を担当するいわれはない。そもそも放火事件のよう撃捜査にかりだされたことからして、たんなる応援という立場にすぎなかったのだ。

しかし、現在、特別被害者部はこれといった事件をかかえていない。「芝公園連続放火事件」の専従捜査員たちと比較すれば、時間はありすぎるほどにあるのだ。

最初から関わりあったということで、気がついたときには、ユカちゃん人形の調査を命ぜられるはめになっていた。

もちろん所轄署からは特被部の遠藤(えんどう)部長を通じて、正式に依頼されたのだが、志穂としては何とはなしにだまし討ちにされた感じがしないでもない。

ひがむわけではないが、何ともとらえどころのない事件で、労が多いわりにはむくわれることが少なそうだ。よしんば解決したところで、たんなる「死体遺棄」にとどまりそうな、その程度の事件にすぎない。

――ていよく事件を押しつけられちゃったんじゃないかしら？

そう疑わざるをえない。

おそらく……

調査の対象がユカちゃん人形だということで所轄署のむくつけき捜査員たちが多少へきえきしたということかもしれない。

「冗談じゃないわよ。どうしてわたしがユカちゃん人形の調査なんかしなければならないわけ？」

　むくれる志穂に、

「まあ、いいじゃないか。骨休めのつもりで動けばいいさ。楽な仕事だぜ」

　袴田がそういったが、これは慰めるというより、無責任にからかっているのだろう。

「袴田さん、わたしの相棒なんでしょう。すこしぐらい手伝ってくれても罰は当たらないと思うけどな」

「おれはあくまでもあんたが囮捜査をするときの相棒さ。ユカちゃん人形の調査はおれのがらじゃない」

「………」

　袴田はさっさと退散していった。

　やむをえず志穂はひとりでユカちゃん人形の捜査にとりかかった。

人形捜査

1

ユカちゃん人形は昭和四十二年（一九六七）に市場に登場し、少女たちの圧倒的な支持を得て、以来、三十年近くもロングセラーをつづけている。

それ以前にはバービーちゃんというアメリカ製の人形が人気を得ていたが、ユカちゃん人形が発売されるやいなや、あっというまにその人気を奪われてしまった。

ひとつには、金髪、青い目、八頭身のバービー人形が、当時の少女たちにはあまりに現実離れしすぎていたということもあったかもしれない。

それに比して、ユカちゃん人形は小学五年生で、黒い目、あかま色の髪の毛、五頭身という、当時の少女たちにも十分にリアルに感じられる存在だった。

ユカちゃん人形が発売された翌年から、ユカちゃんの友達、妹、弟などが次々に発売されて、二年後には「ユカちゃんのママ」が登場することになる。「ユカちゃんの初代ママ」は若く美しく、ファッション・デザイナーという設定で、ユカちゃんについで少女たちから圧倒的な支持を得ることになる。

以来、ユカちゃんファミリーはモデルチェンジをくりかえし（たとえばピチピチユカちゃんというモデルなら、小麦色に日焼けしていて、水着やテニスウェアを着ているという具合だ）、現在にいたるまでその人気はおとろえることがない。

ユカちゃん人形が成功した一因に、「ユカちゃんハウス」や「白い家具シリーズ」などが並行して売りだされ、少女たちの関心を呼んだことが挙げられるだろう。

昭和四十年代、日本が高度経済成長期へと離陸するにつれ、「ユカちゃんハウス」、「ユカちゃんマンション」、「ユカちゃんニューハウス」、「ユカちゃんハウスゆったりさん」と次々に新製品が売りだされ、ついには「ユカちゃんオクション」までが登場する。

ある意味では、昭和の高度経済成長の時代、日本の家庭はすべて母子家庭だったといえるかもしれない。平成元年を迎えるまで、ユカちゃんのパパ（フランス人の作曲家！）が登場しなかったのもそのためだろう。

いわばユカちゃんは「少女たちの夢と欲望」を託されて、一九六〇年代末から九〇年代までの日本を疾走しつづけたのだった。

しかし――

どうしてそのユカちゃん人形が芝公園の事件現場にあったのか。

いまだに身元の知れない被害者がそうであったように、あのユカちゃん人形は裸ですわっていた。

そこに何か事件との関連があるのか。それともたんなる偶然の一致なのか。

志穂はそのことが気にかかった。

その疑問を晴らすために、とりあえずユカちゃん人形のメーカー本社を訪ねてみることにした。


八月五日、水曜日。

この日も暑い。

午前十時の時点ですでに気温は三十度を突破していた。

不快指数じつに九〇パーセント。

東京都の水源ダムの貯水率は、とうとう六〇パーセントを割って、給水制限が始まろうとしていた。

この夏の電力消費量はついに史上最高に達したらしい。

東京電力では広報を通じ、しきりに節電をうったえかけている……。

ユカちゃん人形のメーカー本社ビルは青山にある。

六階建ての瀟洒(しょうしゃ)なビルだ。

一階フロアがショールームになっていて、ユカちゃんファミリー、ユカちゃんハウス、ユカちゃんグッズなどがいたるところに展示されている。

志穂自身も子供のころにユカちゃん人形で遊んだことがある。

その志穂にしてからがこのショールームは異様な雰囲気に感じられた。

ユカちゃん人形で追求されているのは「かわいさ」という一点のみだ。それ以外のものにはどんな意味もない。

志穂は自分を含めて、「かわいさ」を追い求めずにいられない少女という存在に、なにか痛ましい思いを覚えていた。

ショールームの一角に接客コーナーが設けられている。

そこで広報の担当者に会った。

実直そうな中年男だ。

現場で発見されたユカちゃん人形の写真を見せた。

「これは昭和五十年に発売されたユカちゃん人形ですよ。ユカちゃんの四代目です。

まだこのころは膝の関節が曲げられない。わたしが入社してすぐの頃のモデルです」

男はそくざに答えた。

「昭和五十年……」

志穂には意外だった。

「ずいぶん古いものですね」

「そうですね。二十年以上もまえだ。考えてみれば、わたしなんかもずいぶん古くなったものです」

「これはいまでもお店で買うことができるんですか」

「さあ、地方のおもちゃ屋さんなんかでは、旧モデルが売られていることもあるんですけどね。ここまで古くなるとどうかな。売られてないと思いますよ。子供のころに買って、それを大事に持ってた、とかそういうことなんじゃないですか」

「ユカちゃん人形を製造していた工場かなんかに残されているという可能性はありませんか」

「それはどうですかね。そんなこともないんじゃないかな。この当時はまだ町工場というものが全盛だったころでしてね。東京に関していえば、当時、おもちゃの製造で有名だったのは墨田区の町工場でした。何軒、何十軒もの町工場がユカちゃんを作っていたものでした。いまはもう墨田区にもそんな町工場は幾つも残っていないんじゃないですかね」

「いまはどこで作っているんですか」

「タイとかフィリピンとか――」

男はかすかに顔をしかめた。

「時代の流れです。やむをえない」

「………」

「あなたはどうです。ユカちゃんで遊びましたか」

「ええ、遊びました。わたし、ユカちゃんにあこがれていたんです」

「わたしたちもそうだった。妙なことをいうみたいだが、ユカちゃんにあこがれていたんですよ。自分の娘にユカちゃんみたいな暮らしをさせてやりたいと本気でそう思ってた。だから働きに働いた。一生懸命に働けばそんな暮らしをさせることができる、と本気でそう信じてたんですよ」

「………」

「むりをして娘を私立に入れた。ピアノを習わせた。ローンを組んで郊外に家も買った。母親がデザイナーで、父親がフランス人の作曲家というわけにはいきませんけどね。精いっぱいに背伸びして働いた。そんな時代だったんですよ」

「………」

「それなのに娘はわたしとはろくに口もきいてくれない。高校二年ですけどね。夜遅くまで帰ってもこないんですよ。テレクラなんかにも電話しているらしい。テレクラ遊びのユカちゃんですよ。皮肉なものですね。若いころとちがって、わたしは早く帰宅するようになりました。営業から広報に異動したものですからね。以前のようには忙しくないんです。それなのにやっぱり娘とはろくに顔をあわせることがない。たまに顔をあわせればケンカです――」

「わたしだってそうですよ。親と顔をあわせればケンカばかりです。どこの家庭だってそうなんじゃないですか」

志穂はそういったが、それは必ずしも事実ではない。すでに父親はいないが、それだけに小樽の実家にいる母親とは姉妹のように仲がいい。頻繁に電話で話をしている。いわば嘘をついたわけだが、この場合には嘘をつかずにはいられなかったのだ。

「こんなことをいっては何ですけど、ほんとうはユカちゃんの家もそうなんじゃないですか」

「そうですね。まあ、そういうことかもしれませんな――」

男は自分の泣き言に嫌気がさしたようだ。目をそらすと、急にこわばった声になって、

「お聞きになりたいことというのはそれだけでしょうか。もしよろしければ、わたし、そろそろ仕事に戻りたいんですが」

2

翌日――

八月六日、木曜日。

今日もやはり暑くなりそうだ。

志穂は起きるとすぐに小樽の母親に電話をかけた。

「ねえ、わたし、ユカちゃん人形を持ってたじゃない。覚えてる？　あれ、いまも家にあるかしら」

「ユカちゃん人形？　さあ、どうかね。どこか物入れにしまってあるとは思うけど。どこにあるかわからないよ。ユカちゃん人形がどうかしたの？」

「うん、ちょっとね」

「いい歳をして人形ごっこでもないだろ。そんなことより、そろそろ身を固めることを考えなけりゃ。富田くん、覚えてる？　ほら、同級生でいたじゃない。背の高いハンサムな子――」

「ハンサムじゃないよ。ひらめみたいな顔してた」

「そういえば、ちょっと目が離れすぎてるかね。でも、まあ、背は高い。その富田くんが夏休みで帰ってきたんだよ。わざわざ電話をかけてきてくれてさ。あんたがどうしてるって聞いてきた。あの子、あんたに気があるんじゃないかね。富田くん、東京のM本社に入ったんだって。一流企業もいいところじゃないか。おつきあいしたら?」

「わたし、忙しいんだよ。それどころじゃない。ひらめを見たいんだったら水族館に行けばいいしさ」

志穂は早々に電話を切った。

母親は志穂が東京でひとり暮らしをしているのを心配している。囮捜査官だということはうちあけていないが、警察関係の仕事をしているというだけで、どうにも心配でならないらしい。

心配してくれるのはありがたいが、なにかというと結婚話を持ちだしてくるのには閉口させられる。

志穂にはまだそんな気はない。

朝のコーヒーをいれながら、ユカちゃん人形のことを考えた。

被害者が発見された現場にあったユカちゃん人形は昭和五十年に発売されたものだという。

ユカちゃんの四代目ということだ。

昭和五十年といえば、いまから二十年以上もまえのことになる。

メーカー本社からもらったパンフレットを参照すると、どうやら志穂が子供のころに持っていたユカちゃん人形は六代目にあたるらしい。

昭和五十七年に発売されている。「お出かけユカちゃん」という製品のようだ。

買ってからまだ十数年しかたっていない。

それすら母親は家のどこにしまってあるのかわからないという。

少女はユカちゃん人形をかわいがるが、成長するにつれ、それを忘れてしまう。

ユカちゃんのような少女はどこにもいないのだ。少女はユカちゃん（ママはデザイナー、パパはフランス人の作曲家）には絶対になれない。その苦い現実を思いしらされ、初潮を迎え、少女から女になって、いつしかユカちゃんのことなど思いださないようになってしまう。

二十年。それは少女が女になり、ユカちゃん人形が押入れのなかに置き去りにされるのには十分な時間であるだろう。

——やってらんないなあ。

志穂はため息をついた。

——いくらなんでも二十年以上まえだなんて古すぎるよ。

どうやら事件現場で発見されたユカちゃん人形の持ち主を突きとめるのはあきらめるしかないらしい。何十人もの専従捜査員を動員すれば、あるいは可能かもしれないが、あいにく「ユカちゃん人形捜査本部」には志穂ひとりしかいないのだ。あきらめるしかない。

ただ——

二十年以上もまえのものにしては、事件現場で発見されたあのユカちゃん人形はずいぶん保存状態がよかった。

ユカちゃん人形はソフトビニール製だ。上の胴と下の胴、それに頭が分離できるし、腰も回転できるようになっている。人形としてはそれほど頑丈な製品とはいえない。

だが、事件現場から発見されたあのユカちゃん人形は傷もついていなかったし、ほとんど汚れてもいなかった。

二十年間、大切に保存されていたものと考えるのが自然だ。そんなに大切に保存されていたものが、偶然、事件現場に捨てられていたとは考えられない。捨てられていたのではなく置かれていたと考えるべきだろう。誰かがわざわざあそこに置いたのだ。

しかし——

だからといって、そのことをもってして、すぐさまユカちゃん人形を事件と関連づけて考えるのは軽率ではないだろうか。

志穂は考え込んでしまった。

自分がカップを持っていることを思いだしたときには、もうコーヒーはすっかり冷めてしまっていた。

3

この日もユカちゃん人形の捜査に費やすことになった。

それもひとりで動くしかない。協力者はだれもいない。

所轄署に向かった。

所轄署の刑事課員たちは「芝公園連続放火事件」の捜査に忙殺され、女の変死体が見つかった事件のほうは、ほとんどおざなりになっているらしい。

それでも、鑑識課ではユカちゃん人形の鑑定を終えているはずだが、刑事課の誰ひとりとしてその結果を志穂に伝えてくれようとはしない。

だれもユカちゃん人形のことを気にしていないし、それにも増して志穂のことなど気にもしていないのだろう。

報告がないのであればやむをえない。自分から鑑識課に顔をだした。

「ソフトビニールだからね。指紋は幾つも採取できたよ——」

鑑識課では若い女性がめずらしいのかもしれない。定年ちかい課長がわざわざ自分で麦茶をいれて応対してくれた。

「新しい指紋もあれば古いのもある。一応、警視庁の指紋センターに照合を依頼したんだけどね。指紋原紙に該当する指紋はなかったらしい」

「指紋のほかに人形からなにか採取したものはありませんか」

あるよ、と課長は陽気に応じ、

「胴体の表面に白いレースの繊維片が付着していた。人形の衣装じゃないかな。脱がせるときに付着したんだろう」

「………」

「それ以外には髪の毛から二〇ミクロンぐらいの小さな金属球が採取されている」

「二〇ミクロン……」

そういわれてもどれぐらいの大きさであるのか見当もつかない。なにしろ、よほど小さい金属球なのだろう。

「ああ、ずいぶん古いものだ。錆びてた。溶接作業の火花でできたものらしい。要するにあの人形は溶接作業をするような場所にあったということだ。そのことと関係があるのかどうか、あの人形は胴体の一部がわずかに焦げている。よほど注意して見ないとわからないけどね――」

「溶接作業の火花で焦げたんでしょうか」

「さあ、それは何ともいえないな――」

「なにか事件と関係がありそうなものは見つかりませんでしたか」

「事件？　変死体の事件のことか」

「はい、血痕が付着していたとかそんなようなことはなかったですか」

「なかったね――」

課長はにべもなく首を振って、

「なんだ、きみはあのユカちゃん人形を変死体の事件となにか関係があると考えているのか」

「いいえ。そういうわけではないのですが、ユカちゃん人形が裸ですわっていたのがどうにも気にかかるんです。被害者もやはり裸でベンチにすわっていました――」

課長はけげんそうな顔をし、そうだったかな、とつぶやいて、机のうえの写真を手にとって見つめた。

ユカちゃん人形が植え込みの中で発見されたときに撮影された写真だ。

「そういえばそうだな。だけど何だ、それはきみの考えすぎなんじゃないか。偶然の一致なんじゃないか。たまたま、そういうことになったというだけのことだろう」

「ええ、そうだとは思います。そうは思うんですけど……」

気になるんです、という言葉は胸に飲み込んで、唇を噛んだ。

そんな志穂に、麦茶のおかわりはいらないか、と課長が聞いてきた。

「女房が魔法ビンに入れて持たせてくれるんだ。麦茶なんか缶入りのを買うからいいとそういうんだがね。むりやり持たせてくれるんだよ。若いころからそうなんだ――」

どうやら課長はそのことが自慢らしい。ニコニコといかにも嬉しげだ。

「夫婦なんてものは長年連れそってようやく味が出てくるもんだ。いいもんだよ。きみも早くいい人を見つけるんだな。そうすれば妙なことも考えなくなる」

思いもかけないところに伏兵が現れた。どうやら今日は全国的に「志穂を結婚させようデー」らしい。

断るに断れず、結局、志穂は鑑識課を出るまでに三杯の麦茶を飲まされることになってしまった。

鑑識課から廊下に出た。そこで背後から声をかけられた。

「あのう、ちょっと教えてほしいんですが。失踪の届け出をするのはどちらにうかがえばよろしいんでしょうか」

三十代の、痩せて、貧相な男だ。派手なアロハシャツを着て、銀のブレスレットを塡めているが、気の毒なぐらい、どちらも似あっていない。

「失踪？　家出人ですか」

「さあ、家出だかなんだか、とにかく帰ってこないんですよ。女房はこれまで家をあけたことなんかないんですけどね」

「奥様がお帰りにならないんですか」

「はあ。女房はまだ若いですし、わたしの口からこんなことをいうのも何なんですが、そこそこきれいな女なんで、何かあったんじゃないかとそれが心配で——」

大まじめでそんなことをいう。

どんなに自分が心配しているかを示すように、ことさら心配げな顔をして見せた。心配していることに嘘はないだろうが、そんな顔をするとなおさら貧相になった。いつもの志穂だったら、失笑を隠すのに苦労するところだが、いまはそれどころではない。

若くて、そこそこきれいな女——

芝公園で裸で発見された変死体の女がそうではないか。

「奥様はいつからお帰りにならないんですか?」

志穂は勢い込んでそう尋ねたが、

「昨日からです。午後、芝Gプールに行ったんですけどね。そのまま夜になっても帰ってこないんですよ」

男がそう答えるのを聞いて、その意気込みがおとろえるのを覚えた。

公園で女の変死体が発見されたのは三日前のことだ。昨日、失踪した女が同一人物であるはずがない。

志穂はかすかに落胆したが、もちろん、この貧相な亭主にとっては同一人物でないほうがいいのはいうまでもない。

「少年課という部署がありますから、そちらで捜索願いを出してください。係の者が相談に乗ってくれると思いますから――」

そういい、男から離れた。

じつのところ、家出人に関しては警察ができることはほとんど何もない。なにか事件に巻き込まれたり、自殺の可能性があると判断された場合はべつだが、そうでないかぎり、ただコンピュータに登録されるだけで、特別な捜査は一切おこなわれないのだ。

男は貧相だが、妻のことは心底から心配しているらしい。警察をたよっているが、警察は何もしてやれない。志穂はそのことに罪悪感めいたものを覚えていた。

要するにユカちゃん人形の捜査はいきづまってしまったわけだ。

もともと、あるかなきかのか細い糸だったが、それすら切れて、もうたどるべき捜査の糸がない。

ユカちゃん人形に関して、社会学的な観点から、エッセイ風の論文を発表した大学教授がいる。

淵沢(ふちさわ)という名のT大教授だ。

いわばユカちゃん人形の唯一の研究家といえるだろう。

わらにもすがる思いで、その人物に連絡してみることにした。

大学に連絡してみたのだが、あいにく淵沢教授は夏休みで海外に出かけていて、大学でも連絡はとれないという。

失望はしなかった。もともと失望するほど期待はしていない。

目についた文房具屋で、封筒と便箋を買って、その近くの喫茶店に入った。

そこで淵沢教授への手紙を書いた。

捜査官としてぎりぎり許される範囲で、事件の経過をくわしく書いて、現場から発見されたユカちゃん人形のことを記した。


もし何かお気づきのことがおありでしたら、どんなささいなことでも結構です。科学捜査研究所・特別被害者部の北見志穂までお知らせいただければ幸いです。一面識もないわたくしが、こんなことをお願いするのは、まことに心苦しいのですが、なにとぞよろしくお願いいたします。

そう末尾にしたためて手紙を終えた。

もっとも本気で返事がくるなどと期待しているわけではない。

どんなにユカちゃん人形の権威であっても、淵沢教授が事件の解決に役だってくれるなどと期待するのはむしがよすぎるというものだろう。

それに、現実の事件はしたたかで、なまじっかな学者の知識など寄せつけようとはしない。

そもそも一面識もない大学教授が特被部の捜査官など助けてくれるはずがないのだ。

期待はしていない。

しかし、ほかに託すべき望みもない。

喫茶店を出て郵便局に歩いた。

もうすでに時刻は昼をまわっている。

空腹感はない。

暑くて食欲がなかった。

が、なにか食べなければ、体がもたないだろう。

コンビニエンス・ストアでなにか軽いものでも買って、それで昼食を済ませようか。

とても弁当は食べられそうにない。

パンでも買おう。

ふいに足をとめた。

——弁当だ。

そのことが頭にひらめいたのだ。

解剖の結果、被害者の十二指腸に未消化の食事が残っていた。

それが、日本ソバ、寿司、ステーキ、サラダ、プリンなどといった、なんとも支離滅裂な取りあわせであったらしい。

どこで食事をしたかがわかれば、被害者の死ぬまえの足どりもつかめるのだが、これではどこをどう探したらいいのか、そのとっかかりもつかめない。

そのことで所轄の捜査員たちは頭を悩ませていると聞いた。

しかし、被害者が死ぬ前に弁当を食べたのだとしたらどうだろう。

弁当にはいろいろな食べ物が少量ずつ詰められている。それが体内に未消化で残っていれば、なんとも支離滅裂な食事に見えるのではないか。

そして——

この事件の関係者には、ひとり弁当に関わりの深い人間がいる。

その人物は、大田区の大森で弁当を製造し、それを毎日ワゴン車で芝公園に売りにくる。

第一発見者の高瀬邦男、だ。

降ってきた女

1

昼食のことは忘れた。
所轄署の刑事課に電話を入れた。
電話に出たのは刈谷（かりや）という若い刑事だ。
親しいというほどではないが、顔見知りだった。
「やあ、あんたか。どうだ？　人形の調査は進んでいるか」
連続放火犯の捜査で忙しいはずなのに、こころよく応じてくれた。
こんなことはめずらしい。

特被部という部署は警察の階級組織のなかではみ出している。自然、どんな事件の捜査にたずさわってもじゃま者あつかいされることが多い。

が、今回にかぎっていえば、所轄署の刑事課員たちは「芝公園連続放火事件」にかかりっきりになっていて、だれも芝公園で発見された変死体のことなど気にしていない。

せいぜいの容疑が「死体遺棄」ぐらいで事件性にとぼしいと考えていて、その捜査にあたっている志穂のことを貧乏クジをひかされたと見ているらしい。

そのぶん志穂に好意的だった。

高瀬邦男のことを尋ねた。

「何だ、高瀬のことを疑っているのか。あいつはたんなる発見者だ。そのことに疑問はないぜ——」

刈谷は苦笑まじりにそういい、

「第一、あいつにはアリバイがある」

「アリバイ?」

「ああ。あの夜、芝公園の周囲には捜査員たちが何組も張り込んでいた。ビルのうえからビデオ撮影もしている。高瀬の姿はそのビデオに映っていない。高瀬は停電になる直前まで公園にはいなかった。だからビデオには映っていない。そう考えるのが自然じゃないか。女をどうこうする時間はないよ」

「被害者といっしょに公園に入ったとしたらどうですか」

「そんなはずはない。あの女は死ぬまえにはもう睡眠薬でふらふらになっていたはずだ。そうだろ？　自分で歩けた状態じゃない。公園までいっしょに行ったはずはない。公園の周囲には捜査員が何人も張り込んでいたんだぜ。不審なアベックを見ればかならず職質（職務質問）に引っかかるはずだ。そんな事実がないということは、女はだれかに車で公園まで連れてこられたんだ――」

「高瀬は公園の外にワゴン車をとめていたんでしょう。しかも女が発見されたベンチのすぐ目と鼻のさきにとめていた。そうじゃないですか。そのワゴン車のなかに女を残して飲みに行ったとは考えられませんか。女は睡眠薬を飲んで外に連れていくにも連れていけなかった――」

「ワゴン車に帰ってきたときには女は急死していた。高瀬は慌てふためいた。それで停電になったのをいいことに、死んだ女をベンチにすわらせ、自分は第一発見者のふりを装った……そういうことか」

「考えられませんか」

　考えられないね、と刈谷はにべもなく否定して、

「睡眠薬でふらふらになっている女を残して自分ひとり酒を飲みに行くやつはいない。

念のために高瀬のアルコール検査をしたんだがね。高瀬は間違いなく酒を飲んでいた。ワゴン車をあそこにずっと駐車させていたのも間違いない。そのことは十時ごろにパトロールしていた巡査が確認している」

「…………」

「放火犯のよう撃捜査のまっさいちゅうだぜ。パトロールの警官だって停車している車は入念に調べている。睡眠薬でふらふらになっている女がいたとしたらそれに気がつかないはずがない。検視でも、解剖の結果でも、女の死亡推定時刻は十時三十分以降となっている。警官がワゴン車を調べた十時には女は生きていたはずなんだ。ワゴン車に女はいなかったよ――」

「…………」

「死んでからベンチにすわらされたのか、それともベンチにすわって死んだのか。それはわからないが、とにかく誰かが女をベンチまで運んだのは間違いない。さっきもいったように停電の寸前まで公園の情景はビデオに収録されている。アベックが何組か映っている。高校生までいたよ。アベックはみんな肩を組んだり、腕を組んだりしているが、見様によっては足元のおぼつかない女を支えているように見えないこともない――」

「睡眠薬でふらふらになっている女を、男がアベックのふりをして、ベンチまで運んだというのですか」

「ああ、まあ、そんなところだろう」

「そのアベックたちの身元はどうなっています？　調べているんですか」

「そうできればいいんだけどな――」

刈谷が顔をしかめたのが電話線をかいして見えるようだった。

「なにしろ夜だったし、しかも遠く離れたビルからの撮影だ。多少、映像が不鮮明になるのはやむをえない。ビデオの映像からはとてもアベックの身元を突きとめることはできないよ。それにおれたちが張り込んでいたのは放火犯でアベックじゃない。あのときにはアベックのことなんか誰も気にしていなかったんだよ」

「………」

「停電の寸前にだれかが車で女を公園に連れてきた。そしてアベックを装ってベンチまで運んだ。おそらく、そのとき女はもう死にそうだったんだろう。すでに死んでいたのかもしれない。男にはなにか女と一緒にいるのを人に知られてはならない事情があった。不倫かもしれんな。それもかなりきわどい事情の不倫なんじゃないかな。女が睡眠薬中毒で急死してさぞかし途方にくれたろう。そこにあの停電だ。男は薄情で停電をこれ幸いと女をベンチに置き去りにした。そんなところじゃないかな」

「なんだかずいぶん投げやりな推理に聞こえますけど――」

「そんなことはない。そう聞こえたのだとしたらおれの言葉がいたらなかった。ただ、おれたちは放火犯を追うのに忙しい。なにしろ、ふたつの署の『合同捜査本部』だからな。どうしても競争になる。それに、もう一件、放火がつづけば本庁が乗り出してくるんじゃないか、という噂もあるんだ。本庁の連中にあごで使われるのは嬉しくないぜ。なんとか所轄の捜査本部でかたをつけたい。変死体のほうはせいぜい『死体遺棄』だからな。事件性にとぼしい。どちらかというと少年課のあつかいになるんじゃないかな」

「単純に『死体遺棄』だけの事件と考えるのは危険じゃないですか。女の頸部には指の痕が残っていたんですよ」

「ああ、たしかに女は頸部を素手で絞められている。ただそれも睡眠薬中毒で死んだあとのことだ。首を絞めた人間には殺意があったかもしれんが、どうせ女は死んでいた。あの程度のことじゃ『死体損壊』で送検できるかどうかも疑問だね。睡眠薬だって致死量を飲んでいるわけじゃない。たまたま中毒死したということらしい。事件性はとぼしいよ」

「どうして死んだ人間の首を絞めるようなことをしたのかしら？　どうして死んだ女を裸にしてベンチにすわらせたのかしら？」

志穂は釈然としなかった。

「それに被害者の体内に残っていた食べ物のこともあるわ」

　ああ、そうか、と刈谷はいい、笑い声をあげて、

「それで高瀬に目をつけたわけか。そういえば、たしかに高瀬は弁当屋だ」

「被害者の体に残されていた食べ物の量はそれぞれ非常に少なかったと聞いています。お弁当だったら、いろんなものが少しずつ入っているんじゃないでしょうか」

「それはそうかもしれないが――いくら弁当だって、ソバと寿司とステーキとサラダとプリンがいっしょになった、そんなでたらめな弁当があるものか」

「ないでしょうか」

「ああ、ないね。それに高瀬が被害者となんらかの関係があったのだとしたら、なにも死体の発見者なんかになる必要はない。さっさと現場から逃げだせばいい。そのほうが利口だろうよ」

「公園から逃げようとして刑事たちに出くわしてしまった。あの状況では死体を発見したと通報せざるをえない。そうしなければ自分が疑われてしまう。それでやむをえず発見者になったということは考えられませんか」

「考えられないことはないが――」

　刈谷の声がやや不機嫌になった。

「あんたはすこし自分が考えすぎているとは思わないか」

「考えすぎかもしれません。でも自分でそのことをたしかめてみたいんです」

志穂は怯まなかった。

「まあ、好きにすればいいけどさ。こちらには高瀬が犯人じゃないという決定的な材料があるんだよ」

「決定的な材料?」

「血液型だよ。被害者の胸に残されていた唾液はB型だった。覚えているか。ところが高瀬はO型なんだよ。高瀬は血液バンクに登録しているんだ。あいつがO型なのは間違いないよ」

「………」

志穂は虚をつかれて黙り込んだ。

被害者は死ぬ直前に性交をしている。外陰部に性交時に特有のすり傷があった。常識的に考えれば、性交渉を持ったその相手が、被害者の死体を公園のベンチに置き去りにしたと考えるべきだろう。

性交渉を持った相手がB型で、高瀬邦男がO型だとすれば、たしかに高瀬が「死体遺棄」の犯人だという可能性はほとんどない。

しかし、志穂は強情で、

「高瀬邦男の大田区の住所を教えていただけませんか」

やはり自分自身で高瀬のことを調べずには気がすまなかった。

2

高瀬邦男の自宅兼弁当製造所は大田区の大森東×丁目にあるという。
すぐにその足で高瀬邦男の自宅を訪れることにした。
地図で調べると、鉄工団地のある昭和島とは橋をかいして接している。
志穂は大田区には不案内だが、ＪＲの大森駅から昭和島経由で循環バスが出ている。
そのバスに乗っていくのが最も早いのではないか。
愛宕署から歩いて浜松町に出てＪＲに乗りついだ。
大森駅のバス・ロータリーではずいぶん待たされた。
昭和島を経由するバスは極端に本数が少ない。
どうやら昭和島は一種、都会の孤島のような場所であるらしい。
昭和島でバスをおりて歩いた。
すぐに汗が噴きだしてきた。
運河がある。
京浜運河だろう。

水はどんより重く濁っている。

日の光をぎらぎらと撥ねていた。

運河をはさんで流通センターの倉庫群が見える。その倉庫群をきざんで首都高速の高架道路が走っていた。

それを左手に見ながら歩いた。

道路は広い。

それなのに車の姿を見ない。

歩いている人もほとんどいない。

埃だけが舞っていた。

ただもう殺風景で荒涼としていた。

——これは廃墟だ。

ふと、そんなことを思った。

それも過去の廃墟ではない。これは未来の廃墟なのだ。そう思った。

現実に廃墟もあった。

夏草がおいしげるなかにトタン屋根の平屋の建物があった。大きい建物だが、窓には板が打ちつけられ、門扉は鉄鎖で閉ざされていた。門柱にかけられた「昭和島給食センター」の表示が外れかかっていた。

日あたりのいい場所で、このところ雨も降らないのに、建物に接した夏草の茂みがぐっしょりと濡れて、歩道にまであふれていた。

——どうしてだろう？

一瞬、そのことをいぶかしく感じたが、すぐに忘れた。

昭和島には鉄工団地があり、下水処理場があるが、個人の住居は一軒もない。ひとりも住民がいないのだ。

夜にはまったくの無人島になってしまうらしい。

バスに乗るまえに、大田区の入新井図書館に寄って、昭和島の資料を読んでおいた。

大田区の蒲田、大森は大正時代からの工業地帯だが、昭和四十年代、一般の住宅地化が進んで、工場の騒音、廃棄物などの問題が深刻化した。

そのため京浜島、城南島、昭和島などの埋め立て地に、蒲田、大森の町工場が一斉に移転し、ここに工業団地を築いた。

これらの人工島は大田区のいわば出島のような場所といえるだろう……

志穂は歩いている。

野球のグラウンドがある。

そのグラウンドにそって歩いた。

橋に出た。

大森東避難橋と表示されている。

赤い水門がそびえていた。

ここで昭和島が尽きる。

橋を渡る。

するとそこはもう町だ。

橋につづいて一直線に道路がのびて両側に小さな町工場がつらなっていた。

人の姿はいくらか増える。

しかし活気はない。

操業していない工場が多い。

そこかしこに「貸工場」の表示がある。

さびれた町だ。

あいかわらず廃墟を歩いているという印象がつきまとっている。

ここが大森東×丁目だ。

こんなところで高瀬邦男は弁当屋を経営しているのか。

志穂には意外だった。

町工場が集まっているところで弁当屋を経営しているというから、もっと下町風のにぎやかな地域を想像していたのだ。

高瀬の弁当屋はすぐに見つかった。

もともとは町工場だったのだろう。トタン屋根のわびしく、小さな建物に「タカセ弁当」という看板がかかっていた。

そのまえにワゴン車がとまっている。

店というようなものはない。

道路からすぐに厨房になっているらしい。

「…………」

なかを覗き込んだ。

中年の女たちが三、四人、働いていた。

どうやらもう弁当の製造は終わってしまったようだ。片づけの時間らしい。

弁当を箱につめて運んでいる女もいる。野菜を大きな冷蔵庫におさめている女もいる。土間にズンドウや大鍋を並べて、それをホースの水で洗っている女もいる。

パートタイムの女たちだろう。みんな小気味いいほどてきぱきと段取りがいい。

それでも男たちがふたりほどいるが、ここでは男は場違いな存在だ。

女たちに怒鳴られっぱなしだ。

「佐久間くん、もっとタマネギは細かく刻んでくれなきゃ役にたたないよ」

とか、

「いたさん、それは冷蔵庫にいれちゃ駄目だよ。もうレタスが古いんだから。悪くなってるかもしれない。わたしがあとで臭いを見るから、そこに置いといてくれないか――」

などと怒鳴られるたびに、男たちはただうろうろする。

学生アルバイトらしい佐久間くんはともかく、いい歳をした板前まで女たちに怒鳴られっぱなしになっているのは、気の毒で滑稽だった。

そのとき初めて肥った女が厨房を覗き込んでいる志穂に気がついたようだ。

鼻の頭にしわを寄せるようにして笑いかけてくると、

「うちの亭主もそうだけどさ。男ってのはどうしてああなんだろうね。食べ物が悪くなっているかどうか臭いを嗅いでみればわかりそうなものじゃないか。食べ物が新しいか古いかもわからないんだからね」

「そうですね――」

志穂はあいまいにうなずいて、高瀬さん、いらっしゃいませんか、とそう尋ねた。

「社長はいないよ。芝公園のほうに弁当を売りにいってる」

「…………」

うっかりしていた。

高瀬は毎日、弁当を車に積んで、芝公園に売りにいく。午後のこんな時間に訪ねても家にいるはずがないのだ。

——無駄足を踏んだわ。

ほぞを噛む志穂に、お弁当のご注文ですか、と女が聞いてきた。

「ええ、まあ……」

うなずいた。警察の人間だと名乗る気力も失っていた。

「そうですか、それでしたら——」

女は手元を見わたし、厨房の台から一枚の紙を取ると、それを持ってきた。

「これ、お弁当のメニューです。よかったら、どうぞお持ちになってください。社長がいなくてもわたしどもで注文は受けられますから——」

「ありがとう」

志穂はメニューを取った。

どうやら手製のメニューらしい。弁当の写真をとり、それを並べ、名前と値段を横に書き込んで、コピーしたものだ。脂でかすかに汚れていた。

弁当の種類は多い。しかし、ありふれたものばかりだ。

幕の内弁当、中華弁当、ヒレカツ弁当、シャケ弁当、ハンバーグ弁当、和風弁当、ステーキ弁当……

志穂は落胆した。

所轄署の刈谷がいったとおりだ。ソバに寿司、ステーキ、サラダ、プリンがいっしょになっている弁当はない。日本中さがしてもそんな弁当はないだろう。

「お寿司とかソバはやらないんですか」

メニューから顔をあげて女に聞いた。

「お寿司ってのり巻きとかおいなりさんのことですか」

「いえ、そうじゃなくて――」

被害者の体内には酢飯とマグロが残されていた。常識的に考えてマグロの握りを食べたと見なすべきだろう。

「握り寿司？」

「ええ」

「うちはなま物はやらないの。食中毒が怖いからねえ」

「おソバはどうでしょう」

「悪いわねえ、おソバもやってないんだよ。そういう弁当だったらコンビニで買えるからね。うちあたりはコンビニで買えない弁当をやらなけりゃね。太刀打ちできないよ」

「お弁当の内容を特別に注文することはできるんですか」

「できますよ。だけどいくら注文されてもなま物はお断りしますよ。食中毒で営業停止をくらうのはうちだからね」

「そうでしょうね――」

志穂はぼんやりつぶやいた。

やはり刈谷刑事のいったとおりだ。いくら弁当屋でも、寿司にソバ、ステーキがいっしょになったような弁当はつくらない。そんな弁当はありえないのだ。

被害者の十二指腸に残った食べ物から、すぐに弁当製造業の高瀬を結びつけて考えるのは、あまりに短絡的というべきだった。

高瀬が弁当を販売に出ているのを忘れ、大森までやってきたのを無駄足と悔やんだが、どのみち無駄足になったのだ。

「………」

一瞬、志穂はぼんやりと立ちすくんだ。

このあたりは町工場地帯だ。

しかし静かだった。

小さな町工場が軒をつらねて建ち並んでいるが、どこからも機械の稼働音が聞こえてこない。三軒に一軒は営業を停止し、道路はがらんとして人の姿が少ない。

まだ夕方の四時だというのに火が消えたように淋しい。

熱く灼けた陽光に道路が白くひからびたように乾いている。「タカセ弁当」の店先から容器を洗った水があふれ出していて、そこだけ地面が黒い。その水を一匹の痩せたノライヌが舌を鳴らして舐めている。

淋しい町の、淋しいノライヌ——

その姿にふと志穂は自分の姿を重ねあわせて見ていた……。

3

そんな志穂がよほどがっかりしているように見えたのだろう。女はとりなすように、ご期待にそえなくてすいませんね、とそういった。

「いえ、そんなことはありません」

志穂はかろうじて微笑んだ。

「早く食べてもらえるんだったら、うちあたりもなま物を出してもいいんですけどね。社長が用心ぶかくてね。物事に臆病なんですよ。あれで苦労してるから。十六歳で田舎から東京に出てきて、つとめた蒲田の工場が妙なことで潰れてしまって。お嬢さんなんかお若いから集団就職なんて言葉知らないでしょう?」

「…………」

「わたしがまだ子供のころだから昭和三十年代の終わりぐらいの言葉ですかね。中学を卒業して集団で東京に働きにくる……それを当時は『集団就職』と呼んでいたんですよ。いまじゃ、こんなありさまだけど、そのころの蒲田、大森の町工場はたいへんな景気だった。わたしはこのあたりで育ったからよく覚えているんですけどね——」

ふと女は遠くを見るような目になった。当時をしのぶことは、女にとって自分の少女時代を思いだすことでもあるのだろう。

「ほんとに人手不足でね。いまみたいに仕事がないなんてことはなかった。そのころには中卒の若い働き手は『金の卵』と呼ばれていたものですよ。うちの社長あたりはその『集団就職』の最後の世代になるんじゃないかな。そのころにはもう『金の卵』なんて誰もいわなくなってたけど。つとめた工場がひょんなことで潰れてしまって、社長はずいぶん苦労したらしい。一時、昭和島の給食センターで働いていたこともあるんですよ。それでようやく弁当屋をひらくことができた——」

「…………」

「こんなちっぽけな弁当屋だけど、社長にはこれでもやっと築いた自分の城だからねえ。いつ妙なことになって、また、何もかもぶち壊しになるんじゃないかと、ビクビクしているんですよ。貧乏人は臆病だからね」

ふと自分の饒舌（じょうぜつ）に嫌気がさしたように、女は顔をそむけると、

「だから、だれが何といっても、なま物はあつかおうとはしない。自分のような弱い

貧乏人にはいつどんな災難がふりかかってくるかわからない。社長はいつもそういってるんですよ。怖いんですって。最初につとめた工場が潰れてしまったのがそれだけ骨身にこたえたということなんでしょうね。すいませんね。そんなわけでうちはなま物はやらないんですよ」

最後は切り口上になっていた。

おそらく女は社長の高瀬に託して自分の話をしていた。経済成長をささえた零細な町工場は、いま不況の波にさらされ、軒並み、苦境に追いつめられているらしい。ここで育ったという女も人にいえない苦労を積んできたのにちがいない。

志穂にはそのことがよくわかった。

礼をいって、「タカセ弁当」をあとにしたが、女は顔をそむけたままだった。

被害者の体に残っていた食べ物を、高瀬の弁当に結びつけて考えたのは、あまりに強引すぎたようだ。

その強引さが災いして、思いがけなくひとりの女の苦い過去に触れてしまった。

もちろん志穂にはそんな権利はない。誰にもそんな権利はない。

志穂が特被部の捜査官という仕事に嫌気を覚えるのはこんなときだ。

ユカちゃん人形の調査はこれといった収穫をあげられなかった。わざわざ大森までやってきたのも徒労だった。

あいかわらず昭和島には人の姿はなく、ただ道路に埃だけが舞っている。

足が重い。

バスを待つのが億劫だ。

タクシーの姿は見かけない。

途中、モノレールの昭和島駅があったのを思いだした。

——そうだ、モノレールで帰ろう。

たしか羽田空港——浜松町を走っているはずだ。昭和島の駅から乗って浜松町に出ればいい。

駅に向かった。

昭和島は駅さえわびしかった。

プラットホームで待っているあいだもただ足の重さだけを意識していた。

モノレールの車内は満員だった。

ちょうど帰宅時刻だということもあるが、羽田空港から乗った旅行の帰り客も多いらしい。

空いている席はない。

吊り革につかまって、窓の外を見ていた。

――あの被害者は誰なんだろう？

そんなことを考えるともなしにぼんやりと考えていた。

すでに被害者の死体が発見されて三日が過ぎようとしている。結婚はしているのか。いや、おそらく独身だろう。結婚指輪をしていれば、よしんば死んだあとで誰かが抜き取ったとしても、その痕が指に残るはずではないか。そんな痕はなかった。

東京で独り暮らしをしていたということも考えられる。が、たとえ独り暮らしだとしても、この大東京でまったく他人と接触なしに生きることはできない。どんな孤独な人間でも誰かとなんらかの関わりなしに生きていくことはできない。ましてや若くて美しい女性なのだ。三日間も消息を絶って、どこからも警察に問いあわせがないなどとそんなことがあるだろうか。

若い女が芝公園で裸にされ、ベンチにすわって死んでいたのだ。

尋常な事件ではない。

殺人事件の可能性がとぼしいぶんだけ、マスコミの扱いは小さかったが、それでもこれがセンセーショナルな事件であることに変わりはない。

女の周囲にいた誰かが、女の失踪と、この事件との関連に気がついてもよさそうなものではないか。

それがいまだにどこからも有力な情報が入ってこない。

どうしてか？

──まるであの被害者はどこか空からでも降ってきたみたいだ……

志穂がそんなことを考えたときだった。

ふいに列車がとまった。

すでに窓からのぞむ東京は、夜のとばりに閉ざされ、灯がともっている。

その街の夜景がところどころ歯抜けのように暗くなっていた。

どうやら停電らしい。

列車の明かりが消えることはないが、おそらく駅の電力が切れたのだろう。

それで一時停車した。

「…………」

志穂は変死体が発見されたあの夜のことを思いださずにはいられなかった。

どういうわけか、このところ停電がつづいている。

夏を迎えて、電力消費量が急速に増しているが、いまの東京ではそんなことでは停電にはならない。

いまの東京で停電の原因として考えられるのは、悪天候のために送電線が切れることぐらいだが、それにしてもよほど悪条件が重ならなければそんな事態にはいたらない。

第一、このところの関東地方には雨も降らなければ、台風もこないのだ。

それなのに停電がつづく。

東京電力ではその原因を調査中としか発表しないが、おそらくコンピュータ制御系の故障か何かだろう。ありえないことだが、そのありえないことが起こるというのは、それだけこの世の中のたがどこかゆるみ始めているからかもしれない。

志穂は吊り革につかまったまま電車が動くのを待っていた。

すぐ横の座席にふたりの若い女性が並んですわっていた。

疲れきって、どんよりと鈍い意識のなかで、そのふたりの会話を聞くとはなしに聞いていた。

ふたりはしきりに仕事の愚痴をならべていた。

膝は痛いし、腰は痛い。お客はわがままだし、生活が不規則だから肌が荒れる。そのわりには給料が安い。もう機内食にも飽きあきした……

「…………」

ふいに頭のなかを蹴りつけられたように感じた。

あらためて女たちを見た。

志穂はよほど物凄い目つきになっていたのだろう。

その視線に気がついた女たちがおびえたような顔になり体をすくめた。

そのときモノレールが動きはじめた。

進展

1

八月七日、金曜日。

被害者の身元がわかった。

室井（むろい）君子（きみこ）、二十六歳、独身——

静岡の出身で、代々木のマンションに独りで暮らしていた。

T航空の客室乗務員（キャビンアテンダント）（CA）だ。

入社して四年、アシスタントパーサーとして勤務していた。

三日、月曜日にホノルルから帰国し、八日の土曜日まではフライト予定がない。

これが国内線であれば、三日勤務して一日の休み、というように勤務パターンが固定されるのだが、国際線勤務の場合はパターンが一定していない。

また、待機(スタンバイ)であれば、いつ緊急に呼びだしを受けることになるかわからず、会社に対してつねに所在を明らかにしておく義務がある。

が、室井君子の場合は純然たる休みで、数日、その所在が不明になったとしても、だれもそのことを不審には思わなかった。

ましてや芝公園で発見された変死体を彼女に結びつけて考える人間などいるはずがなかったのだった。

これは志穂の手柄だ。

モノレールで乗りあわせた客室乗務員たちの会話から、

——被害者の体内に残されていた食べ物は機内食ではないか。

そう思いつき、何人かの所轄署員で手分けして、各航空会社に連絡し、被害者の写真をファックスで送った。

その結果、数時間のちには、被害者がT航空の客室乗務員であることがわかったのだった。

わかってみれば単純なことだった。

成田に到着する国際線フライトでは、機内食に和食と洋食を提供する。乗客はそのどちらかを選ぶわけだ。ソバ、寿司、ステーキ、サラダ、プリンという組みあわせは、たしかに支離滅裂だが、これを機内食と考えればふしぎでも何でもない。たまたま室井君子はその両方をつまんだだけのことなのだろう。

国際線勤務の客室乗務員であれば、勤務パターンが不規則であり、次のフライトまで、その所在が知れなくても、だれもそれを不審には思わない。

所轄署の刑事課員たちは被害者がホノルルから帰ったばかりということで、——それで日焼けどめクリームを全身に塗っていたのか。

たやすくそのことに納得したようだ。

が、志穂はもうひとつ、そのことに納得しきれないものを覚えていた。

たしかにハワイに飛ぶ客室乗務員が日焼けどめクリームを使うのは当然のことだろう。しかし、どうして全身にクリームを塗る必要があったのか。室井君子はホノルルの海岸でトップレスになっていたのだろうか。

室井君子は全身を脱毛し、ほとんど病的なまでに丹念に肌の手入れをしていた。それこそ性器にいたるまで日焼けどめクリームを塗り込んでいた。

遺体を見たかぎりでもそのツルッとした肌の光沢感はソフトビニールの人形めいて(そう、ユカちゃん人形のように、だ)異常なほどだった。

これがたんにハワイに行くからというだけのこととは思えない。

納得できないのだ。

しかし——

すべての謎は、室井君子がどんな女性だったのかがわかれば、明らかにされるのではないか。

とにかく被害者の身元が割れて捜査は進展した。

静岡の実家にすぐに連絡がとられた。

今日の午後にでも家族が遺体の確認に上京してくるはずだ。

室井君子の部屋は家族の立ち会いのもとに調査されることになる。

そのことは所轄署員にまかせ、志穂はT航空に連絡し、室井君子の同僚に会う手筈をととのえた。

それまで事件に無関心だった特被部の袴田が、

「おれも一緒に行くよ——」

そういいだしたのは、客室乗務員はおしなべて美人だという先入観があるからにちがいない。

袴田はもう五十に手がとどこうという年齢で、結婚の経験はあるらしいが、いまは独り暮らしだと聞いている。女っ気がないといえば、これほど女っ気のない男もめずらしく、そんな袴田が若い女の顔をおがめる機会をほごにするはずがない。

――いやらしいな、おじさんは。

志穂は不愉快だったが、結局、同行を承知したのは、どこかで孤独な袴田を哀れむ気持ちが働いたからだろう。

2

T航空の国際線では一機十五人の客室乗務員をひとつのグループとして編成しているという。

そのグループを管理するのがチーフパーサーで、これは一般でいえば係長にあたる職制らしい。

室井君子のグループのチーフパーサーから話を聞けることになった。

待ちあわせの場所に青山のアスレチック・クラブを指定された。

会員制の豪華なアスレチック・クラブだ。

志穂の給料では入会金はもちろん、毎月の会費も払えそうにない。

チーフパーサーの名は鈴木郁江という。

若くはない。三十代後半というところか。

若い女性を期待していたのだとしたら、袴田はその当てがはずれたことになる。

もっとも袴田はむっつりとして、ただ無言で頭を下げただけだ。その表情からは、彼が失望しているかどうか、それをうかがい知ることはできない。

志穂も頭を下げて、

「せっかくお休みのところをおじゃまして申し訳ありません──」

「いえ、こちらこそ、わざわざこんなところまで足を運んでいただいて──」

職業柄か、鈴木郁江は愛想がいい。

「わたしたちの仕事は腰や膝を痛めることが多いんです。それでオフにはできるだけストレッチ運動をするようにしているんです。歳をとるとだんだん時差の調整もつらくなりますしね──」

「お忙しいでしょうから、すぐに本題に入らせていただきます。室井君子さんのことはお聞きになられたと思います」

ええ、と鈴木郁江はうなずいて、

「会社から話を聞いてびっくりしました。どうしてそんなことになったのか。お気の毒だと思います。ただ、わたしは彼女とは仕事のうえのおつきあいだけで、プライベートでのおつきあいはありませんでした。どこまでお役にたてるかわかりません」

「ご存じのことだけでけっこうです。室井君子さんはどんな女性でした?」

「明るくてきれいな人という印象です。派手なおしゃれが好きで、またそれがよく似あう人でした」

「私生活ではどうでした？　なにかお聞きになっていることはありませんか」

「さきほども申しあげたようにわたしは彼女とはプライベートでのおつきあいはありませんでした」

「異性関係についてお聞きになっていることはありませんか。どんな人とつきあっているとか、だれかにつきまとわれて困っているとか、どんなつまらないと思われることでもけっこうです。なにかご存じのことがあれば教えていただきたいのですが――」

「さあ」

「あとになってご迷惑をおかけするようなことはけっしてありません。どんな些細なことでもけっこうですから」

「ニューヨークやロス、ホノルルに飛ぶとよく古着屋めぐりをしていました。男物の革ジャンパーとか、古いジーンズとか、そんなものを買いあさっていたようです。知り合いに古着屋さんがいて頼まれて買っているんだとそういってました――」

「その古着屋さんのお店がどこにあるかは聞いていらっしゃいませんか」

「聞いたかもしれませんが忘れました」

「その話を聞いてどう思われました？　室井君子さんはその古着屋さんとどんな関係

だったと思われますか」

「申し訳ありません。そこまでは聞きませんでした」

それまで黙っていた袴田がそこで初めて口をはさんだ。

「チーフパーサーというのは客室乗務員（ＣＡ）たちのいわば係長のようなものだと聞きましたがそうなんですか？」

「ええ、そんなところです」

「鈴木さんからごらんになって室井君子さんはどんなＣＡでした？　上司として評価なさいますか」

「仕事はきちんとやっていました。特別に熱意があるというほどではありませんでしたが怠けるということもありませんでした」

「評価なさいますか」

「…………」

鈴木郁江は答えようとしなかった。答えないことが彼女の評価をなにより雄弁に物語っていた。

三十分ぐらいで話は終わった。

「…………」

アスレチック・クラブを出て、志穂と袴田のふたりは顔を見あわせた。

期せずしてふたりとも苦笑を浮かべた。

結局、鈴木郁江の口からは何も聞きだせなかったといっていい。聞くことをことごとくはぐらかされた。その苦笑だった。

駅に向かって歩きながら、

「あの女は会社から何かいわれてるんじゃねえかな——」

袴田がそういった。

「何かって?」

「よけいなことはしゃべるなとか、さ。あれはなにか隠しごとをしているぜ。おれにはわかる」

「ああ、好かねえ」

「いまの人が嫌いなのね」

「残念でした」

「なにが、よ?」

「相手が若いCAじゃなくて」

「そんなんじゃねえよ——」

袴田は顔をしかめて、

「ひとつだけ間違いないことがある」

「おれはあの女が嫌いだが、どうやらあの女も被害者のことが嫌いだったらしい」

袴田は汗をかいていた。その汗ばんだ顔のなかに目だけを光らせていた。

「……………」

3

古着屋の名はすぐに知れた。

その日の午後、静岡から上京してきた父親の立ち会いのもとに、所轄の刑事が室井君子の部屋を調べた。

アドレス帳にその古着屋の名前と電話番号が残されていた。

原宿の竹下通りにある古着屋で、店の名を「エクスプレス・キッズ」という。

その下の欄に、辰巳富久(たつみとみひさ)、という名前が記載されている。

竹下通りを管轄にしている交番に問いあわせたところ、辰巳富久は「エクスプレス・キッズ」の経営者だという。

アドレス帳には、辰巳富久の住居(すまい)の電話番号、住所も記されていた。

これは要するに、室井君子と辰巳富久とはたんに店と客との関係というだけではなく、個人的な交際があったということだ。

室井君子の部屋に、三十がらみの男と親密に肩を組んで笑っている写真があった。

その男は室井君子の恋人だろう。

たんなる友達の写真をわざわざ部屋に飾るはずがない。

刑事は父親にことわってその写真を借りてきた。

志穂たちも所轄署でその写真を見た。

もし、その写真の男が「エクスプレス・キッズ」の辰巳富久だとしたら――

ようやく、ここに「死体遺棄」の有力容疑者が登場したことになる。

どんな場合にも、女性が犯罪にみまわれたとき、その恋人か、夫が、もっとも有力な容疑者と見なされる。

例外はない。


いったん所轄署に寄ってから、原宿に向かった。

原宿は若い人が集まる街だ。

とりわけ竹下通りは、若者相手のレストランやブティックが多く、若い、というより、むしろ幼いと呼んだほうがいいような熱気に満ちている。

袴田がこの街に場違いなのは当然だが、二十三歳の志穂さえも、ここでは自分の年齢を意識せざるをえない。

「エクスプレス・キッズ」はパレフランスの近くにある。

開放的な造りの店だ。軒先にずらりと古着が吊るされている。米軍払い下げのジャケットやベスト、それに七〇年代、八〇年代の革ジャンやジーンズ、Tシャツ、ベルト、ブーツ……店のまえには古めかしいジュークボックスが置かれていて、ビーチボーイズの曲が流れていた。

客のほとんどが高校生のようだ。私服を着ている若者もいれば制服を着ている若者もいる。楽しげに古着をあさっていた。

袴田はいささかその熱気にへきえきしたらしい。

顔をしかめながら、若者たちの姿を見つめていた。

志穂は若い店員に声をかけた。辰巳富久に会いたいと告げた。

「はい、お待ちください――」

店員は奥に引っ込んだ。

待たされた。

いきなり、

「どうして――」

袴田がそう口を開いた。

「室井君子は裸にされていたのかな?」

「え？」

志穂は袴田の顔を見た。

「いや、そのことが気にかかるんだ。どうして室井君子は裸にされていたんだろう」

さあ、と志穂は首をかしげ、

「彼女は制服を着ていたんじゃないのかしら。制服を着たままだと彼女の身元はすぐにわかってしまう。だからとっさに被害者を裸にした。そうは考えられないかしら」

「制服を脱がせれば身元がわからなくなるとそういうわけか」

「男、だと思うんだけど、その男は死んだ女をそのままにして逃げてしまうような人よ。卑劣で無責任な男だわ。男は室井君子の急死と関わりあいになりたくなかった。彼女の身元が知れると、その責任が自分の身にまでおよんでしまう。だから室井君子の制服を剝いで、彼女の身元をわからなくした。そういうことじゃないかな」

「そいつはどうかな——」

袴田は首をかしげた。

「室井君子は八日にはフライトがあったんだろう。その日になれば会社のほうでも彼女がいなくなっていることに気がつく。どうせ女の変死体が室井君子であることはわかってしまうんだ。そのことは遺体を捨てていった人間も承知していたはずじゃないか。わずか数日、身元をわからなくするだけのために、女を裸にするものかな」

「…………」

志穂には答えようのないことだ。やはり首をかしげるほかはなかった。

そのとき、ひとりの男が店の奥から出てきた。

三十代はじめの男だ。

体格のいい、長身の男で、長い髪をポニーテイルにたばね、ピアスをしていた。

青いストライプのシャツに、臙脂(えんじ)の細身のネクタイを締め、デザイナーズ・ジーンズを穿(は)いている。

「わたしが辰巳ですが――」

男はふたりを見ると、けげんそうな顔になり、

「どんなご用でしょうか」

「…………」

志穂と袴田のふたりは、ちらり、と視線をかわしあった。室井君子といっしょに写真に写っていた男だ、とそれをたがいに確認しあう視線だった。

「わたし、警視庁の袴田といいます。こちらは同僚の北見です――」

袴田はいんぎんに腰をかがめ、名刺を渡すと、

「つかぬことをおうかがいしますが、辰巳さんは室井君子さんという女性をご存じでしょうか。T航空の客室乗務員をなさっているかたですが――」

「ええ、知っています。それが何か？」

「失礼ですが、どんなご関係でしょう」

「つきあっています」

「恋人ということでしょうか」

「ええ、まあ、そういってもいいかもしれません――」

辰巳はあからさまに不快げな顔になり、

「それが何だというんです。どういうことなんですか。女性と交際するのが法律違反だとでもおっしゃるんですか」

「とんでもない。そんなことはありません。ただ――」

袴田はことさらに声を低め、

「室井君子さんがお亡くなりになられたものですから」

「亡くなった……」

辰巳は絶句した。

「そのことですこしお話をうかがいたいんですが。どこか落ちついてお話のできるところはないでしょうか」

と、これは志穂がいった。

近くの喫茶店に入り、話をした。

辰巳と室井君子とはもう二年来のつきあいだが、ここ一月(ひとつき)ばかりは、たがいに忙しくて連絡をとりあっていなかったという。

それでもべつだん、ふたりはそのことを不自由とも淋しいとも感じていなかった。

それというのも、辰巳にいわせると、ふたりは恋人というより、

「もうすこし気楽な関係でした。遊びと割り切っていたわけではありませんが、結婚を考えていたわけでもない。互いにたがいを拘束しない関係で、どちらかに好きな人ができたら、いつでも気持ちよく別れる約束になっていました」

「どちらにも好きな人はできなかったわけですか」

と、袴田が尋ねる。

「ぼくにできたこともあれば、彼女にできたこともありました。そのあいだ、ふたりの関係はとぎれましたが、その好きな人と別れると、またいつのまにかよりが戻る、そんな関係でした――」

ときおり古着を頼んで、外国で買ってきてもらうことはあったが、それとふたりの関係は話がべつで、そのつどビジネスとしての報酬は渡していたという。

辰巳は八月の四日にメルボルンから帰ってきたばかりだという。

それがほんとうだとすれば、辰巳のアリバイは完全に成立することになる。

室井君子の変死体は三日に発見されているからだ。

「………」

それを聞いたときには、志穂はやや気落ちしたし、袴田の表情にもわずかながら失望の色がにじんだ。

パスポートを確認すれば日本への出入国の期日はあきらかになる。そんなことで嘘はいわないだろう。

つまり辰巳は芝公園に室井君子の死体を置き去りにした人間ではありえない。

「いい子でした。明るくて、きれいで。いま考えると、ぼくはじつは室井君子のことを愛していたのかもしれません。いまになってそう思います……」

辰巳は室井君子の変死のことを聞いて呆然としているようだ。

それが心底からおどろいているのか、それとも一種の演技なのか、そこまでは志穂にもわからなかった。

話がつきた。

袴田はタバコの箱を取りだすと、

「どうです、一本」

辰巳に勧めた。

辰巳は露骨に顔をそむけると、

「ぼくはタバコはやりません。もし、ぼくの血液型が知りたいんだったら、ぼくはAB型ですよ——」

そう吐き捨てるようにいった。

辰巳と別れて、ふたりは原宿の駅に向かった。

「やられたわね」

志穂はクスリと笑って、袴田をからかった。

「…………」

袴田はただ妙な顔をして、首をひねっているばかりだった。

芝公園で第二の死体が発見されたのは翌日の早朝のことだった。

ビキニのユカちゃん

1

八月八日、土曜日――。

その女の死体を発見したのは新聞配達の若者だった。

早朝五時三十分、早い夏の夜明けが白々とおとずれて、すでにセミがみんみんと鳴きはじめていた。

若者はバイクに乗り、芝三丁目から日比谷通りに出て、そのバイクを地下鉄「芝公園」駅の路肩によせてとめた。

そして、配達の受け持ち区域である公園に徒歩で向かった。

地元の人が芝公園と呼んでいる公園はじつは二カ所ある。

ひとつは地下鉄「御成門」駅に面した芝公園三丁目の公園で、室井君子の変死体はここで発見された。

この公園は芝生などもよく手入れされ、正面から東京タワーをのぞむことができ、格好のデート・スポットになっている。

もうひとつは、それよりかなり規模は小さくなるが、日比谷通りをはさんで反対側、芝公園二丁目の「芝公園」駅に隣接した公園である。

こちらのほうは保育園や福祉会館などがあり、また区立の芝プールなどもあって、いわば地元の小公園といった印象が強い。

地元の若い母親たちが子供を遊ばせに連れてくるのは、どちらかというとこの小公園のほうなのだ。

いつものように若者は新聞の束を小脇にかかえて、小公園に足を踏み込んで――

そこで足をとめた。

「…………」

若者はけげんそうな顔になった。

小公園の入り口はちょっとした広場のようになっている。そこに小さな水遊び場が設けられている。幼児の遊ぶ水遊び場で大人のすねぐらいの深さしかない。

その水遊び場に、若い女がひとり、すわっているのだ。

サングラスをかけ、赤いビキニの水着を着ている。臀部を水にひたし、両足をまえに投げだしていた。水遊び場の半径は小さいので、女はその縁に太股をかけ、腰を浮かすようなひどく大胆な姿勢をとっていた。

水遊び場はドーナツ状になっていて、中央のコンクリートの斜面から、いつも水が流れだしている。女はその斜面に背中をあずけ、流れる水にさらされて、絶えず体を前後に揺らしつづけている。

ハイレグのビキニは、体に食い込んで、ぎりぎりまで肌を露出している。体がゆらゆらと揺れるたびに、乳房や太股のつけねがあらわにさらされるのだ。

女は若者のほうに顔を向けている。顔を向けてはいるが、サングラスに隠れてどこを見ているのかはわからない。

「………」

若者もまた女から目を離せずにいる。

魅いられていた。

セミが鳴いている。

夏の日差しがまばゆい。

水がきらきらと光を撥ねていた。

その光のなかで女のビキニが鮮烈に真っ赤だ。
子供の水遊び場だ。
若者の背後には歩道がある。
その歩道をはさんで、すぐそこはもう日比谷通りなのだ。
成熟した女性がハイレグのビキニだけでいられるような場所ではない。
——こんなところで何をやっているんだろう?
なにもかもが光に満ちて明るい。
それなのに夢のように非現実的だ。
夢だとしたらこれは強烈な淫夢ではないか。
若者はあえいだ。
陰茎が熱くこわばるのを覚えていた。
「………」
ふと若者はその目を瞬かせた。
女の横に人形が置かれていることに気がついたのだ。
ユ、ユカちゃん人形だ。
人形も女とおなじ赤いビキニをつけていた。女のようにサングラスをかけ、女のように足を投げだしてすわっていた。

人形は女のひな形だった。

あるいは女が等身大サイズのユカちゃん人形だった。

そのとき初めて若者は悲鳴をあげた。

その悲鳴にセミの鳴き声がいったん中断したが、すぐにまた何事もなかったように鳴きはじめた……

2

被害者の名前は茂野幸枝──。

二十八歳、西麻布のマンションで、男とふたりで暮らしている。籍にこそ入っていないが、事実上、ふたりは夫婦も同然の関係と考えていいらしい。

被害者はビキニの水着とサングラス以外、なにも身につけていなかった。

それでいて身元がすぐに知れたのは、八月六日に、夫の白井達夫が所轄署に「家出人捜索願い」を出しているからだ。

その日、志穂は所轄署で夫の白井に出会っている。

派手なアロハを着て銀のブレスレットを塡めたあの貧相な小男だ。

「家出人捜索願い」に記入された容貌が合致することから、所轄署からすぐさま白井達夫に連絡がとられ、遺体が確認されたのだった。

白井はフリーのライターだという。

幸枝は（内縁関係ではあるが）専業主婦ということらしい。

芝公園四丁目に、増上寺と隣接して、ゴルフ練習場やボウリング・センターを擁する広大な遊戯施設がある。

芝Gプールもそこにあるのだ。

被害者が発見された小公園からは、日比谷通りを新橋寄りに数百メートルほど離れている。

茂野幸枝は週に二、三度ぐらいの頻度で、その芝Gプールに通っていたのだという。

八月五日、水曜日、午後一時ごろ、いつものように芝Gプールに出かけたが、そのまま夜になっても帰ってこなかった。

夫の白井は、自宅のマンションで一晩を待って、翌日、所轄署に「家出人捜索願い」を届け出た。

事情を聞いた係員は、これをたんなる家出人と判断し、二時間ほど捜索をおこない、該当者が発見されなかったために、家出人手配簿を作成するにとどまった。

そのときの係員の捜索で以下のことが判明している。

五日に彼女が芝Gプールに来たことは確認されている。

プールの職員たちは、茂野幸枝の顔を見覚えていて、たしかにこの日、彼女は来ているとそう証言しているのだ。

さらに同日午後五時ごろ、職員のひとりが、プールからロッカールームに向かう彼女の姿を目撃している。

つまり、この時刻に、茂野幸枝が芝Gプールを出ているのは間違いないのだが、そのあと彼女がどこに向かったかは、確認することができなかった……

そして、その三日後の土曜日早朝、茂野幸枝は芝公園二丁目の小公園で死体で発見されたのだった。

茂野幸枝は扼殺されていた。

指による圧痕が頸部に残されてはいたが、爪による皮膚損傷は見られない。

これは犯人が素手ではなく、手袋を塡めて被害者の首を絞めたためと考えられる。

現に、被害者の頸部から軍手のものと思われる繊維片が検出されている。

とりわけ検死官が重視したのは、被害者の爪から肉片組織、血痕などが検出されなかったことである。

扼殺される被害者は苦しさのあまり犯人の手を搔きむしるのが自然だ。被害者の爪にその痕跡が残されていないということは、被害者は首を絞められたとき、すでに意識を失っていたのではないだろうか。

このことから客室乗務員の室井君子の変死体との関連がにわかに重視されることになった。

死後にではあるが室井君子もやはり頸部を絞められていた。

しかし、室井君子の場合はたまたま死んでいたというだけのことであって、被害者の意識を失わせたうえで、その頸部を絞めるというのがこの犯人の手口ではないのか。もともと扼殺というのは、被害者が老人か子供の場合をのぞいて、相手が失神していないかぎり、これを実行するのはむずかしいといわれている。

死体のそばに、死体とおなじ姿にされたユカちゃん人形が置いてあったということでも、このふたつの事件の状況は共通しているのだった。

愛らしいユカちゃん人形が、死体のかたわらにその被害者とおなじ姿にされて置かれている……このことほど捜査員を慄然とさせた事実はない。

これが犯人のやったことであるのは九九パーセント間違いないだろう。

が、何のためにこんなことをしなければならないのか？　どんないびつで倒錯した精神が、こんなグロテスクな行為をおこなわせるのか？

こうして——

それまで、たんなる「死体遺棄」としか見なされていなかった芝公園の変死体事件が、ここにいたって連続殺人事件の発端と見なされることになったのだ。

「芝公園連続放火事件」の捜査にとりまぎれて、変死体事件を軽視していた所轄署も、茂野幸枝の事件とあわせて、この捜査に全力をそそがざるをえなくなった。

所轄署長は、本庁捜査一課と鑑識課に連絡をし、ここに捜査本部が設けられることになった。

すなわち「人形連続殺人事件」捜査本部である。

「変死体事件」のたったひとりの専従捜査員であった北見志穂も、当然、この捜査本部に組みこまれることになった。

この日、午後九時から、所轄署の会議室で一回めの捜査会議がひらかれることが決定した。

通常、こんな時刻に捜査会議がひらかれるのは異例なことだった。

しかし、変死体事件の捜査の遅れを取り戻す意味もあり、また同所轄の「芝公園連続放火事件」捜査本部との調整も急がなければならず、ことは緊急を要するとそう判断されたのだった。

本庁からは捜査一課六係が「人形連続殺人事件」捜査本部に派遣されてきた。

志穂はこれまで六係とは幾つかの事件の捜査に協力してあたっている……

白井の証言によれば、ビキニ、サングラスは被害者本人の持ち物で、芝Gプールでもそれらを着用していたはずだという。

もちろん、五日の午後五時前後、茂野幸枝が芝Gプールを出ていったときに、そのビキニ姿のままであったはずはない。

どんな服装だったか、夫の白井もはっきりしたことはわからず、プールの職員も覚えてはいないのだが、外を歩いてもおかしくはない格好であったことは間違いない。

それがどうして、八日の早朝、遺体で発見されたときには、またビキニ姿になっていたのか？

遺体が発見された小公園のほうにもプールはある。

被害者が発見された水遊び場からは細い道をたどってほんの数十メートルほどのところだ。

こちらは芝プールという名で、港区の教育委員会が管理している区営プールなのだ。

しかし——

茂野幸枝は過去にこの芝プールを利用したことはないということだし、そもそも朝の五時という時刻に、区営プールが開いているはずがない。

芝プールは事件には無関係と考えるべきだろう。

犯人はわざわざ茂野幸枝をビキニ姿にしたのにちがいない。死んだ被害者をビキニ姿にし、どこからか現場に運んできたと考えるのが妥当だが、それではどうして犯人にそんなことをする必要があったのか？

　捜査会議はその疑問から始まった。

「……どうして犯人は被害者をわざわざビキニ姿にしなければならなかったのか？　どうしてわざわざあの小公園まで運んでこなければならなかったのか？　これは変死体で発見された室井君子がどうして裸で公園のベンチにすわらされていたのか、という疑問に共通するものであります――」

　最初に発言したのは捜査一課六係主任の井原警部補だった。

「この犯人には死体をはずかしめ、人目にさらして喜ぶ性癖があるのか。それとも自分の犯行を誇示して、それに喜びを覚える劇場型の犯罪者なのか。いつも死体の横にユカちゃん人形を置いておくのはなぜなのか。たんなる人形マニアなのか。それとも女の死体を人形のようにしてあつかうのに快感を覚える死体愛好者なのか。みんなにはこの点に留意して捜査を進めてもらいたい」

「………」

　会議の参加者たちは一様にとまどいの色を隠しきれずにいる。

　ユカちゃん人形？　死体愛好者？　これは突拍子もない、なんとも得体の知れない事件ではないか。

　会議には二十人あまりの関係者が出席している。

捜査本部長、「本部事件係」検事、管理官、本庁鑑識課の係長、本庁捜査一課、および所轄署の専従捜査員たち——

それに特被部から志穂と袴田のふたりが出席していた。

ほんとうのところ袴田に出席を求めた人間はだれもいない。いつもの袴田なら、それをいいことにあっさりと欠席するところだが、どんな心境の変化からか、自分から進んで捜査会議に出てきた。

「エクスプレス・キッズ」の辰巳富久と出会ってから、妙に寡黙になった。何かひとりで考えていることがあるらしいのだが、なにを考えているのかわからない。聞いたところで、本人がその気にならなければ、素直に話すような男ではないから、志穂もあえて聞こうとはしない。

井原は腰をおろすと、一課の捜査員に向かって、おい、あれをかけろ、とあごをしゃくった。

「………」

捜査員はうなずいて、席を立ち、会議室のテレビに向かった。

ビデオのスイッチを入れる。

テレビにぼんやりと不鮮明な映像が映しだされた。

「これは三日夜、連続放火事件のよう撃捜査にあたっていた捜査員が、十一時三十分ごろ、芝公園付近を撮影したビデオです。ごらんのようにあまり映像状態はよくありませんが、皆さんにはよくこれを頭にたたき込んでおいてもらいたい。もしかしたら、ここに映っている人間のなかに今回の事件の犯人がいるかもしれないのです」

その捜査員がそう説明し、会議室にいる全員の視線がビデオ映像にそそがれた。

日比谷通り、芝公園付近はあまり人通りの多いところではないが、それでもときぎれることなしに人が通る。

アベック、サラリーマンのグループ、若い女たちのグループ、塾帰りか制服を着た男女高校生らしいグループ、ゴルフバッグの男、水商売らしい女、なにか屈託ありげにうつむいて歩く男がひとり……

ふいに画面が暗くなった。

芝公園一帯が停電になったのだ。

「………」

それでも志穂はジッとその暗闇を見つめつづけていた。

その暗闇のなか、若い女を殺し、その横に死体とおなじ姿にしたユカちゃん人形を残していく陰惨な犯人が、ひっそりと徘徊しているかもしれないのだ。

ふと何か微妙な気配を感じ——

志穂は袴田を見た。

袴田も志穂におとらず熱心にビデオの暗闇を見つめていた。

志穂と違うのは、袴田がそこになにかを見つけた、そんな異様にぎらついた目をしていることだった。

捜査員がビデオを消し、

「それでは捜査会議を進行します——」

井原が宣告するようにそういった。

3

検死官（刑事調査官）が立ちあがった。

今日の午後、茂野幸枝は司法解剖に処せられ、検死官はその執刀に立ち会って、ついさっき帰ってきたばかりだった。

「検視における死亡推定時刻は七日深夜から八日未明にかけてと考えられます。発見された時点からさかのぼって死後二時間から七時間というところでしょう。死亡推定時刻のはばがありすぎるように思われるでしょうが、この被害者の場合、いわゆる『死体現象』がきわめて異常で、死亡推定時刻をしぼるのが困難だったのです。解剖所見でもこれ以上、死亡推定時刻をしぼることはできませんでした——」

「その『死体現象』がきわめて異常だったということをもうすこしくわしく説明してもらえませんか」

「本部事件係」検事が聞いた。

はい、と検死官はうなずいて、

「こうした死後数時間の『死体現象』では、皮膚の蒼白化、体温の冷却、乾燥、死斑、死後硬直などから死亡推定時刻を割り出すことになりますが、この被害者の場合、それらの『死体現象』がまちまちだったのです。口内粘膜、小陰唇などの乾燥は激しいのに、死後硬直はそれほどではない。皮膚の蒼白化は進んでいるのに、体温はそれほど下がっていない。死体の置かれてあった状況によって『死体現象』に変化があるのは当然ですが、この被害者の場合、それがあまりに極端すぎた。正直、わたしは首をひねりました。これまでこんなに首をひねった検視はありませんでした——」

「…………」

「今午後二時、T大法医学教室において司法解剖をおこないました。執刀をお願いしたのは楠木教授です。その結果、この『死体現象』の異常がなにに由来するものであるか、そのことが判明しました。被害者の脳がいちじるしく腫れあがっていたのです。いわゆる浮腫状態です。血管も拡張し、肺や腎にも浮腫が見うけられました。心筋や骨格筋にも斑点状の壊死巣が見られたのです——」

つまり、それは、と井原主任がいらだったように聞いた。

「どういうことなんですか」

「要するに――」

と検死官は咳払いをし、

「被害者は熱中症にかかっていたのです」

「………」

一瞬、会議の席を声にならないざわめきが走った。捜査員のひとりが、熱中症ォ、と素っとんきょうな声を張りあげて、

「それは、あの、何ですか？　暑い日の朝礼なんかで、よく子供がぶっ倒れる、あれのことですか?」

そうです、と検死官はうなずいて、

「遺体が水につかっていたために直腸内温度が下がっていました。そのために検視では熱中症のことがわからなかったのです。おそらく死亡時には被害者の直腸内温度は四十度を超していたものと思われます。たしかに被害者の直接の死因は扼頸です。しかし、首を絞められたとき、すでに被害者の意識はなくなっていたものと推察されます。つまり熱中症のために失神していたのです」

「………」

「熱中症の兆候は頭痛、嘔吐、発汗にはじまり、ついには精神錯乱、痙攣、昏睡にいたります。おそらく被害者はこの最後の段階、昏睡に入っていたものと思われます。人が人の首を手で絞めて殺すなどということはなかなかできることではありません。扼頸の被害者のほとんどが非力な子供か老人であるのはそのためです。殺す相手が成人の場合には被害者を眠らせて実行することが多い。今回の場合、茂野幸枝は熱中症のために意識を失っていたというわけです」

「被害者は五日の夕方に行方が知れなくなって、八日に遺体で発見されている。死亡推定時刻が七日の深夜から八日の未明にかけてだとすると――」

と、これは井原が自分自身に確認するようにつぶやいた。

「少なくとも被害者はどこかで二日間は生きていたことになる。おそらく、どこかに監禁されていた。そのあいだに熱中症にかかったということか。どこでそんなことになったんだろう」

検死官はそれには何も答えようとせず、

「以上です」

と短くそれだけをいい、腰をおろした。

しばらくは誰ひとりとして発言しようとする者はいなかった。

捜査員たちにとって、熱中症、という言葉がそれだけ意外なものだったのだろう。

全員があっけにとられていた。

4

やがて本部長が咳払いをし、次の発言をうながした。

「鑑識」

本庁・鑑識課の係長がすわったまま発言する。

「被害者の水着、サングラスからは指紋を採取することができませんでした。人形からは幾つか指紋が採取されましたが、これは製造、販売の過程で残された、第三者のものである可能性が高いと思われます。ただ被害者をあの水遊び場に運び入れるのに、犯人がコンクリートの地面に手をついている可能性があります。さいわい七日は熱帯夜で犯人の掌は汗ばんでいたことでしょう。水遊び場の濡れている場所は論外ですが、そのほかの場所は連日の猛暑で乾きに乾いています。幾つか指紋を採取することができました。現在、人形から検出された指紋とあわせて、警視庁の指紋自動識別システムにかけ、まえのある指紋がないかどうか、それを照合しているところです――」

「…………」

「足痕跡に関しては、なにしろ現場がああいった公共の場なものですから、非常におびただしい数が残されていて、犯人の足痕跡を特定することができません。血痕は採取されませんでした。毛髪、微物などについても、いまのところ、ここでお話しするほど有力なものは発見されていません」

「性交の痕跡はどうですか」

　と捜査員のだれかが聞いた。

「残念ながら犯人のものと思われる体液を採取することはできませんでした。よしんば暴行、凌辱されたとしても、遺体が下半身を水につけていたために、その痕跡が流されてしまっているのです。この暑さです。胸部などに犯人の唾液が付着していたとしても汗で流されてしまっているでしょう」

　鑑識課係長の話が終わった。

　本部長は、ご苦労さまでした、と鑑識課係長をねぎらい、

「人形――」

　と声を張りあげた。

　志穂の番だ。

　立ちあがって、

「室井君子さんの横で発見されたユカちゃん人形は昭和五十年に発売された古いものでしたが、茂野幸枝さんの横で発見されたユカちゃん人形は、現在、市販されている

ものです。ピチピチユカちゃんというシリーズのものです――」

捜査員たちのあいだから失笑の声が洩れた。が、すぐにやんだ。ピチピチユカちゃんというネーミングはユーモラスだが、そのユーモラスな人形は無残に殺された女の横に残されていたのだ。笑うべきものではない。

「人形に残されていた製造ナンバーから東京で売られていたものだということは特定することができました。ただ、いまのところ、東京のどこに出荷されたものか、そこまでは特定することはできません。玩具屋だけではなく、ディスカウント・ショップ、パチンコ屋の景品所などでもあつかわれていて、製造元でもとても追跡しきれないということでした。ユカちゃん人形から犯人をしぼるのはむずかしいようです」

「そのピチピチユカちゃんシリーズというのはみんなビキニを着てサングラスをかけているのか？」

と、これは井原が聞いた。

「いえ、そうではありません。ピチピチユカちゃんはいわばスポーツ・シリーズです。テニスをしているユカちゃんもいますし、ゴルフをしているユカちゃんもいます。いろんなバリエーションがあります」

「だとすると、今度はどんな女が殺されるかわからないということか――」

井原はうめくようにそういい、すぐに自分の失言に気がついて、やや顔を赤らめた。

たしかに失言ではあるが、それははからずも捜査員全員の胸にひそんでいる疑惑をついてもいた。

もしかしたら女が殺され、その横に死体とおなじ姿をしたユカちゃん人形が残されているのと考えるのは誤りかもしれない。そもそもの発想が逆なのではないか。そうではなく、ユカちゃん人形とおなじ姿をした女が無差別に選ばれ、つづけざまに殺されているのではないだろうか。

が、そんなふうに考えるのは、あまりに倒錯的で異常にすぎた。だれもがそのことを考えてはいたが、まだ、いまの時点では、それを公然と口にするのははばかられた。

志穂がすわると同時に、

「カン取り、足どり」

本部長がそういい、はい、と返事をして、所轄署の捜査員が立ちあがった。

「われわれのほうもこれといった成果はあがっていません。いまは、カン捜査、足どり捜査の両面から捜査を進めているところです。現在、二十人、十組編成で、芝Ｇプールを出たあとの茂野幸枝の足どりを追っているのですが、なにぶんにも被害者がどんな服装をしていたのかわからないものですから捜査が難航しているところです」

「二十人十組編成か――」

井原が顔をしかめて、

「ちょっと少ないんじゃないか」

「まあ、勘弁してくれないか。連続放火事件のほうの捜査で『強行犯』の担当者たちが追いまわされているんだ。この事件だけに五十人、六十人もの人間をさくわけにはいかないいんだよ」

と、これは本部長がとりなすようにいう。

井原はそれにはそっぽを向きながら、

「亭主はどうなんだ？　だれか白井のことは調べているのか」

はい、とやはり所轄署の捜査員が小学生のように手をあげて、

「白井の供述の裏づけはとれています。五日夜、いつまでも女房が帰ってこないことを心配して、白井は被害者の行きつけのスナックとかブティックなどに電話を入れています。これはうらがとれています。もっとも、芝居だったと考えられないこともありませんから、これだけで白井をシロと断定することはできません。ただ、マンションの住人の話では、ふたりでよく連れだって買い物に出かけたりするのを見たそうですから、仲は悪くなかったようです。どちらかというと亭主のほうが妻を大事にしているという印象だったらしい」

「室井君子との関連はどうなんだ？　茂野幸枝とはなにか接点が見つかりそうか」

と、これはそれまで沈黙していた検事が尋ねた。

「いえ、ないようです。白井も室井君子という女性のことなど聞いたことがないとそういってます」

「そうするとこれは通り魔的な犯行ということになるな――」

検事はため息をついて、だとするとこいつはやっかいだな、とつぶやいた。

一課の捜査員が挙手をして、

「ふたりのあいだに何か共通点があるとしたら、それは芝公園、あるいは日比谷通りという場所ではないでしょうか。ふたりの被害者はいずれも芝公園で遺体をさらされています。犯人は芝公園、あるいは日比谷通りで犠牲者を物色しているのではないでしょうか。犯人が芝公園、日比谷通りに土地鑑のある人間であることは間違いないと思います」

「たしかに茂野幸枝は芝Gプールに頻繁に通っていた。犯人がどこかでその姿を見かけたことがあったとしてもふしぎはない。しかし室井君子の場合はどうなんだ？　犯人はどこで彼女の姿を見ているのか。彼女もやはり芝公園、日比谷通りに関係があるのか」

はい、と捜査員はうなずいて、手帳を繰りながら、

「わたしたちは室井君子のことを調べているのですが、彼女はフライトのあとで、よく六本木のディスコとかホストクラブなんかで遊んでいたらしい。『エクスプレス・

キッズ』の辰巳富久がお相手のこともあれば、ホストをつまみ食いすることもあった。そこらへんは適当にやっていたようです。まあ、CAというのは精神的にも肉体的にも重労働のようですから、そんなことでもして発散させる必要があったんでしょう」

「…………」

「これはわたしたちの推測にすぎませんが、三日の夜も、室井君子はやはり六本木で遊んだのではないでしょうか。六本木から芝公園は近い。そのあとで彼女はなんらかの理由で芝公園に流れた。そして不運にも犯人の目にとまってしまった——そうは考えられないでしょうか」

「三日の夜に彼女が六本木で遊んだという確証はあるのかね」

「いえ。CAの同僚から、彼女がよく行っていたという店を聞きだしたものですから、それを頼りに六本木を歩いてみたんですが、残念ながら、いまのところ目撃証言は得られていません。われわれももうすこし歩いてみるつもりでいますが」

「まさか——」

そのときふいに袴田が大声で発言し、横にすわっていた志穂をおどろかせた。

「ホストクラブには男と一緒には行かないだろう。あそこは女が遊ぶところだ。つまり室井君子は自分のカネで遊んでいたことになりますな。六本木あたりのホストクラブじゃずいぶん散財させられるでしょう。そんなにCAというのは金まわりがいいものですかね。あやかりたいもんだ」

「…………」

本部長は顔をしかめた。

井原はけげんそうに袴田を見た。

検事は聞かなかったふりをしている。

そしてほとんどの捜査員は袴田の発言を無視した。

袴田の発言は場違いもいいところだ。

客室乗務員という職業が金まわりがよかろうが悪かろうが、捜査会議の議題とはまったく関係のないことなのだ。

——袴田さん、なにを考えてるんだろう。

志穂は顔が赤くなるのを覚えた。

「大体、こんなところかな」

本部長が咳払いをし、

「もし犯人が芝公園、日比谷通りを徘徊し、目についた女を無差別に拉致して、殺しているのだとしたら、われわれとしてもこれを手をこまねいて見ているわけにはいかない。第三の犠牲者が出るまえに、なんらかの対抗手段をこうじて、早急に犯人逮捕にこぎつけなければならない。愛宕警察署、三田警察署の『芝公園連続放火事件』合同捜査本部と連携し、われわれもよう撃捜査を考えるべきだろう。そこでだ、ああ――」

いいよどんだ本部長のあとを継いで、井原が志穂の顔を見ていった。

「なあ、あんたはどんなユカちゃん人形がいい？　やっぱりビキニのピチピチユカちゃんなんかがいいんじゃないか」

単独捜査

1

捜査会議は終わった。

すでに夜の十一時をまわっていた。

が、志穂はまだ帰るわけにはいかない。

というより、これからが志穂のほんとうの仕事が始まるといってよかった。

「人形連続殺人事件」捜査本部はこの事件が通り魔的な犯行であることをほぼ断定、囮捜査を実行することを決定した。

室井君子は芝公園に、茂野幸枝は小公園に遺体をさらされた。このふたりの女性はたがいに何の関連もない。無作為に犠牲者に選ばれたと考えるのが妥当だろう。

このふたつの犯罪になんらかの共通点があるとすれば、それは日比谷通り・芝公園という場所しかない。

捜査本部は犯人が偶然に日比谷通りでこのふたりを見かけ残忍な犯行におよんだと判断したのだ。

このふたりが犯人の目を引いたのは、その容姿にどことなくユカちゃん人形を連想させるところがあったからではないか。

犯人がどうして死体の横に、その被害者とおなじ姿勢のユカちゃん人形を置くのか、そのわけはわからない。

が、この犯人に、ユカちゃん人形に対してある種の偏愛があるのは間違いないようだ。その偏愛が犯行に踏み切らせる引き金のひとつになっている。

そのことに関して「人形連続殺人事件」の本部長は専門家の意見をあおいでいる。

警視庁・科捜研に特別被害者部を設立した遠藤慎一郎（しんいちろう）は、三十代の若さながら、日本における犯罪心理学の第一人者として知られている。

本部長はこの遠藤慎一郎に犯人像の分析を依頼したのだ。

しかし――

遠藤慎一郎もあまりにもデータが少ないために、十分に犯人像を分析することはできなかったようだ。

ほんの短い覚え書き程度のものをファックスで送ってきたにとどまった。

そこには、あくまでも一般論として、という断りがそえられたうえで、以下のような分析がつづられていた。

この犯人には口唇期段階への「子供返り」があるのではないかと思われる。これは人類史の系統発生にまでさかのぼれば、トーテムとタブーの支配する「先祖返り（アタビズム）」ということになるのではないか。原始人の物神信仰（フェティシズム）が顕著にあらわれている。この犯人においては下意識のなかで人間と人形は渾然と一体化している。人形はたんに人形にとどまらず人間の魂をやどした呪物なのである。人形を殺せば人間も死ぬ。あるいは人間を殺せば人形も死ぬ。この犯人にはなにかどうしても抹殺しなければならないという強迫観念のようなものがあるらしい。人間の魔術的化身である人形を殺してまで抹殺しなければならないほどの激しい強迫観念が存在する。この犯人は女を殺しているのではない。女を通じて、女に象徴される、ある種の強迫観念を抹殺しようとしている。女を殺すのは、人形を現場に残すのと同様、そのための象徴的行為にすぎないと思われる。精神的な意味あいにおいては、「子供返り」、「先祖返り」はたんなる退行現象にすぎない。しかし、この犯人には、象徴的な意味あいにおいても、なにか時間をさかのぼらなければならない、心理的な必然性があるらしい。執拗に人形に執着するそのことからも、この犯人の「心理的時間」が過去の一点にとどまっていることが、容易に想像されるのである。この犯人は過去に生きている。現在に生きていない。

捜査会議の席において、一応、このコピーが全員に配られたが、だれもこれにさして注意を払おうとはしなかったようだ。

というよりも、そこに書かれてあることがほとんど理解できなかった、といったほうがいいかもしれない。

——これだから学者というやつは始末におえない。現場を知らずに好き勝手なことをいいやがる……

そう公言してはばからない捜査員もいたほどだ。

この遠藤慎一郎の一般論がいかにするどく犯人像を指摘していたか、捜査員たちがそれを知るには、事件の解決を待たなければならなかったのである。

いずれにせよ、この犯人がユカちゃん人形に異常な執着を持っているらしい、ということだけは、捜査員たちにも推測できた。

この場合、犯人を誘いだす囮になる条件は二点があげられるだろう。

まず、囮になる人間は、芝公園・日比谷通りにいなければならない。もう一点は、囮になる人間は、犯人の嗜好にあわせてユカちゃん人形のようにならなければならない。

——今度はユカちゃん人形か。やってらんないなあ……

志穂はげんなりしたが、これは囮捜査官であれば、どうしてもやらなければならないことだった。

会議が終わったあとにも、囮捜査の具体的な段取りを決めるために、所轄署に残ることになった。

意外だったのは、袴田がさきに帰るといいだしたことである。

袴田はいわば志穂の相棒だ。囮捜査をするときには、その身辺で護衛をすることになっている。

それが今回にかぎって、

「これだけ刑事たちがいるんだ。井原もいる。人数は十分だ。心配はいらない。なにも部外者のおれがでしゃばって嫌がられることはないさ——」

妙に冷淡なのだった。

「冷たいなあ。袴田さんはわたしの相棒じゃないの。そんなのないよ」

志穂にしてもどうしても袴田がいなければならないとまでは考えていない。

袴田は歳もとしで、体力もおとろえているし、敏捷性にも欠ける。いざというときあまり頼りになる刑事とはいえないだろう。

が、それでもいつも身辺を護衛してくれている袴田がいないとなると、やはり心細い思いにとらわれるのだった。

「なにしろこの暑さだからな。おれぐらいの歳になると炎天下での仕事はこたえるよ。大丈夫、本庁や所轄の連中にまかせておけば間違いない。心配はいらないさ」

「袴田さん」

「うん？」

「ひとりで何を考えてるの？ このところ袴田さん、おかしいよ。まさか、自分ひとりで何か調査しようと考えてるんじゃないでしょうね。仕事は適当に手を抜くのが袴田さんのセオリーでしょう。熱血刑事なんて、がらじゃないよ。そんなのぜんぜん袴田さんらしくない」

「なにも考えることなんかないよ。考えてるのはあんたのほうだ。あんたが考えすぎてるんだ――」

袴田はそっぽを向いた。

とりつくしまもない冷淡さで、こうなると袴田は容易に自分の胸のうちを明かそうとはしない。袴田の好きにさせるしかなかった。

「来てくれないか」

井原が別室から呼んだ。

志穂は心残りだったが、袴田を置いて、自分ひとり、捜査本部の幹部たちと囮捜査の打ちあわせに入るしかなかった。

2

翌日。
朝十時——
袴田の姿は原宿の竹下通りにあった。
朝のこんな時間だが、もう竹下通りには若い人たちが出はじめていた。
「エクスプレス・キッズ」の近くにスタンド式のコーヒーショップがある。
そこに入った。
若い娘がアイスコーヒーを飲んでいた。
袴田の姿を見てぺこりと頭をさげた。
伊藤敏子(いとうとしこ)、「エクスプレス・キッズ」の女店員だった。
袴田は娘のまえにすわり、
「どうも申し訳ありません。こんな朝の忙しいときに時間をさいていただいて」

丁重に頭をさげた。

「いえ、いいんです。お店には十時半に行けばいいんですから。十時半には失礼させていただきます」

娘はきびきびとした口調でいった。頭のよさそうな娘だった。

「お手間はとらせません。二、三、お聞きしたいことがあるだけですから」

「ほんとうにお店の人には黙っていてもらえますか。こんなこと、辰巳さんに知れたら、わたし、お店にいづらくなって困るわ」

「大丈夫です。絶対にご迷惑をおかけするようなことにはなりませんから」

「わたし、朝食、まだなんです」

「は？」

「いつもより三十分早く家を出てきたから朝ご飯を食べる暇がなかったんです」

「どうぞお好きなものをとってください」

「わたし、凄く食べるんですよ」

「どうぞどうぞ」

「すいません。ジャーマン・ドッグとベジタブル・サンド、それにアイスコーヒーのおかわりをください――」

娘はカウンターにそう声をかけると、袴田に向きなおり、ね、凄いでしょう、そう笑いかけてきた。

早速ですが、と袴田は話を切りだして、

「伊藤さんは室井君子さんという女性を御存知ですか」

「辰巳さんのガールフレンドね。ＣＡをしていると聞いています。きれいな人だわ」

伊藤敏子はホットドッグをほおばりながら屈託のない声でいった。

どうやら彼女は事件のことを知らないらしい。

死体が発見されたときには、室井君子の身元もわかっていなかったし、たんなる変死体と見なされていた。事件性にとぼしいと判断されたのか、マスコミはとりたててそのことを報じようとはしなかった。

茂野幸枝の場合は最初から殺人事件であることがはっきりしていた。そのために、それなりの大きさで報じられたが、それを室井君子の事件と結びつけて報道するメディアはなかった。

ひとつには警察当局が、このふたつの事件に関連があると断定しなかったからであり、もうひとつにはある意図のもとにユカちゃん人形のことを発表しなかったからだ。

どうやら辰巳富久も室井君子のことは社員に話していないらしい。

もちろん袴田にとっても伊藤敏子が事件のことを知らないほうが都合がいい。聞き込みの相手に妙な好奇心を持たれるぐらいやっかいなことはないからだ。

「室井君子さんは辰巳さんのためにニューヨークやロサンゼルスからよく古着を運んできたと聞きました。室井君子さんの古着はよく売れましたか」

「さあ、わたし、仕入れのことはよくわからないから――」

伊藤敏子は首をかしげて、

「室井君子さんが外国で古着を仕入れてきたという話はよく聞きました。五着とか六着とか、税金がかからない程度に、仕入れてくるんだそうです。辰巳さんとつきあっていたから、自然に古着を見る目ができたのね。でも、ほとんどお店では売られなかったんじゃないかしら」

「お店では売られなかった？　それはどういうことですか」

「辰巳さんが個人的にあつかっていたんだと思います。お店に来る高校生とか中学生に声をかけて。経理を通ることはなかったんじゃないかな。辰巳さんの個人的なお小遣いにしていたんじゃないでしょうか――」

「…………」

「こんなこと刑事さんに話しちゃまずいのかな？　脱税になっちゃうのかな」

「そんな心配はいりません。わたしは税務署とは関係ない。室井君子さんはよくお店にいらしたんですか」

「ときどきです」

「室井君子さんのことはどう思われますか」

「だから、きれいな人だと思います」

「いや、容貌のことをお聞きしているのではなくて――」

「気分屋さんよ。笑っているかと思うとすぐに怒りだしたりして。すっごい愛想がいいかと思うと、その次にはプイと横を向いて口もきかないんです。きれいな人は得だわ。わたしなんかがあんなふうだったら誰も相手にしてくれません」

ふと伊藤敏子は真顔になり、

「室井君子さんがどうかしたんですか」

「いや、まあ――」

袴田は返事を濁し、ショルダーバッグのなかから何枚か写真を取りだした。

「これを見てくれませんか。この写真に写っている人で『エクスプレス・キッズ』のお客さんはいませんか」

「…………」

伊藤敏子は写真を見たが、すぐに顔をあげると、わかりません、と首を振った。

「写真がぼんやりしすぎています。こんなんじゃ顔がわかりません」

「そうですか。そうでしょうね――」

袴田は落胆した様子もなく、淡々と写真を受けとって、それをバッグにしまうと、腕時計を見た。

「そろそろ時間ですね。最後にもうひとつお聞きしたいんですが」

「刑事さんはずるいわ。聞いてばかりでわたしの聞くことには答えてくれない」

「辰巳さんはタバコをお吸いにならないということですが――」

袴田は伊藤敏子の抗議を聞きながして、

「室井君子さんはどうですか」

「タバコですか」

「ええ」

「さあ、吸わないいんじゃないかしら。わたしは室井さんがタバコを吸っているのを見たことがありません。どうしてですか」

「いや、何でもありません。ちょっとした好奇心にすぎません」

「また答えてくれないのね」

「………」

「わたしはタバコを吸うんですよ。タバコなんか美味しいと思ったことは一度もないけどダイエットのために吸うんです」

「………」

「こんなに食べるのにダイエットなんておかしいでしょう。わたし、肥っているから、すぐに男に振られちゃうんです。振られるとやけ食いするから、なおさら振られてしまうんです」

「あなたは肥ってなんかいませんよ」

「痩せてもいないわ」

伊藤敏子は袴田の対応にやや気分を害しているようだ。切り口上でいった。

「だから、室井君子さんはタバコを吸わないけど、わたしは吸うんです」


原宿から山手線で新宿に出る。

駅を出て歌舞伎町に向かう。

ひどい暑さだ。

歌舞伎町はアスファルトの熱気で白い霧がかかったようにかすんでいた。

街をいく人たちがあえいでいた。

テレクラやイメクラなどの風俗店が軒をつらねている一角に出た。

昼間の風俗街はただわびしいだけだ。

そこにアダルトショップがある。

いかがわしい裏ビデオやセックス玩具を売っている店だ。

入った。

三坪ほどの狭い店だ。

ポルノ雑誌や裏ビデオに埋もれるようにしてひとりの老人がいた。禿げていた。鳥ガラのように貧相に痩せている。下着の丸首シャツにズボン下だけの姿で扇風機の風にあたっていた。右の目がただれて赤い。

じろり、と袴田の顔を見たが、何もいおうとしない。

「目をどうしたんだ？　また安い遊びでもしたのか」

袴田が声をかけた。

「そんなんじゃねえや。トラホームだよ。孫とプールに行ったのがいけなかった」

老人は顔をしかめ、

「めずらしいじゃねえか、袴田さん。またジュクの防犯課に戻ってきたのかね」

「いや、そうじゃない。ちょっとあんたに教えてもらいたいことがあってね――」

袴田はポルノ雑誌をどかし、椅子にすわると、汗を拭いて、

「あいかわらず暑いな。クーラーでも入れればいいじゃないか。儲かってるんだろう」

「儲かってなんかいないよ。孫をプールで遊ばせるぐらいのカネを稼ぐのがせいぜいだ――」

老人は扇風機を袴田に向けて、

「なんだい、聞きたいことってのは？」

「ああ、ちょっとこいつを見てほしいんだけどね――」

袴田はバッグから写真を取り出し、それを老人に渡した。

老人は写真を見て、顔をしかめ、

「何だ、ひどいピンボケじゃねえか」

「ああ、ひどいピンボケなんだが。そこに写っている高校生な。なんとか制服ぐらいはわかるんじゃないか」

「わかるかな」

老人は首をかしげ、あらためて写真を見、そうさな、わかるな、とつぶやいた。

「それ、どこの高校かわからないかな」

「……………」

「あんたの仲間で女子高校生専門のポルノ屋がいるだろう。制服マニアを相手にしている連中だ。そういう連中に聞けば一発でわかるんじゃないか」

「それは、まあ、わかるだろうけどな。急ぐのかい？」

「暑いのに悪いな。あとでビールでも届けさせるよ」

袴田は笑いかけた。

袴田はけっして有能な刑事とはいえず、特被部に配属になるまで、各所轄署を転々とたらい回しにされてきた。防犯課に配属されることが多く、風俗業の許認可などの仕事をしているうちに、自然にその業界に人脈がつちかわれた。この老人もそうした人脈のひとりなのだった。

「袴田さんの頼みじゃ断れねえな。夕方にでも電話をくれないか。それまでに調べておくからさ」

「ありがたい、助かるよ——」

立ちあがる袴田に、

「悪いことはいわない。クーラーはよしたほうがいい」

唐突に老人はいった。

「何のことだ?」

袴田はけげんな顔になる。

「だからさ、クーラーはよしたほうがいい。あれはタマを冷しすぎるんだ。精力を減退させる」

「………」

「袴田さん、あんた、最近、あっちのほうに御無沙汰してるだろ? 見るからに元気がなさそうだぜ。クーラーにかかりすぎるんだよ。だから弱くなっちまう」

「ほんとかね」

袴田は心細そうだった。

「ほんとうさ――」

老人は禿げ頭をなでた。貧相に痩せているのにその禿げ頭だけはつやがいい。

「おれを見なよ。クーラーにかからねえから、いつまでたっても現役だ」

「……………」

「いい薬があるんだけどね。そこらへんのインチキ薬じゃない。若返るよ。袴田さんだったら特別に卸値でわけてやるからさ」

老人は急に熱心な口調になった。

3

袴田は忙しい。

汗をかきながら東京を歩いている。

駅に向かい、ふたたび山手線に乗った。

上野で降りる。

人が多い。

熱気のなかに体臭がこもっていた。

妙なものだ。

おなじ東京なのに新宿と上野では空気の臭いからして違う。

袴田は、長年、各所轄署を転々としてきて、街の臭いにだけは敏感になった。

もしかしたら、そのことだけが、長年、無能なりに刑事をつづけてきたことのあかしであるかもしれない。

京成線のホームに向かう。

ホームのベンチにすわっていた男が袴田の顔を見て腰をあげた。

四十代なかば、肥った男だ。

「どうもお久しぶりです」

男は愛想がいい。

「袴田さん、変わりませんね」

「そんなことはない。わたしも歳をとりましたよ」

「もう何年になりますかね。五年？　いや、六年ぶりぐらいかな」

「そんなところでしょう。せっかくの日曜日を申し訳ありません」

「いえ、どうせ家族サービスです。いま女房は子供といっしょに『夏休みマンガ祭り』というのを見ています。もうあと三十分ぐらいで終わるから、今度はわたしが交代して子供を動物園に連れていくことになっている。そしたら女房はデパートです」

「羽田にいたころはこんなことはなかったんですけどね。成田に転勤してからは、休みというと、女房が東京に出てきたがる。仕方ないですよ――」

「大変ですね」

男は笑った。

男の名は椎名、税関勤務の公務員で、現在は成田の旅具検査部門で働いている。海外から帰国した人間の荷物を調べる仕事だ。

税関の検査員は、調査権はあるが、逮捕権がなく、警察官と連携して仕事をすることが少なくない。

以前、椎名は羽田空港で勤務していて、そのとき、たまたまその所轄署に配属されていた袴田と、仕事を通じて知りあった。

やがて椎名は成田に転勤になり、袴田もべつの所轄署に転属されて、会う機会もとぎれたが、年賀のやりとりだけは欠かしていなかった。

ホームの階段をあがった。

上野駅の構内には食堂や喫茶店が多い。

歩いてすぐのところに牛飯屋があった。

「こんなところでいいですか」

袴田は聞いて、椎名がうなずくのを確かめてから、さきにたって牛飯屋に入った。

牛皿とおしんこ、それにビールを注文した。

「とりあえず――」

ふたりは乾杯した。

ビールに口をつけて、

「麻薬犬のことをお聞きになりたいんでしたね?」

椎名が聞いた。

ええ、と袴田はうなずいて、

「空港の税関では麻薬犬を使っていると聞いていますが」

「ええ、われわれはパッシブ・ドッグと呼んでいます」

「パッシブ・ドッグ、ですか」

「そう呼んでいます」

「そのパッシブ・ドッグは空港のどこにいるんですか? わたしは海外旅行はしたことがないが、仕事柄、成田空港に行ったことはあります。空港でイヌの姿なんか見かけたことがない」

「バゲージ・クレイムです」

「………」

「お客さんが荷物を引きとるターンテーブルのことです。飛行機からコンテナを運んできて、ターンテーブルのうえに荷物をどんどん載せていく。検査場の裏になるんですが、そこでパッシブ・ドッグに荷物を嗅がせるんですよ。荷物のなかにどんなに巧妙に麻薬が隠されていてもパッシブ・ドッグはそれをきちんと嗅ぎわける。イヌの嗅覚というのは大変なものですよ」

「素人はべつとして、プロの運び屋たちは当然、空港にイヌがいることを知っているはずですよね」

「知っているでしょうね。世界中、どこの空港でも麻薬犬は使っているから——」

「連中もイヌに麻薬を嗅ぎわけられないようあれこれ工夫をしてくるんでしょうな」

「なにかべつの非常に強い臭いのものを持ってくるとかね。わざわざ腐った肉をカバンの底に忍ばせていた運び屋がいましたよ。イヌは腐敗臭に弱いらしいですね。ほかの臭いを嗅ぎとれなくなるらしい。もっともその運び屋は日本では肉も課税の対象になっていることを知らなかった。肉のほうで引っかかってしまって、結局、麻薬のほうもばれてしまったんですがね——」

「ほう」

「そのほかガソリンとかの揮発臭にも弱いらしい。香水ぐらいじゃごまかせないですけどね」

「ＣＡはどうですか？　ＣＡの手荷物もやはりパッシブ・ドッグに臭いを嗅がせるん

ですか」

「CAの手荷物、ですか」

「ええ」

「まあ、CAは一般より免税範囲が広いですからね。よほど荷物が異様に多いとか、そんなことでもないかぎり、手荷物まではそんなに丹念に調べません。それでもCAがマリファナとか覚醒剤とかを持ち込もうとした例がないではない。疑わしい点があれば、パッシブ・ドッグを使わないとはいいきれません」

「…………」

袴田は唇を噛んだ。

ほとんどビールには口をつけていない。なにかしきりに考え込んでいた。

椎名は腕時計を見て、

「そろそろいいですか。女房のやつ、約束に遅れるとうるさいもんだから」

「ああ、どうも」

袴田は腰を浮かせて、頭を下げた。

「お忙しいところ申し訳ありませんでした」

「いえ、なにかお役にたてたんだったらいいのですが」

「とんでもない。たいへん参考になりました。助かりましたよ。あの――」

袴田はそこでいいよどんで、

「あなたにはこんなものは必要ないかもしれないんだが……」

「何でしょう？」

椎名はけげんそうな顔になった。

「いや、必要ないといえば独り身のわたしにはもっと必要ない。そのう、なにによくきくという精力剤があるんですがね。むりやり人から押しつけられたものなんですが、わたしには用のないものだ。もしよろしければお持ちになりませんか」

袴田はひどく照れくさそうな表情になっていた。

真夏の卒業式

1

暑い。

もう午後の四時だというのに夏の陽光はいっこうにおとろえようとはしない。

その光をプールサイドがぎらぎらと撥ね返している。水しぶきがまぶしい。プールの青い色が目の底までしみ込んできそうだ。

日曜日の芝Gプールは若い人たちでごった返している。

泳いでいる人は少ない。ほとんどの若者がプールサイドのビーチチェアで甲羅ぼしをしている。

聞こえているのはサザンオールスターズの曲だ。

ふと人の気配を感じ、

「…………」

志穂はサングラスをずらした。

ビーチチェアのまえに若い女が立っていた。

怒り肩で、ずんぐりとした体つきの女で、おせじにも水着が似あっているとはいえない。

所轄署の交通課勤務の女性警官だ。

柔道三段、合気道二段、ここ何年か水着など着たことがないという。

任務のためとはいえ、むりやり水着姿にさせられて、ふてくされていた。

女性警官は視線だけを動かし、

「…………」

志穂をうながした。

そしてさりげなく志穂のまえから離れる。

女性警官が立ち去るのを待った。

本庁捜査一課、所轄署刑事一課の捜査員たちが十数人、このプールサイドにひそんでいる。うかつに動いて、その捜査員たちの存在を人に知られるようなことをしてはならない。

ビーチチェアから腰をあげ、プールサイドのフラッペの出店に歩いていった。そこで派手なアロハシャツを着て、汗だくになってフラッペをかいているのは、所轄署の捜査員だった。

志穂は出店のまえに立った。

「ストロベリーを下さい」

はい、と捜査員はうなずいて、すばやく周囲に視線を走らせ、だれもこちらを見ていないのを確かめてから、主任、と低い声でそうささやいた。

「…………」

出店の横に井原主任がたたずんだ。やはりアロハシャツを着て、濃いサングラスをかけている。プールに顔を向けて、志穂のほうは見ようともしない。

「おれのところに来るときにはタオルぐらい巻けよ」

そう怒ったような声でささやいた。

目のやり場にこまっていた。そっぽを向きながらフラッペを食べている。

「…………」

志穂としてもそんなことをいわれても非常に困るのだ。

囮捜査官として、通り魔の注意を引くために、ピチピチユカちゃんが着けているのとおなじビキニを着ている。真っ赤で、しかもきわどいハイレグだ。自分でもいささか気がひけるほどの派手なビキニなのだ。

——冗談じゃないわよ。

そういう格好をしろと井原自身が命じておいて、自分のところに来るときにはタオルを巻け、と怒るのはあまりに身勝手すぎるというものではないか。

井原はあいかわらずそっぽを向きつづけながら、

「袴田さんが何かひとりでコソコソ動きまわっているらしい。室井君子の検視をした検死官に電話をかけて、なんでも遺体の指のことを聞いたというんだ」

そうボソボソと小声でささやいた。

「指のこと？」

志穂も井原を見ないようにしている。口のなかでつぶやいている。

「ああ、指のことだ。まだ検死官からくわしい話は聞いていないが、ずいぶん妙なことを聞いたらしいぜ」

「…………」

「そればかりじゃない。愛宕警察署の『連続放火事件』の捜査本部に行って、例の芝公園のビデオな、あれを借りたというんだ。ビデオはすぐに返したらしいが、そのまえに鑑識に行って、そのビデオから写真を何枚かプリントアウトしたらしい」

「………」

「いったい袴田さんは何をひとりでコソコソ動いているんだ？　おれたちに相談もせずに勝手に動いてもらっちゃ迷惑なんだよ。あんた何か知ってるんじゃないか」

「………」

黙って首を振るしかない。

袴田に何かひとりで考えていることがあるらしいのは感じている。どうしてかひとりで考え、ひとりで動いている。が、それが具体的にどんなことであるのか、そのことは相棒の志穂も聞かされていないのだ。

井原は舌打ちしたようだ。

スッと出店から離れていった。

「はい、お待ちどお――」

捜査員がそう大声でいってフラッペをさしだした。

やや演技過剰のようだが、どこで通り魔が見つめているかわかったものではない。

やりすぎるぐらいがちょうどいいのだろう。

フラッペを持って、ビーチチェアに戻っていった。

「………」

男たちの視線がちらちらと自分を追っているのを感じている。

茂野幸枝は週に二、三回は、この芝Gプールに通っていたという。室井君子の遺体を裸にし、その首を絞め、さらには茂野幸枝を殺してビキニ姿でさらした異常な通り魔が、このプールのどこかにいる可能性はかなり高いといえるだろう。

芝Gプールでなければ、芝公園のあたりをうろついているのか。

とにかく、通り魔がどこかで次の被害者を見つけようとしているのは間違いない。

そう、ユカちゃん人形に似ている女を求め、どこかをさまよいつづけているのだ……

ビーチチェアにすわり、フラッペをスプーンですくった。

フラッペのシロップが胸にこぼれた。

赤い水着にストロベリーのシロップは目だたない。

が、ビキニの生地をとおして感じられる、そのねっとりとした感触は、ふと血のそれを連想させるものだった。

不吉というほかはない連想だった。

——袴田さんはどうしてひとりで動いているんだろう？

あらためてそのことが気にかかった。

志穂の知っている袴田という男には、それはあまりに似あわない行為だった。

袴田はおせじにも職務に熱心とはいえない刑事だ。したたかで、経験を積んではいるが、それだけに刑事という仕事にどんな幻想もいだいていない。たんなる職業として割りきっていて、けっして求められる以上に働こうとはしない。

警察は徹底した官僚ピラミッド組織であり、第一線にたつ捜査員たちが職務に忠実であればあるほど、その苦労はむくわれない矛盾をはらんでいる。

その矛盾をひしひしと肌で感じ、おそらくそれに鬱屈した怒りを覚えながらも、捜査一課の井原たちは自分をころして、どこまでも犯人を追いつづける。

社会正義などという言葉はしらじらしいばかりだが、どんなにむくわれなくても、犯人を追わずにはいられないのが刑事という名の猟犬たちなのだ。

袴田はそんなほかの刑事たちとはどこか肌あいが違う。刑事という職業に冷めていて、どこか心の底で自嘲もしている。テレビドラマの熱血刑事ぐらい、袴田に縁遠いものはないのだ。

その袴田がなぜか自分ひとりで何かを追いつづけている。これほど袴田に似あわないこともないはずなのに……。

ティッシュで水着のシロップをぬぐいながら、

――どうしちゃったのよ、袴田さん。いったい何をひとりでコソコソやってるのよ。

志穂はしきりにそう胸の底で袴田に呼びかけていた。

2

午後四時――

椎名と別れたあと、新宿の老人に電話を入れた。

老人のやることにそつはない。

袴田は知りたかった情報を得ることができた。

「わかった、ありがとう」

電話を切って、また山手線のホームに向かった。

これから原宿に戻るのだ。

さすがに袴田の顔には疲労の色がにじんでいた。

この暑さのなか、さんざん東京を歩きまわって、足どりが重くなっていた。

一週間まえの八月三日月曜日、夜十一時前後――「芝公園連続放火事件」捜査本部のよう撃班は芝公園の周辺をビデオにおさめている。

鑑識に依頼し、そのビデオから何枚か写真をプリントアウトしてもらい、その一枚を新宿の老人に渡した。

男女数人の高校生のグループが写っている写真だ。

光が不足しているうえに、ピントが甘く、その顔はぼやけ、かろうじて制服を見わけることができるぐらいだ。

本庁のホスト・コンピュータにもその制服から学校を割りだせるようなデータは入力されていない。

が——

こんなときにこそ、各所轄署の防犯課をたらい回しにされ、刑事としてのいわば下積みを強いられてきた袴田のキャリアが真価を発揮することになるのだ。

袴田には表舞台を歩いてきた刑事たちにはない独特の人脈がある。

アダルト業界には、女子高生専科とでもいうべき連中がいて、マニアたちは制服からその学校をじつに正確にいいあてることができるのだ。

老人にそんなマニアのひとりにあたってもらった。ビデオからコピーした写真を見せ、それがどこの学校の制服であるか、たやすく突きとめることができたのだった。

意外だった。

その制服は都内でも名門として知られているF校のものだったのだ。小学校から高校までの一貫教育で知られ、個性尊重の自由教育をうたい、なおかつ偏差値が高い。一流大学への進学率の高さでも定評がある。

——あんな学校の生徒がまさか……。

老人からそのことを知らされたとき、袴田は自分の推理があやまっているのではないか、と疑わざるをえなかった。が、すぐにその疑いを捨てた。

刑事という職業をつづけることは人間に対する幻想を捨てつづけることでもある。名門学校も、一流企業も、エリート官僚も関係ない。人はみな愚かしくエゴイスティックで好色なのだ。そうでない人間はほとんどいない。

原宿駅をおりて、竹下通りに向かう。

あいかわらず「エクスプレス・キッズ」は若い人でにぎわっていた。

袴田は通りを挟んで、反対側の歩道に立って、店先に集まる若い人を見つめていた。

「…………」

そして、これは、と思うと、その若者に近づいていって、きみはF校の人かね、とそう尋ねた。

店の人間に袴田がそんなことをしているのを見られてはならない。そのことだけには注意した。

何人めかの若者に声をかけたとき、

「うん、そうだよ」

と返事があった。

背の高い、育ちのよさそうな子だ。まだ幼い顔をしていた。

「きみ以外に『エクスプレス・キッズ』に集まるF校の子は知っているかね？」

「知っているもなにもみんな仲間だから」

「知っているのか」

「うん」

「何人ぐらいいるんだね？」

「さあ、二十人ぐらいかな。そんなにはいないかな」

「二十人……」

袴田は眉をひそめた。

思っていたより人数が多い。これでは容疑者の数をしぼり込むのは大変だろう。

「その子たちの誰かと連絡をとれるかな」

「おじさんは――」

男の子は急に警戒した顔つきになり、

「誰？」

「誰ということはない。心配はいらないよ。ちょっときみの仲間に聞きたいことがあるだけなんだから。どうだろう。誰かと連絡をとれるかな」

それでも男の子は迷っているようだ。どうしようかなあ、とつぶやいて、袴田から離れた。

「今日は卒業式だからなあ」

「卒業式？　こんな夏休みに卒業式があるのか」

袴田は目を瞬かせた。こんな時期にどこで何の卒業式があるというのだろう。

「ええ、あるんです」

と男の子はうなずき、ちょっと待ってくれますか、とそう断って、袴田から離れた。

ポケットから携帯電話を取り出した。

どこかに電話をかけると、なにかしきりに話している。

話はすぐに終わった。

携帯電話をポケットにしまうと、袴田のところに戻ってきて、いいですよ、とそういった。

「これからみんなのところに案内します」

「悪いね。手間をかけさせるね」

「そんなことはありません」

男の子は歩きだした。

袴田もそのあとにしたがう。

原宿は明治神宮と代々木公園に隣接している。

原宿駅からは南参道が近い。

代々木公園に入った。

いたるところ、うっそうと木々が茂っている。

昼間の熱気が残ってはいるが、街中（まちなか）にくらべればよほどしのぎやすい。

遠くにビア・ガーデンの明かりが見えた。

男の子は池のほうに道をそれた。

その一角だけ森のようになっている。広大な公園の離れ小島のような場所だ。急に人の姿が少なくなった。

男の子は袴田を振り返ろうともしない。どんどん先にたって歩いていく。

あたりは淋しくなるばかりだ。

「どこまで行くんだね？」

何度かそう声をかけたが、すぐそこです、とそう答えるばかりで、はっきりと返事をしない。

それが――

急に足をとめると、袴田を振り返り、ここです、とそういった。

「…………」

袴田も足をとめてあたりを見まわした。

これまで知らなかったことだ。

代々木公園にこんなところがあるのか。

周囲を木々にさえぎられ、そこだけぽっかり取り残されたようになっている。

公園というよりまるで資材置き場だった。

そこかしこに、バスケットボールのネットとか、壊れかけたベンチとかが積みあげられているのだ。

そのかげに何人かうごめく影があった。

出てきて袴田をとりかこんだ。

六人、いや、七人か。

みんな子供たちだ。

育ちがよくて、学業優秀な、F校の生徒たちなのだ。

そう、みんな子供たちなのだ。しかし、袴田より背が高く、たくましい。若々しく、獰猛（どうもう）な雄の臭いを発散させていた。袴田に対する敵意を隠そうともしないのだ。

――これだから経験なんてものは当てにならない。

袴田は自嘲した。

相手が子供だというので甘くみたのが失敗だった。経験を積んで、十分にしたたかなはずの袴田が、あろうことか自分の息子のような年齢の男の子たちに罠にかけられてしまったのだ。

「卒業式だと聞いたんだがね」

袴田は穏やかな声で聞いた。

「やっぱり〝蛍の光〟を歌うのかね」

3

志穂はプールをあとにした。

着替えのために女子の脱衣室に向かう。

食べ残したフラッペを持っている。

所轄署の捜査員はフラッペの売り子としては失格だ。むやみやたらにシロップをかけすぎて、とても食べられたものではない。

プールにはごみ箱がない。

脱衣室で捨てるつもりだった。

いまは五時だ。

夏は日の暮れるのが遅いが、これから芝公園のあたりは恋人たちの時間になる。

これから志穂はユカちゃん人形のような白いワンピースを着て公園に向かわなければならない。

これまでのところ、犯人は囮捜査に引っかかろうとはしなかった。

茂野幸枝はプールで犯人に目をつけられたのではないのか。

失望するには早すぎる。

芝公園に望みをつないだ。

もちろん脱衣室まで男の捜査員たちがついてくることはできない。が、心配はいらない。そのために女性警察官がいるのだ。

ふいに目のまえに人影が立ちふさがった。

「お嬢さん、こんにちは――」

と奇妙なイントネーションで声をかけてきた。

巨体の外国人だ。

身長は一九〇センチ、体重も優に一〇〇キロをこしているのではないか。

タンクトップに半ズボンの軽装だ。

その胸といい、腹といい、贅肉がぶくぶくと波うって、一緒にいるだけでも息苦しさを感じるほどだ。

志穂は面食らった。

とっさに通路を見わたした。

たまたまそんな時刻なのか。

プールの水で濡れた通路にはほかに人はいない。女性警察官の姿さえ見えないのだ。

——何なのよ。どうしてどこにも女性警察官がいないのよ。

志穂はあせった。

お嬢さん、と外国人は喉を鳴らすように繰り返し、

「ぼくとデートしませんか。どこかにドライブしませんか」

「しません、しません——」

志穂は妙な日本語でそういい、顔のまえで両手を振った。

これまで何度か英会話の習得に努力した。しかし、何度やっても、いっこうに身につこうとしない。やればやるほど外国人コンプレックスがつのるばかりなのだ。

「怖がることありません。ぼく何もしない。ぼく優しいです」

「優しくてもしません——」

志穂は身をひるがえし、その脇をすり抜けようとした。

が、外国人はその巨体にもかかわらず、意外に敏捷だった。とっさに志穂の肩をつかむと、その背中を壁に押しつけた。

「………」

こういうときのために訓練を重ねてきている。反射的に体が動いた。膝を撥ねあげて、股間に突きいれた。

しかし、相手はあまりに肥りすぎていた。贅肉のかたまりなのだ。膝はむなしく贅肉に沈んだだけだ。ほとんど手ごたえというものがない。

外国人は笑い声をあげた。そして妙なことをいった。

「おカネの心配はいりません。わたし、きちんと払います。幾らですか」

「………」

カッと顔が熱くなるのを覚えた。この外国人はわたしを娼婦と勘違いしているのだ。恥辱感はすぐに怒りにとってかわられた。

「冗談じゃないわよ」

声をあげようとしたが、その口を押さえられた。思いがけなく強い力だった。うめいただけで声にならなかった。

外国人はまた笑い声をあげた。

ぐいぐいと体を押しつけてきた。その波うつ巨体に吐き気を覚えた。必死に押しのけようとしたが、びくとも動かない。

顔を近づけてきたのはキスをするためだろう。

顔を左右に激しく振って抵抗した。口を押さえられた手に力がこもるのを覚えた。万力で挟みつけられたかのようだ。もう首を動かすこともできない。

外国人のゴムのような唇が動いた。そのあいだから舌が覗いていた。舌はおぞましいピンクに濡れていた。

　ふいに声が聞こえた。

「やめろよ、トニー。その子はそうじゃないんだ」

　声がしたほうを見た。

　そこにひとりの男が立っていた。

　思いもかけない男だった。

　派手なアロハシャツを着た貧相な小男――

　殺された茂野幸枝の内縁の夫。

　白井だった。

「ちがう？」

　外国人はけげんそうな声をあげた。

「シライ、この子はちがうのか」

「ああ、違うんだ。その子に下手に手出しすると警察に逮捕されるぞ」

「タイホ？」

「アレストされるんだ。ゴー・トゥ・ジェイルだよ」

　おお、と外国人はとまどったように声をあげた。おずおずと志穂から手を離した。

　ごめんなさい、ミステークでした、とそう口のなかでつぶやいた。

そんなことで志穂の気持ちがおさまるはずがない。

怒りの声が洩れた。体がバネのように跳ねあがった。フラッペを思いきり外国人の顔に押しつけた。

外国人は悲鳴をあげた。その顔が真っ赤に染まった。おどろいて飛びすさって、顔を手で撫でおろした。その手も赤く染まった。

「ブラッド！」

とわめき声をあげた。

「うるさいわね」

志穂は外国人に向かって踏み込んだ。その胴体を両手でしっかり挟み込んだ。膝蹴りをいれた。今度は相手の体を押さえつけているぶんだけきれいに入った。

外国人は悲鳴をあげた。

声をあげながら、股間を両手で押さえ込んで、その場にくずおれた。

ヒクヒクと痙攣し、悶絶した。

「痛そうだなあ——」

白井は顔をしかめていた。

そんな白井に、あなたは、と志穂は声をかけた。

「ポン引きなのね。奥さんを使って商売をしていたのね」

容赦のない声だった。いまだに怒りがおさまらない。

「ポン引きといわれたんじゃあわせる顔がないがね。違うとはいえないよ。そういうことになるかもしれない——」

白井の声には自嘲の響きがあった。

「あきれたわ。奥さんにそんなことをさせるなんて男のクズだわ」

「それにも反論の余地がない。フリーのライターといえば聞こえはいいが、売れないライターはノライヌもおなじだ。首輪が欲しいが、いまさら誰も飼ってくれない。女房はそんなおれを見るに見かねて、あんな商売を始めたんだ。プールとか芝公園で客を拾うようになった。おれは卑怯で、女房のしていることがいやでならなかったが、やめろとはいえなかった。そのうちにこんな不良外人相手に自分からすすんで取り引きを持ちかけるようになっちまった——」

「……………」

「誰かがそんな女房を殺しやがった。おれは耐えられなかった。女房を殺したやつを見つけたくて、プールや公園を歩いた。あんたの姿を見かけた。あんたが何をしているのかすぐにわかったよ。女房にそっくりの格好だもんな。女房の客だったこの野郎があんたのあとを追っかけていった。こいつは勘違いしているんだと思った。それで慌ててあとを追っかけてきたんだ」

「礼はいわないわ。あなたなんか礼をいうだけの価値もないもん」

「わかってるさ――」

白井の顔はひどく虚ろだった。

「そんなことはわかってる」

そのときになってようやく女性警察官が駆けつけてきた。

女性警察官はビーチローブを着込んでいた。

うめき声をあげ、床にうずくまっている外国人の姿を見て、顔色を変えた。

「大丈夫？」

そう叫ぶように聞いてきた。

「あなた、どこにいたのよ」

志穂が逆に聞き返した。

「すぐにあなたのあとを追おうとは考えたんだけど――」

女性警察官は面目なさそうな顔になり、

「わたし、こんないかつい体で、水着、似あわないからさ。ちょっと何か引っかけようと思って。それで遅くなっちゃったのよ」

柔道三段、合気道二段の女心だ。

志穂もおなじ女として、それを責めるわけにはいかない。

女性警察官は白井のほうをけげんそうにちらりと見て、

「それより大変だよ。あなたの相棒、袴田さんっていったっけ。いま連絡が入ったんだけど、あの人が怪我をして倒れているのが発見されたそうなのよ！」

黄色い指

1

袴田が倒れているのを見つけたのは原宿のブティック店員だという。

ビア・ガーデンで同僚と飲んで、酔いを覚ますために、代々木公園を歩いた。

そして野鳥誘致園（バードサンクチュアリ）の近く、うっそうと茂った木立の奥に、男がうつぶせに倒れているのを見つけた。

最初は酔っぱらいかと思ったが、そのシャツが血で汚れているのに気がついて、あわてて一一九番に通報した。

このときが夕方の五時三十分ごろのことだという。

すぐに代々木の救命救急センターに運ばれた。

このときにはまだ袴田はかろうじて意識があったらしい。

救急センターに搬送する途中、救急隊員が姓名を尋ねたが、それには応じようとせず、ただ、卒業とのみつぶやいたという。

「卒業？　だれが卒業するんですか」

救急隊員はかさねて質問したが、もうそのときには袴田は意識を失っていた。

もっとも袴田は警察手帳を持っていて、その身分姓名はすぐに知れた。

救急センターでは待機していた医師たちがすぐに袴田の診察にあたった。

顔面、頸部、肩部、腕、胸部などに多数の打撲傷があり、また頭頂部より左後頭部にかけて広範な頭皮下出血も見うけられた。

要するに袴田は何人もの人間に殴打されたらしい。左脇腹に靴痕跡があり、うつぶせに倒れたところを蹴りつけられてもいる。

頭蓋骨の陥没が心配されたが、幸いなことにそれは見うけられなかった。

七時——

とりあえずの危機は脱したとして、緊急処置室から一般個室に移された。

が、やはり袴田は昏睡したままで、心拍数や血圧が落ちていて、予断を許さない状態であることに変わりはない。

志穂はすぐに救急センターに駆けつけたが面会謝絶の状態だという。

代々木公園を管轄にしている所轄署の刑事たちも何人か来ていた。

当然だろう。

これは暴行事件、それも最悪の場合には「暴行致死」になるかもしれない事件なのだ。

が、かんじんの袴田が意識不明のままではどうすることもできない。医師から怪我の様子を聞いて、すぐに引きあげていった。

志穂としては、ただ廊下のソファで待つしかなかった。

「どなたかお身内の方はいらっしゃらないでしょうか」

看護師にそう聞かれたが、返事ができなかった。

考えてみれば、志穂は袴田のプライベートなことは何も知らない。離婚して、いまは男やもめだということは聞いているが、どんな事情から離婚したのか、子供はいるのか、そんなことは何ひとつ知らされていないのだ。

――相棒だというのにわたしは袴田さんのことを何ひとつ知らずにいる。

愕然とする思いだった。

試みに自宅に電話を入れてみたが、ただ呼び出し音が鳴るだけで、だれも電話に出ようとしない。

独り暮らしだというのに、留守番電話さえセットされていない。そのことがこの袴田という初老の刑事の孤独をより深く物語っているように感じられた。

特被部からは柳瀬君江が下着の替えなどを持ってやってきた。

柳瀬君江は女性警察官から選抜された数少ない女性刑事で、深川署の刑事課に勤務していたのが、特被部に配属になった。

いつもは部室に残り、特被部の連絡塔のような仕事をしている。まだ三十二歳という年齢だが、なんとなく特被部のおふくろさんのような存在になっている。

部長の遠藤慎一郎は今夜はどうしてもはずせない用事があるのだという。

「明日にでも顔をだすって——」

そう伝える柳瀬君江自身がやや不満げだった。

遠藤慎一郎は犯罪心理学、とりわけ被害者学に関しては、斯界の権威で、その天才はほとんど伝説にまでなっている。

それだけにどこか現実の人事に関しては、もうひとつ冷淡なところがあり、なにかよそよそしさを感じさせる。

天才とはそういうものなのか。

柳瀬君江に袴田の身内のことを聞いた。

さあ、と柳瀬君江は首をかしげ、

「聞いてないなあ。あまり自分のことは話したがらない人だからねえ」

「一度、結婚したことがあると聞いたけど、その奥さんはどうなったのかしら？　死に別れたのかな。それとも離婚したのかな」

「それも聞いてない。袴田さん、横着で怠け者だけど、考えてみれば、ずいぶん淋しい人なんだよねえ」

「…………」

ふたりの女は黙り込んだ。

とりわけ志穂は、内心、忸怩たる思いを抱いていた。

囮捜査の相棒として、これまで袴田とともに働いてきた。袴田に助けられたことも一度ならずある。それなのに袴田のことを何も知らない。自分がひどく冷淡な人間であるような気がして、何かいたたまれない思いがしていた。

救急センターは冷房がきいていない。

――わたしはいったい袴田さんの何を知っていたんだろう？

じわっと汗がにじんでくるその暑さと焦燥感のなかでそのことばかりを考えていた。

2

十時ごろに思いがけない人物が救急センターに現れた。

東京地検の小倉検事なのだ。

「袴田さんの話を聞きました。大変なことになりましたね――」

小倉検事は沈痛な表情になっていた。

「…………」

志穂はただうなずくばかりだ。とっさに返事ができなかった。

小倉検事と袴田刑事とはたがいに面識さえないはずだ。おそらく袴田は小倉検事の名前さえ知らないのではないか。

――どうしてここにこの人がやって来たんだろう？

そんな疑問はある。

しかし、それよりも、

――やだ、わたし、ひどい顔してるんじゃないかしら？

むしろ、その心配のほうが強い。

囮捜査で、一日中、炎天下のプールにいた。そのあとはすぐに救急センターに駆けつけて鏡を見る暇さえなかった。

そのことがむしょうに恥ずかしい。

小倉は、去年、司法修習を終え、一年間の経験を積んだのちに、今年、東京地検に配属された。

いわば検事の卵といえるだろう。

新任検事として、一般刑事事件を手がけ、被疑者の取り調べ、起訴手つづき、検事調書の作成などに従事している。

志穂とはほんの顔見知り程度の仲にすぎないが、以前、ある事件の捜査をしていたときに、その事件に関連して、電話をかけてきてくれたことがある。

思いがけない好意だった。いや、好意以上のことだ。

そのとき、小倉は、地検外部に洩らしてはならない重要な情報を提供してくれたのだ。

あとにも先にも小倉と言葉をかわしたのはそれっきりだ。

顔見知り程度の仲――。

そう、たしかにそうではあるが、志穂はひそかに小倉に対して好意以上の思いを抱いていた。

いまも、その眉の濃い、男性的な風貌にふれて、胸のときめきを抑えることができずにいるのだ。

「こんな、たてこんでいるときに迷惑とは思ったんですが、袴田さんのことが気になったものですから――」

小倉は遠慮がちにそういって、

「医者から話は聞きました。なんでも袴田さんは何人かの人間に乱暴されたらしいということですね。かなりの重傷だと聞きました。ひどいことをするもんだ。所轄署では容疑者はつかんでいるんでしょうか」

「いいえ、現場付近の聞き込みをした程度だと思います。本格的に捜査に動くのは、袴田さんの意識が回復してからのことではないでしょうか」

「いまのところは――」

「袴田さんの意識は戻らないのですか」

「そうですか」

小倉は顔を曇らせた。

「それは心配ですね」

「はい」

志穂にはそんな小倉の心づかいが嬉しかった。

それまで興味津々に、ふたりの様子を見ていた柳瀬君江が、

「ここはわたしがいるからいいよ、こんなところじゃ話もできない、待合室にでもいったら――」

とそういってくれた。

柳瀬君江としては気をきかせたつもりにちがいない。つまりは、こんなところが柳瀬君江のおふくろさんたるゆえんなのだろう。


待合室にはほとんど人がいない。

老人がひとり、扇風機のまえでぼんやりとすわっている。

扇風機は、カクン、カクン、と首を鳴らしながら回っていた。

「こいつもおれとおんなじだ。だいぶガタがきてらあ」

老人は待合室を通る人たちに決まってそういう。

無視する人もいるし、笑う人もいる。

しかし、そのまま話し相手になろうとする人はいない。

老人はいつまでたってもひとりだ。扇風機だけが相手だった。

志穂たちは老人と離れてすわった。

以前、小倉は事件に関連し、地検内部の情報を電話で教えてくれた。ほとんど一面識しかないことを考えれば、たいへんな好意というべきだった。

「どうもこのあいだはありがとうございました——」

まずそのことの礼をいった。

「お礼を申しあげたかったんですけど、かえってご迷惑になるような気がして」

「いや、そんなことはいいです」

小倉はぶっきらぼうだった。

「それより袴田さん、何事もなければいいんですけどね」

「しぶとい人ですから、心配はないと思いますけど——」

ためらったが、思い切って聞いてみることにした。

「あのう、わざわざお見舞いに来ていただいて、こんなことをうかがうのは失礼なんですけど、小倉さんは袴田さんとお知り合いなんでしょうか」

「いえ、面識はありません」

「それではどうしてお見舞いに来てくださったんですか」

心のどこかで、あなたにいい会いたくて、といってくれるのではないか、そんな期待がちらりと胸をよぎった。

が、もちろん、そんなはずはないし、よしんばそうであっても、そんなことを口にするほど小倉は軽薄な男ではない。

一瞬、なにかを考えたらしい。が、すぐに意を決したように、

「これは興味本位でいうことではないので、誤解しないで欲しいのですが、北見さんは袴田さんの結婚のことについて何か知っていますか」

「袴田さんの結婚？」

志穂は面食らった。

「いえ、なにも——」

「ぼくも先輩から聞いた話なのでくわしいことは知りません。もう十年以上もまえのことらしい。袴田さんはある女性を好きになったらしい。そのお相手がいわゆる『交際相手として好ましくない女性』だったらしい」

「…………」

志穂は、以前、目にしたことのある「生活の指針」というパンフレットを思いだしている。

県警によって、警察官に配付されているパンフレットで、そのなかにたしかに「交際相手として好ましくない女性」という一項目がもうけられていた。

他人の妻、未亡人、暴力団に関係のある女性、くろうと女……などが「交際相手として好ましくない女性」にあげられていた。

婚約者はべつとして二人だけでは会わないようにし……婚前の性交渉はつつしみ……もし一線を越えたら一日もはやく結婚すべきである——等々、いかにも時代錯誤な文章にへきえきさせられた覚えがあるが、現実に、これが警察官にかせられた職業的倫理観であるのだ。

不倫が発覚すれば、転勤の対象にさせられてしまうのが警察官という仕事だった。

いまの干物のようにひからびた袴田の姿からは、かつて女性を好きになったことがあるなどとは想像もつかない。しかも、その相手が「交際相手として好ましくない女性」だったなど、ほとんど悪い冗談のように思われるほどだ。

「相手は人妻だったんですか」

真っ先に頭に浮かんだのがそれだった。

「いや、そういうことではないらしい。袴田さんは当時F署の防犯課にいました。風紀係員だった。風俗営業の許認可業務や、売春の摘発に追われていた。そして所轄内にあるクラブの女性を好きになった。つまり『交際相手として好ましくない女性』の表現でいえばくくろうと女ということになります。しかも日本人ではなかった——」

「………」

「フィリピンの人だったと聞いています。もちろん署の上役がこの交際を認めるはずがない。袴田さんが若ければ転勤させてあきらめさせるという方法もとれたでしょう。しかし、当時、袴田さんはもう四十にさしかかろうとしていた。上役の説得を聞きいれるような年齢ではない。結局、袴田さんはほかの署に転勤する、女性はクラブをやめる、という条件で、結婚を認めるしかなかった。袴田さんはＳ署に転勤し、その女性を籍に入れました。しかし……」

「結婚は失敗したのですか」

「失敗しました。三カ月で破綻した。ある日、突然、その女性が失踪してしまったのです。袴田さんには、どこに行ったかその心当たりはなかったし、書き置きも残されていなかった。しかも悪いことに、かつて勤務していたＦ署ではよくない噂が流れていた」

「よくない噂？」

「袴田さんの奥さんが独身のころ、Ｆ署の管内でマリファナやヘロインを売っていたというのです。それも個人的にやっていたのではなく、組織的な密売グループのひとりだったという。何件か証言も出てきた。袴田さんと結婚したのも、防犯課の動きを知りたかったからで、Ｓ署に転勤になって、もう情報源として役にたたないと見切りをつけて失踪した——」

「ひどい、ほんとうなんですか」

「ほんとうのところはわかりません。女性はもう二度と袴田さんのまえには現れませんでしたからね」

　小倉も沈痛な表情になり、

「失踪して数日後、女性から離婚届けが送られてきました。差し出し人の住所は記載されていなかった。S署の上役は、退職するか離婚するか、と袴田さんにせまりました。今度はもう袴田さんも上役の説得をはねのけることはできませんでした。袴田さんは離婚しました――」

「……………」

志穂は沈黙するしかない。

こんなことをお話ししたのは、と小倉は口調を変えていった。

「なにも袴田さんの古傷をあばきたてたいからではありません。なにか今回の暴行事件の参考になるのではないかと思ってお話ししているのです。聞けば、袴田さんは『人形連続殺人事件』の捜査本部とは関わりなしに、なにか独りで捜査をしていたらしい。こんなことをいうのは何ですが、袴田さんはおよそ単独捜査をするほど、職務に熱心な刑事ではなかったと聞いています。そのことは相棒のあなたがいちばんよく承知なさっていると思います」

「……………」

「袴田さんはそんなことでS署からも早々に転勤させられました。そのあと、各所轄を転々としたが、正直、どこの署でもかんばしい評判とはいえません。ひどく無気力だったのです。ただ――」

「ただ？」

「マリファナやヘロインがからんでいる事件に関してだけは、暴走ぎみといってもいいぐらいに、熱心に捜査したと聞いています。あってはならないことですが、売人を殴りつけて怪我をさせたりもしている。どこの署でもそのことで袴田さんを持てあましました。本庁に転勤になり、すぐに特被部に配属されたのも、いわば厄介払いということだったようです」

「袴田さんは――」

志穂はつぶやいた。

「そのフィリピンの女の人をほんとうに愛していたのね」

「相手は警察官にとって『交際相手として好ましくない女性』だった。F署の管轄で噂が流れはじめたとたんに失踪してしまった。彼女のほうでは袴田さんのことを愛していなかったのかもしれない。しかし――」

小倉はうなずいて、

「そう、たしかに袴田さんはその女性のことを愛していたのでしょう」

「…………」

「お話ししたいのはこれだけです。袴田さんがなにか単独捜査をしていて、暴行にあったという話を聞いて、このことをお知らせしておいたほうがいいと考えました。もし、よけいなことだと思われるなら、忘れていただいて結構です」

　小倉は席をたった。

　以前に、電話をかけてきたときにもそうだったが、必要なことを話し終えると、さっさと退散してしまう。

　そのあまりに事務的でそっけないことが志穂にはうらめしい。

　東京地検には囮捜査に批判的な検事が少なくない。新任検事としては周囲の目をおもんぱかる必要があるのかもしれない。それともたんに志穂には個人的には何の興味もないという意思表示なのか。

　あるいはそれは聞いてはならないことなのかもしれない。純粋に好意として受けとめ、それ以上のことは考える必要のないことなのかもしれない。

　しかし、志穂は、

「どうしてこんなに特被部のことを気にかけてくださるのですか」

　立ち去ろうとする小倉にそう聞かずにはいられなかった。

　小倉は振り返った。

「…………」

　一瞬、その顔を微妙な表情がよぎった。何かを話そうとして、かろうじて思いとどまった。そんな表情だった。

鳥が羽ばたくのに似ていた。羽ばたいた。しかし飛び去った。

「『人形連続殺人事件』では囮捜査を決行すると聞いています。検事としてのぼくは囮捜査は違法捜査だと考えています。しかし個人としてのぼくはあなたにがんばって欲しいと思っています」

小倉の声は見事に自制がきいて、どんな感情の抑揚も感じさせなかった。

「ありがとうございます」

志穂は頭をさげた。

小倉はそんな志穂をまぶしげに見て、それじゃ、と口のなかでつぶやくと、待合室を出ていった。

――あの人はわたしに何をいおうとしていたのだろう？

そのことを考えざるをえない。

たしかに小倉は志穂に何かを打ちあけようとした。

志穂への思いを告白しようとしたのだ、と考えるのは楽しいが、それほど自惚(うぬぼ)れる気持ちにはなれない。残念ながら、そんなことではなく、なにかもっと無粋なことであったような気がする。

それは何だったのか？

袴田の病室に戻ろうとする志穂に、

「こいつもおれとおんなじだ。だいぶガタがきてらあ――」

老人が声をかけてきたが、自分でも最初から返事など期待していないらしく、そっぽを向いていた。

3

八月十日、月曜日――。

この日も停電があった。

午前六時二十分から五分あまり、港区、大田区の一部で電気の供給がとぎれた。

現代では、よほどのことがないかぎり停電は起こりえない。

たしかに夏には電力消費量が急増するが、電力会社はそれぞれ相互に電気を供給しあうシステムを確立していて、そんなことではたやすく停電にはならないのだ。

台風などの気象条件で送電線が切れるか、あるいは変電所が破壊でもされないかぎり、停電は起こらない。

送電線にも変電所にも異変はない。

それなのに停電が頻繁に起こる。

東京電力では懸命に追究しているが、どうしても原因がわからないという。

そのことは、この東京という大都会の深部で何かが壊れ始めているような、ひっそりと衰亡が進行しているような、そんな得体の知れない不安感を人々にもたらした。東京はどこか病んでいるのではないか。なにかが狂い始めているのではないか……

しかし――

現実には、朝六時という早朝のことでもあり、この停電は人々の暮らしに、目に見えて支障はもたらさなかった。

この日、愛宕警察署、三田警察署は前例のないジレンマにみまわれていた。

月曜日には放火が起こる。

「芝公園連続放火事件」の合同捜査本部としてはこの日もよう撃捜査を展開したい。

その一方で、「人形連続殺人事件」捜査本部としても囮捜査を続行したい。

それぞれ捜査本部の置かれてある所轄は違うが、とりわけ「芝公園連続放火事件」は合同捜査本部であり、刑事課の捜査員たちとしても混乱せざるをえない。

両方の捜査を同時におこなうのは無理であり、いたずらに混乱をまねくことにもなりかねない。

双方の本部長（署長）、刑事課長、本庁捜査一課の係長などで検討した結果、とりあえずこの日は「芝公園連続放火事件」の捜査を優先させることになった。

志穂にとってもそのほうが好都合だった。

──袴田さんはなにを独りで調べていたんだろう?

そのことを調べたい。

袴田は室井君子の検視をした検死官に遺体の指のことを聞いたという。

捜査本部から検死官に電話した。

「被害者の人さし指と中指を調べたかと聞かれたよ。調べなかったと答えた。どちらかというとそれは鑑識の仕事だからね。袴田刑事は鑑識でも聞いたようなんだけどな。やはり調べていない、という返事だったらしい」

「どうして袴田さんは被害者の指のことなんか気にしていたんでしょう」

「大麻じゃないかな──」

検死官は明快だった。

「マリファナはタバコに混ぜて吸うことが多い。タバコの喫煙とおなじことでね、どうしても人さし指と中指にその成分が付着してしまうんだ。袴田刑事は被害者の指にマリファナの成分が付着していなかったかどうかそれを知りたかったんだと思う。残念ながら、おれのほうでも、鑑識でも、そこまでは調べなかった。いまさらどうにもならんよ」

「マリファナ……」

やはりそうだったのか、とそう思った。

小倉のくれた情報は正確だった。

袴田はフィリピン人の妻との苦い過去から、マリファナに対しては平静ではいられないようなのだ。

どうも室井君子の事件にはマリファナが関係しているらしい。

袴田はどこでそのことに気がついたのか。

——あのときだ。

「エクスプレス・キッズ」の辰巳富久と話をしたときのことだ。

袴田は辰巳にタバコを勧め、自分はタバコを吸わないから、と断られた。

辰巳は妙に気をまわし、それを自分の血液型を調べるためだと邪推したようだが、あのときの袴田にはそんなつもりはなかっただろう。

あのとき袴田はけげんそうな顔をした。

志穂はうかつで気がつかなかったが、おそらく袴田は辰巳の指が黄ばんでいるのに気がついていたのだろう。

指が黄ばんでいるのに辰巳はタバコを吸わないという。

そうでなくても袴田はマリファナのことには敏感なのだ。それをマリファナに結びつけて考えるのは当然だろう。

「解剖の結果はどうだったんでしょう？　被害者の遺体からマリファナが検出される

ことはなかったですか」

「マリファナにはテトラヒドロカンナビノールという成分が含まれている。一般にはTHCと呼ばれていて、これが酩酊を引きおこすと考えられているんだ。ところが、残念なことに、このTHCを血液や尿から検出する有効な方法はないんだよ。解剖したところでその人間がマリファナを常用していたかどうかそれを知ることはできないんだ」

志穂は礼をいって電話を切った。

ちょっと考えてから、今度はT航空に電話を入れた。

チーフパーサーの鈴木郁江につないでもらった。

もしかしたらフライトに出ているのではないか、とも考えたのだが、ちょうど香港から戻ってきたばかりだという。

「はい、鈴木です」

鈴木郁江の声は不機嫌だった。

ふたたび警察から連絡があるとは考えてもいなかったにちがいない。室井君子のことでは前回でけりがついたと考えていたのだろう。適当にやりすごしたと安心していたのではないか。

チーフパーサーはいわば係長のようなもので、スタッフのことをもっと掌握しているはずではないか。それにしては、鈴木郁江の話はあまりにもおざなりすぎたようだ。いまから思えば、おそらく、あらかじめ警察官とどんなふうに話をすればいいか、そのことを会社から指示されていたのだ。

当たりさわりのないことを話して、肝心のことははぐらかした。うまくやったと思ったのだろうが、そうはいかない。

鈴木郁江がフライトのプロであるなら、志穂もまた捜査のプロなのだ。

「特被部の北見です。このまえはどうもお世話になりました。またお話をうかがいたいことができて、電話をかけさせていただきました――」

「どんなことでしょう」

「マリファナのことです」

「…………」

「このまえはうまくはぐらかされましたが、今回はそうはいきません。もう少しまともなお話をしたいと思っています」

「…………」

鈴木郁江はあきらかに動揺していた。

いわば先制パンチがきいた。こうなれば志穂のものだ。

「室井君子さんはマリファナを常用していたのではありませんか。そんな疑いが出てきたのですが」

「知りません。それは、まあ、いたずらに海外でマリファナを吸うぐらいのことはあったかもしれませんが」

「わたしがおうかがいしたいのはそんなことではありません。そのことは鈴木さんもわかっていらっしゃるはずです」

「…………」

「室井君子さんは国内にマリファナを持ち込んでいたのではありませんか。そして、あなたも、会社もそのことに気がついていた。だから、このまえはあんなふうに当たりさわりのないことしかおっしゃらなかった。そうではありませんか」

「いえ、会社はぜんぜんそのことは知りません」

「…………」

志穂はほくそえんだ。

動揺している人間はたやすく本音を吐いてしまう。嘘をついても、その嘘は不器用で、それがまた本当のことを暗示することになるのだった。

鈴木郁江は懸命に事実をとりつくろおうとしたが、それが成功しているとはいいがたかった。

結局、マリファナのことは聞きだせずに電話を切ることになったが、志穂はそのことに失望してはいなかった。

たしかな手ごたえがあった。

任意出頭を求めれば、それだけで鈴木郁江の意志は完全に萎えるだろう。署に同行を求めるまでもなく、ぺらぺらとすべてをしゃべってくれるはずだった。

囮捜査が中止になり、その日は六時には署を出ることができた。

救急センターに寄ってみたが、あいかわらず袴田の意識は戻っていない。

袴田に面会できるわけではないが、また面会したところで話ができるわけでもないが、終電ぎりぎりの時間まで救急センターにとどまった。

袴田は不幸な結婚をし、その傷がいまも癒えずに胸に残っているらしい。

袴田は五十に手が届きそうな年齢になり、身寄りらしい身寄りもいない。

せめて相棒の志穂ができるかぎりのことはしてやるべきだった。

もちろん志穂は知らなかった。

その時刻、三人めのユカちゃん人形が殺されたのだった。

新車のユカちゃん

1

死体が発見された場所は、六本木三丁目、首都高速の谷町ランプに近い駐車場――

駐車場といっても、五、六台もとまればそれでいっぱいになるような、そんな狭い敷地だ。

背面には首都高の高架道路があり、両側はビルに挟まれている。

深夜――。

ここに一台のキャデラックが鼻から突っ込むようにしてとまっていた。エンジンはかけられたままだ。

赤いオープンカーだった。

駐車場と契約している車ではない。駐車場の関係者のだれも知らない車だった。

そのキャデラックのなかで被害者は死んでいたのだ。

死体が発見されたのは深夜二時ごろのことだった。

六本木のクラブを出たサラリーマンが、タクシーを探して、この駐車場のまえを通りかかった。サラリーマンははっきりと証言してはいないが、おそらく尿意をもよおしたのだろう。駐車場に入り込んで、エンジンをかけっぱなしの車に不審を抱いた。車のなかを覗き込んで、座席に仰向けにくずおれている死体を発見、すぐに一一〇番通報した。

付近をパトロール中だったパトカーがただちに現場に急行し、つづいて所轄署の刑事一課員、鑑識課員が到着した。

六本木三丁目は麻布警察署の管轄である。

それが、麻布警察署の判断により、「人形連続殺人事件」捜査本部に連絡がいったのは、この事件に、前回二件の事件とはっきり共通する要素が見うけられたからだった。

ここにもユカちゃん人形がいたのだ。

キャデラックのボンネットのうえだ。

そこにやはり赤いオープンカーに乗ったユカちゃん人形がちょこんと置かれてあった。

それぱかりではない。

被害者はテニス・ウェアを着ていたが、ユカちゃん人形もやはりテニス・ウェアを着ていた。

被害者の名は五木智子、二十一歳、女子大生だ。

実家も六本木にあり、八日土曜日午前、やはり六本木三丁目にあるテニス・クラブに出かけたまま、帰宅しなかった。

身元がすぐに知れたのは、土曜日の夜に家族から捜索願いが出されていたからだ。

麻布警察署では「人形連続殺人事件」との関連から、これを重視し、「特異家出人」と認めた。専従捜査員を配置し、捜査、捜索を開始したそのやさきのことだった。

被害者は扼殺されていた。

室井君子のように睡眠薬を飲まされ昏睡していたのか、あるいは茂野幸枝のように熱中症で意識を失っていたのか、いまのところ、そこまではわからない。

凌辱されているかどうかもわからない。その可能性は高いが、確認はできないというところか。外陰部にすり傷が残されていたが、膣内、および太股からは精液が発見されていないからだ。

犯人はもしかしたら射精障害なのかもしれない。挿入はしても射精はできないということなのか。

要するに状況的には前二件の事件とほぼ一致している。間違いない。これは明らかに「人形連続殺人事件」なのだった。

招集をかけられた「人形連続殺人事件」捜査本部の専従捜査員たちが続々と現場に駆けつけてきた。

井原は真っ先に現場に飛んできた。

「被害者は土曜日に行方不明になっているだと――」

その井原が歯ぎしりをしている。

「なんてこった。茂野幸枝の遺体が見つかったのは土曜日の朝じゃないか。この犯人は朝晩、ふたりの女を殺しているのか」

代行検視をしている刑事が、それを聞いて振り返って、

「土曜日じゃない。今日、というか、もう昨日（きのう）になるか、要するに月曜日の夜だ。死後六時間から十二時間というところじゃないかな」

「なんだ、どうして死亡推定時刻にそんな開きがあるんだ。もうすこし時間をしぼり込めないのか」

「この服装じゃな。まあ、検死官が来ればもうすこしはっきりしたこともわかるかも

しれないけどな」

「服装がどうかしたのか」

「テニス・ウェアだ。スカートが短くてほとんど脚が剝きだしになっている」

「それがどうかしたのか」

「気がつかないか。車にはクーラーがかかっているんだぜ」

「………」

井原は車のなかを覗き込んだ。

なるほど、たしかにクーラーがかかっている。運転席と助手席のあいだの足元あたりから冷たい風が吹き出していた。被害者の短いスカートが風にまくれあがって、ヒラヒラと舞っている。

「風が被害者の皮膚に直接あたる。体の水分を蒸発させ、乾燥させている。それが死体現象を遅らせているんだ。正確な死亡推定時刻をわりだすのはむずかしいよ――」

刑事は顔をしかめていた。

「それで車のエンジンがかけっぱなしなのか。これは犯人がやったことなのかな?」

井原が聞いた。

「そうだろうよ。死後六時間にしろ十二時間にしろ、そのあいだ、エンジンをかけっぱなしで、車が駐車場に放置されていたはずがない。そんなことはありえない。そうであったら誰かが車に気がついたはずだもんな」

「そうだよな。当然、そういうことになるよな。ということは——」

井原は考え込んだ。

しかし、現場は騒然として、井原にひとり考えにふけることを許さなかった。

次から次に、目撃者を求めて、周辺の聞き込みにあたっていた刑事たちが戻ってくる。もっとも午前二時という時刻だ。目撃者を見つけるどころか、そもそも付近を歩いている人間が少ない。どうやら十二時三十分から一時ぐらいのあいだに、キャデラックは駐車場に入れられたらしい、ということがわかったのが唯一の収穫だった。

鑑識課員たちはしきりに現場の様子をカメラにおさめている。フラッシュの閃光がつづけざまにひらめいた。

たまたま通りかかった鑑識課員に、

「どうだ？　なにかありそうか」

井原はそう声をかけた。

「キャデラックから幾つか指紋が採取できました。人形にも指紋はありました。もっとも犯人の指紋を特定することができるかどうかはわかりませんが」

「足痕跡はどうだ？」

「なにしろ、こんな駐車場ですからね。ほとんど無数といっていいぐらいにあります。

これは役にたちそうにないですね。とうてい犯人のものを特定できっこありません」

「…………」

「いまは座席から毛髪を採取しています。こちらのほうは多少、希望が持てそうです。見たところ、このキャデラックは新車のようですからね。車の持ち主もそんなに何人もの人間は乗せていないでしょう。そんなところですか。いまのところ、ほかに遺留物らしいものは発見されていません――」

「…………」

「ああ、それからキャデラックを署に運ぶのにはくれぐれも注意してください。ボディがガソリンで汚れています。もしかしたらガソリンが洩れているのかもしれない」

「…………」

井原は仏頂面のまま、もう返事をしようともしなかった。

一課の捜査員がパトカーから顔を出すと、主任、と大きな声で呼んだ。

「キャデラックの持ち主がわかりました。やはり盗まれた車でした。持ち主から愛宕警察署に盗難届けが出ています。昨日(きのう)、夜十一時ごろ、芝ゴルフ場にとめておいたのを盗まれたとのことです」

「夜十一時ごろ？　ゴルフをするにはずいぶん遅い時間じゃないか」

「客ではありません。ゴルフ場の関係者らしいです。いつもそれぐらいの時間に芝ゴルフ場に来て、レストランの売上げとかの集計をするんだそうです。すぐに戻るということで、キーをさしこんだままで、とめておいたらしい。それで盗まれた――」

「いつもこのキャデラックを使っているのか」

「さあ、それは聞いていませんが。そうじゃないですか」

「だれがおまえの意見を聞いた？」

「……………」

「確認しろ」

「はい！」

捜査員はパトカーに引っ込んで、慌てて無線のマイクを取った。

志穂が現場に到着したのはそのときのことだ。

原宿のマンションからタクシーで飛んできたのだ。

井原は志穂をじろりと一瞥(いちべつ)し、

「見ろよ」

キャデラックのボンネットに載っているユカちゃん人形をあごでしゃくった。

「……………」

志穂は唇を嚙んだ。

ユカちゃん人形はすでに捜査員たちにとって人形以上のものになろうとしている。

まがまがしい呪物的存在と化していた。

その愛らしい顔が、しかしいまは無性に恐ろしい。

——どうしていつもユカちゃん人形があるのだろう！

これで三度、死んでいる女のそばに、その死体とおなじ姿のユカちゃん人形が置かれたことになる。もちろん、こんな偶然はありえないし、たんなる悪ふざけにしてはあまりに念が入りすぎている。

どうやら遠藤慎一郎が分析したように、この犯人にとって、ユカちゃんはたんなる人形以上の意味を持っているらしい。

ユカちゃん人形は呪物なのだ。魔術的な意味あいを与えられている。

この犯人の精神はいびつにゆがんで倒錯している。

この犯人にとって、若い女を殺すことは、そのままユカちゃん人形を殺すことでもあるらしいのだ。

しかし——

どこの誰がどうしてユカちゃん人形など殺す必要があるのか。

「このキャデラックは盗難車だ。芝ゴルフ場の駐車場から盗まれた。犯人は人形が乗っている車と似たオープンカーをわざわざ盗んでいるんだ。どこまでもユカちゃん人形にこだわっていることになる。おれには犯人の気持ちがわからねえよ。どうしてそんなにユカちゃん人形なんかにこだわらなければいけないんだ？」

井原の視線には力がなかった。焦燥感に疲れている。ぼんやりと空を見つめていた。この時刻、六本木の空に見えるのは東京タワーのシルエットぐらいなものなのだが。

「茂野幸枝のときには遺体が水につかっていた。今回の被害者は車のなかでクーラーの風にあたっていた。どう思う？　こいつは死亡推定時刻を狂わせるための小細工なんだろうか。だが、こんなことをしても、せいぜい死亡推定時刻に一、二時間の誤差ができるぐらいなものだ。この犯人にとってそれがそんなにも重要なことなのか。だとしたら、どうして、そんなことがそんなに重要なのか」

「…………」

「それにどうして今回は芝公園付近じゃないんだ？　どうして日比谷通りじゃない？　おかしいじゃねえか。どこでもいいのか。だれでもいいのか。そうだとするともうおれたちはお手上げだぜ。どこをどう捜査したらいいのかわからなくなる。それこそ職質にでも引っかかってくれるのを期待するしかないことになる――」

「…………」

志穂にはすべて返事のしようのないことだった。

井原は優秀な刑事だ。

そして優秀な刑事というものは例外なしに徹底してリアリストなのだ。事実しか信じようとしない。

が、この事件にかぎっていえば、事実そのものがすでに非現実的なのだ。ユカちゃん人形のどこに事実などというものがあるだろうか。そんなものはない。リアリストであるはずの井原が、しかし、いまはその現実感覚を失いかけている。犯人のグロテスクに歪んだ精神に追いつめられ、そのことでほとんど打ちのめされたようになっているのだ。

ユカちゃん人形はじわじわと捜査員たちまでをも狂気に蝕もうとしていた……。

2

八月十一日火曜日。

午前九時——

所轄署において「人形連続殺人事件」捜査本部の捜査会議が開かれた。

捜査本部長の署長、捜査主任の刑事課長、本庁鑑識課の係長、一課六係の係長、それに二十人ほどの専従捜査員たち。

いつもの顔ぶれが集まった。

しかし——。

捜査会議ははなはだ意気のあがらないものになった。

現場周辺での目撃者探しはこれといった成果をあげていない。

芝公園一帯から六本木周辺にまで範囲をひろげて、変質者などを洗いなおしているが、これも有力な被疑者は出ていないという。

被害者、五木智子のテニス・クラブを出てからの足どり捜査にも進捗がない。

五木智子はS大の国文科四年、すでに就職先が内定していて、夏休みはテニスの練習に熱中していたらしい。友人のほとんどは就職活動に走りまわっていて、テニスの練習を終え、かんたんに昼食を済ませると、まっすぐ六本木の自宅に帰っていたという。

「五木智子は近所でも評判のいい、きわめてまじめなお嬢さんだったらしい。これといって特定の異性関係もなかったようです。そのことからもこれは通り魔的な犯行と見なしてもいいのではないでしょうか」

捜査員はそう結論して報告を終えた。

べつの捜査員は鑑識に関連した捜査をつづけているが、これもはかばかしい結果は出ていないらしい。

キャデラックから幾つかの指紋が採取されたが、警視庁保管の指紋原紙と合致するものはないし、これまでの現場から採取された指紋と一致するものもない。

シートからは、何本もの頭髪、陰毛が採取されている。しかし、これも犯人を特定する材料にはなりそうもないという。

「キャデラックの持ち主は、都内で数軒のレストランを経営しています。妻子持ちではありますが、かなり遊んでいるらしいという評判です。従業員たちの話によると、街で拾った若い娘などをよくドライブに連れていったらしい。髪の毛、陰毛などがシートに落ちるのも当然のことでしょう。そんなわけで、キャデラックのなかから発見された頭髪、および陰毛から、犯人を特定することはむずかしいのではないかと思います」

つづいて代行検視にあたった刑事からの報告があった。

「今日の午後二時、被害者は司法解剖に処せられることになっていますが、とりあえず、いまこの時点でわかっていることを報告したいと思います。被害者、五木智子の遺体ですが――」

あまりにもきれいすぎるのだという。

膣内、外陰部、下腹部、陰毛、テニス・ウェア、パンティから精液は発見されなかった。唇、胸部から唾液も発見されていない。

ただ、膣、外陰部に、細かいすり傷がついていて、被害者が生前になんらかの性行為を強いられたのは間違いない。

茂野幸枝の場合と異なり、五木智子は独身であり、しかも特定の男関係がなかったことを考えあわせると、これが犯人の行為であった可能性は強い。

「ここで注目すべきは被害者の体から石鹸の成分が検出されたことです。家族の話では、被害者はもっぱらボディソープを使っていて、石鹸で体を洗うということはなかったらしい。これはどうも犯人が被害者の体を洗ったのではないかと思われます。われわれは、茂野幸枝の場合、遺体に、唾液、精液が残されていなかったのを、その体が水遊び場につけられていたからだとそう判断しました。が、五木智子の場合と考えあわせると、どうもそればかりではないようです。この犯人には、女の体をきれいに洗う性癖があると見たほうがいいのではないでしょうか。それもたんに自分の犯行をくらますためだけとは思えない丹念さです。異常なまでの丹念さといってもいいかと思われます。つまり犯人は女を人形のように扱っているわけです――」

刑事はそこで咳払いをし、

「今回も被害者は扼頸されています。頸部に指の爪跡が皮下出血として残っていました。ただし、この爪跡は手袋をかいして残されたもののようです。頸部から繊維片が発見されなかったことから、ビニール手袋のようなものを使用したと思われます。その爪跡を見るかぎり犯人は爪をきれいに切っているようです」

代行検視のあと、監察医が遺体の検視をおこなっている。

その結果も報告された。

被害者は首を絞められてはいるが、死因は急性窒息ではないという。頸動脈洞を外側から圧迫され、反射的に迷走神経が刺激され、血圧降下、および遅脈を起こし、これによって心臓が停止したらしいのだ。つまり被害者はいきなり死んでしまったということらしい。

「これはたんに自分の意見にすぎませんが、もしかしたらこの犯人には女の首を絞めて快感を覚える性癖があるのかもしれません。このときには必ずしも被害者を殺すつもりはなかったとも考えられます。犯人にその気はなかったが、被害者が死んでしまったというわけです——」

つづいて鑑識からの報告があった。

タイヤに付着していた土砂、アスファルト粉などからは、これといって犯罪現場を示唆するようなものは見つからない。

捜査員たちがわずかにざわついたのは、タイヤに付着していた土砂にオガ屑が混じっていたとそう報告されたときだった。

それもかなりの量のオガ屑で、たまたまアスファルトの路面から拾ったという程度ではないらしい。

キャデラックの持ち主は、タイヤにオガ屑が付着するような場所を走った覚えはないと証言している。

そのことからも、これはキャデラックを盗んだ犯人がどこかそんな場所を走ったのだとそう考えてもいいのではないか。

「そうした場所として考えられるのは、貯木場、建築現場などでしょう。犯人はそうした場所に被害者の五木智子を監禁していたと考えてもいいのではないでしょうか」

つづいて、現場から発見されたユカちゃん人形に関する報告がなされた。

これは、例によって、志穂が報告することになった。ただし、これも例によって、報告すべき内容はほとんどない。

キャデラックのボンネットに置かれていたユカちゃん人形は、お出かけユカちゃんというシリーズで、平成三年に発売されている。全国、どこででも購入できる人形で、これから犯人をしぼり込むことはむずかしい。

「以上です――」

志穂がすわったあと、しばらく捜査会議の席には重苦しい沈黙がただよった。

要するに、これまでのところ、なにひとつ有力な手がかりはないということだ。

いや、五木智子が殺されたことで、日比谷通り、芝公園から、六本木にまで範囲を拡げて、犯人の足跡をたどらなければならなくなった。ますます捜査が困難なものになったといわざるをえない。

全身にオイルを塗ってビニール人形のようにつるりとした裸体の室井君子。赤いビキニの水着を着た茂野幸枝……犯人はユカちゃん人形を連想させる女を次から次にかどわかし無残に殺害している。

以上の二件から、犯人は芝公園、日比谷通りを中心にし、自分の好みにあった被害者を物色しているものとそう思われていた。

それだからこそ捜査本部は芝公園付近を重点にし、志穂を囮にした囮捜査を断行したのだった。

それが——

五木智子が殺されることによって一気に捜査基盤が崩されてしまったのだ。

たしかにテニス・ウェアを着た五木智子は、ユカちゃん人形を連想させる女性ではあるだろう。しかし、彼女にかぎっては六本木付近で姿を消しているのだ。

いままでは芝公園、日比谷通りを中心にして、捜査を絞り込めばよかったのが、五木智子が殺されることによって、それを六本木にまで拡げなければならなくなった。

ここまで対象地域が拡がると、犯人がなにを規準にし、どうやって被害者を見つけだしているのか、それもかいもく見当がつかなくなってしまう。

もうひとつわからないのは、この犯人がやすやすと若い女性を拉致しているように思われることだ。

どうやって犯人が被害者たちに接近し、安心させて、拉致することができたのか。

それがわからない。

最後に井原が発言した。

――犯人は茂野幸枝を水につけ、五木智子をクーラーの風にさらしている。犯人にはなんらかの理由で死亡推定時刻をごまかす必要があったのではないか？

井原のこの推理は、わずかに捜査員たちの関心を引いたようだが、これも具体的になにを示唆しているというわけでもない。

要するに――

捜査に進展はない。

何ひとつない。

捜査本部は被疑者を絞り込むそのとっかかりさえつかめずにいるのだ。

そして、このまま捜査に進展が見られなければ、第四、第五の犠牲者が出るのは必至だろう。

捜査会議が重苦しい沈黙に押しひしがれるのは当然のことだった。

そのこわばった雰囲気をやわらげようとしたのか、

「まあ、そんなにあせることはない。いいことだってないわけじゃないんだ。昨日(きのう)は月曜日だったが、芝公園付近での放火は報告されていない。とりあえず『芝公園連続放火事件』のほうはお休みということらしい。いまだに犯人を特定できずにいるのは残念だが、放火にかぎっていえば、とにかく犯行は阻止できたことになる。われわれとしてはそれでよしとしなければならないんじゃないか」

署長がそういった。

これがこの会議における署長の唯一の発言となった。

唯一の発言で、しかも間違っていたのである。

3

捜査会議が終わったあと、

「これからキャデラックが盗まれた芝ゴルフ場に行くつもりなんだけどな。よかったら一緒に行かないか」

井原が志穂に近づいてきて、そう声をかけたのには驚かされた。

「…………」

あっけにとられて井原の顔を見た。

「どうしたんだ、行くのか行かないのか」

井原は怒ったような顔でそういったが、これは多分に照れ隠しの意味もあったろう。

「もちろん――」

と志穂は勢い込んでいった。

「ご一緒させていただきます」

「………………」

井原はうなずいてさっさと先にたって会議室を出ていった。

志穂は急いでそのあとを追った。

井原が志穂を捜査に同行するのを誘うのは異例なことといっていい。

これまで井原とは何度も事件の捜査をともにしている。

井原に関していえば、ほかの刑事たちのように特被部に対して偏見を持ってはいない、といえるだろう。

が、偏見を持っていないからといって、囮捜査に好意的かといえば、必ずしもそうともいえないようだ。

井原は刑事になるために生まれてきたような男で、捜査のためならどんな苦労もいとわず、自分のすべてを犠牲にしてかえりみない。

しかし、いい刑事というのは、大なり小なり、頑迷な男権論者というようなところがあるものだ。

残念ながら、井原もその例外ではない。

どんなに志穂が事件解決に貢献しても、女は捜査に関わるべきではない、という考えを捨てようとしない。女は事件捜査に不向きだと頭からそう信じ込んでいるのだ。

妙な話だった。

それなのに、志穂は必ずしも井原のことを嫌ってはいない。いや、それどころか、好きか嫌いかと聞かれれば、どちらかというと好きだと答えざるをえない。

もちろん、ふたりのあいだに男女の感情など存在しようがない。そんな可能性は論じるだけでもナンセンスだ。

そういうことではなく、これはある仕事に踏み込んだばかりの人間が、その分野でのプロフェッショナルに対して抱く、いわば敬意のようなものであるだろう。

が、これは志穂の一方的な思い込みで、井原はそんなことに感応するようなやわな刑事ではない。

どこまでいっても腹だたしく愚かしい、頑迷な男権論者で、志穂のことをなかば認めながらもけっして全面的には認めようとはしない。

したがって、志穂に自分の捜査に同行するのを求めることなど絶対にありえないことなのだ。

志穂もそれを知っているから、そんなことを要求したことは一度もない。

つまり、それだけ井原が袴田の容態を気にしているということだろう。

井原と袴田とは必ずしもう
まがあうとはいえない。

井原と袴田とでは人間としての肌合いも違うし、刑事としての才能も違う。ひとりは、終始、捜査の第一線を歩んできた人間であるし、もうひとりは所轄署の防犯課、それももっぱら風紀係を担当してきた人間なのだ。

しかし、井原は妙に袴田のことを気にかけているようだ。

袴田は怠惰でいいかげんな刑事だが、ふしぎに人の気持ちを引きつけるような、そんなところがあるらしい。

芝ゴルフ場は所轄署から近い。

茂野幸枝が通ったという芝Gプールに隣接していて、おなじ経営母体だ。

署から徒歩で向かった。

井原のほうから袴田のことを聞いてきた。

「危篤状態というわけではありませんが、ついさっき救急センターに電話したところ、まだ意識が戻っていないということでした。担当医の先生は後遺症が残ることを心配なさっているようです——」

「袴田さんは独りなのか。だれかつきそってやれる人間はいないのか」

「特被部の人間が交代でつきそっています」

「身内は？」

「いないようです。親戚は鹿児島にいるだけだと聞いています」

「袴田さんも孤独だよな。一度は結婚したこともあるというのに、な」

「フィリピンの女の人のことですか」

「知っているのか」

井原は志穂の顔を見たが、べつだん、それを意外とも思っていないようだ。

「まあ、警察内部じゃ公然の秘密だったからな。おれはあのころ刑事を拝命したばかりの駆け出しだったが、袴田さんの話を聞いて、なんてバカな野郎がいるんだろう、と思ったものだよ。刑事の風上にも置けない野郎だとそう思った——」

「バカな野郎、ですか」

「ああ、そのときにはそう思った」

「いまは思っていないんですか」

「あんたはこれまでに本気で人を好きになったことはあるか」

「………」

「おれはないよ。女房とは見合いだったしな。本気で恋愛をしたことがない。仕事に追われて気がついてみればこの歳だ」

井原の表情は硬かった。

「正直、おれは刑事として袴田さんに負けたと思ったことは一度もない。はっきりいって袴田さんぐらい無能な刑事はいないと思っている。しかし、少なくとも一度は、袴田さんは人を本気で好きになったことがあるわけだ。一度だけだが一度でもあればそれで十分だろう。おれにはその一度さえない」

「………」

志穂はただ黙って歩いていた。

芝ゴルフ場は日比谷通りに面し、その前面に広大な駐車場を擁している。その駐車場に足を踏み入れたとたん、

「どちらに行かれるんですか」

ガードマンに呼びとめられた。

井原は警察手帳を見せ、車の盗難のことで支配人に話を聞きたい、といった。ガードマンはすぐに引き下がった。

ふたりはゴルフ場の建物に向かった。

「どうしてあのガードマン、わたしたちのことを呼びとめたのかな?」

志穂はなんとはなしにそのことが不愉快だった。

「駐車場にはこんなに人がいっぱい歩いているのに――」

「おれたちがゴルフをするようには見えなかったんだろうよ。そんな服装もしていないし、ゴルフバッグも持っていない」

「ああ、そうか。そういうことなんだ」

と志穂はうなずいて——。

ふいに頭のなかにひらめいたそのことに思わず足をとめた。

そのことは、なんの脈絡もなしに、突然、頭のなかをよぎったのだった。

呆然とその場に立ちすくんだ。

「どうかしたのか」

井原はけげんそうに志穂を見つめた。

「ゴルフバッグを持っていないから疑われるということは——」

志穂は空の一点を見つめながら、なかば自分自身につぶやくようにいった。

「逆に、ゴルフバッグさえ持っていれば、その人間はだれからも疑われないということですよね」

交　差

1

ある意味では、事件を捜査するのはジグソーパズルにいどむのに似ているといえるかもしれない。

捜査員たちは聞き込みや鑑取りに歩いて、ジグソーパズルのピースを一つひとつ丹念に集めてまわるわけだ。

集められたピースは、順を追ってはめ込まれていくのだが、なかなか全体の輪郭はあらわれてはこない。

それが、たった一つ、新たなピースをはめ込むだけで、ふいにその輪郭が劇的にあらわれることがある。

「芝公園連続放火事件」の場合、志穂の頭のなかにひらめいたそれが、いわばその運命のピースといえるものだった。

「芝公園連続放火事件」捜査本部の捜査員たちを悩ませていたのは、放火犯はどうやって四リットルのオイル缶を運んでいるのか、というそのことだった。

オイル缶は重さはたいしたことはないが、かさがある。よほど大きなバッグに入れなければ持ち運べるものではない。

そして、四リットルのオイル缶を入れることができるほど大きなバッグを持ち歩いていれば、それだけで人目についてしまう。

大きいが、それを持ち歩いていても、人に不審の念を抱かせないバッグがあるとしたら
――

ゴルフバッグがそうではないか。

井原からの連絡を受け、「芝公園連続放火事件」の専従捜査員たちは、あらためて八月三日月曜日、よう撃捜査のときに撮影したビデオを確かめた。

ビデオが不鮮明なためにその容姿までは確かめることができない。

しかし、たしかにそこにゴルフバッグを持った男がひとりで歩いているのが確認されたのである。

そればかりではない。

昨夜十一時ごろ、芝ゴルフ場に面した日比谷通りで、パトロール中の警察官がゴルフバッグを持った中年男を職質（職務質問）していることが判明した。

十日、月曜日はよう
い撃捜査は見あわされることになったが、毎週の連続放火事件を警戒し、パトロールだけは強化されていた。

パトロールの警官がその中年男を職質したのは、男がかなり飲酒している、とそう考えたからだった。

放火事件の場合、現場付近を泥酔して歩いている、というのは、それだけで容疑の対象になる。

それというのも、酔っぱらった人間が自制心を失って、日頃の鬱屈を晴らすために放火をくりかえす、という例はよくあることだからだ。

しかし――

職質で呼びとめはしたものの、その中年男がまったく酔っぱらっていないことに気がついて、警官は狼狽した。

「あんなに慌てたことはありませんよ」

あとになってその警官は苦笑まじりにそう上司に報告している。

一滴も酒を飲んでいないらしい男をどうして酔っぱらっているなどと誤解してしま

ったのか。

それは警官自身にもわからない。

わからないながら、職質で相手を呼びとめてしまった以上、なんとかつじつまをあわせなければならない。

本来なら、このとき警官はゴルフバッグの中身をあらためるべきだった。が、ゴルフバッグのなかには、当然、ゴルフセットが入っているものと思い込んでいたし、酒を飲んでいない人間を酔っぱらいと誤解したことにしどろもどろになって、そのことを怠ってしまった。

相手の中年男は激怒し、警官の官職、氏名をしつこく聞いてきて、どちらが職務質問されているかわからないほどだったという。

男と別れたときには、むしろ警官のほうが職質から解放されたような、ホッとした気分になったという。

その報告を受けた捜査員は、たまたま刑事課の同僚から、盗まれたキャデラックからガソリンが洩れて、ボディが汚れていた、という話を聞いていた。

すぐに本庁の鑑識に連絡をし、キャデラックはガソリンが洩れていたのではなく、付着していたにすぎない、という事実を確かめた。

「放火犯はそのキャデラックに火をつけようとしていたんだ。ガソリンを撒こうとしたところに誰かが現れて、それを中止せざるをえなくなった。そういうことなんじゃないか——」

がぜん「芝公園連続放火事件」捜査本部の捜査員たちは色めきたった。

こんな偶然があるだろうか。

十日月曜日の夜、ふたりの重大事件の犯人が、キャデラックを交点にして、その軌跡を交差させたのだった。

おそらく、こういうことではないか。

ゴルフバッグを持った放火犯は、芝ゴルフ場に駐車されているキャデラックに放火しようとし、そのボディにガソリンをかけた。

そのときに「人形連続殺人事件」の犯人がそのキャデラックを盗もうと近づいてきたのだろう。

それを見た放火犯は、車の持ち主が戻ってきた、と勘違いし、火をつけるのをあきらめて逃走した。

おそらく、パトロール中の警官が日比谷通りで職質したのはその直後のことだ。

「こいつはとんでもないことになったぜ」

捜査員の誰もが浮足だった。

このときぐらい愛宕警察署、三田警察署の双方が混乱し大騒ぎになったことは、これまでに例のないことだった。

「芝公園連続放火事件」の合同捜査本部は一方の署に置かれ、「人形連続殺人事件」の捜査本部はもう一方の署に置かれている。

つまり、両方の所轄署・刑事課の捜査員たちがふたつの捜査本部でいれこのようになっているのだ。

その連続放火事件の容疑者がにわかに浮上してきて、しかもその被疑者が人形連続殺人事件のほうの有力な目撃者である可能性が出てきたのだった。

これが混乱を呼ばないわけがない。

男を職質した警官は、当然のことながら、そのときに相手の名前、住所、職業、年齢を聞いている。

めずらしい名だ。

烏森一光（からすもりかずみつ）。

五十六歳、芝浦のアパートに住んで、宝町（たからちょう）のスーパーマーケットの駐車場で働いているという。

捜査員が都営浅草線の駅員と称して、宝町のスーパーマーケットに電話をいれた。

定期券の落とし主を探していると嘘をつき、同僚から烏森の通勤のことを聞いた。

烏森一光は健康のために、毎日、芝浦の自宅から都営浅草線「大門」駅まで、日比谷通りを歩いているのだという。

つまり、日々、「芝公園連続放火事件」の現場を歩いていることになる。

「こいつが真犯人(ホンボシ)だ――」

捜査員たちは色めきたった。

「間違いない」

が、その日の午後、さらに捜査員たちを呆然とさせる事態が起こった。

所轄署の受付にひとりの男が現れると、

「わたしは烏森といいます。昨夜、当署の警官から不当な職務質問を受け、はなはだ不愉快な体験をさせられました。そのことで署長に正式に抗議したい。署長、および当の警官に、釈明と謝罪を求めたい――」

そう昂然(こうぜん)といい放ったのだった。

2

心証的には烏森一光は完全にクロだ。

が、具体的な証拠は皆無であり、いまの時点で任意同行を求めるのはむずかしい。

捜査本部としては、聞き込み、鑑取りなどの捜査を地道に重ね、しだいに容疑をかためていくのが順当といえるだろう。

それが、こともあろうに、当の本人から出頭してきたのだ。いやでも捜査員たちは解決に向かって走りださざるをえない。

捜査本部は騒然となった。

が、あくまでも表面上は、一般市民からの抗議をつつしんで拝聴する、という形式をとらなければならない。

せっかく被疑者のほうから捜査本部にやって来てくれたのだ。これをとり逃がすような失敗を犯してはならない。

まず応接室のクーラーを切った。窓も閉めきった。

十分に部屋を蒸したそのうえで、烏森一光を丁重に応接室に案内した。

すぐさま女性警察官が冷えた麦茶を運んだ。

「いま、署長と本人がまいります。申し訳ありませんが、しばらくお待ちください」

わたしは、と烏森が憤然といった。

「お茶を飲みにきたわけじゃない。かまわんでもらいましょう。わたしは昨夜の不当な職務質問に抗議を申し入れにきたんだ。警察は善良な市民を不当に侮辱した。わたしは警察権力からそんな仕打ちを受けて黙っているような男ではない——」

わなわなと体を震わせていた。

痩せた、いかにも癇性そうな男だ。

五十六歳というが、頭髪が薄くなって、眉間にしわを寄せたその容姿は年齢よりもずっと老けて見える。

善良な市民の抗議を受け、女性警察官はうつむいて、恐れいった顔つきをして見せた。

クーラーを切った応接室は暑い。

お茶はいらないとはいったものの、烏森は喉の渇きに耐えかねたようだ。

一気に麦茶を飲みほした。

頃合いを見はからって、べつの女性警察官が今度は熱いお茶を運んできて、麦茶のコップを片づけた。

「署長はまだですか」

烏森はいらだっていた。

「申し訳ありません――」

女性警察官はあくまでもにこやかだった。

「もうすこし待っていただけませんか」

麦茶のコップがすぐに鑑識に運ばれたことはいうまでもない。キャデラックのボディからは幾つもの指紋が検出されている。それらの指紋はコップについた烏森の指紋と照合されることになるはずだった。

「時間を稼げ！」

「芝公園連続放火事件」合同捜査本部では刑事課長がわめいていた。

「ケーキでも羊羹でもなんでも出せ。とにかく時間を稼げ。鳥森を引きとめるんだ」

同時刻、ふたりの捜査員が都営浅草線で「宝町」駅に急いでいた。

鳥森は宝町にあるスーパーマーケットで駐車場の整理員をしているという。

宝町の駅からタクシーに乗ったのは、暑さに閉口したからではない。

刑事課長から、鳥森が所轄署にいるあいだに聞き込みを済ませろ、と命ぜられているのだ。

一分一秒が貴重だった。

鳥森の上司に面会を求め、すぐに話を聞いた。

上司はいきなり刑事が訪ねてきたことにいかにもけげんそうだった。

「なにをお調べかは知りませんが、鳥森さんは警察のやっかいになるような、そんな人じゃありませんよ」

話をしているあいだ、何度もそれを繰り返した。

鳥森は製糸会社をリストラで退職し、このスーパーマーケットに勤めはじめた。

非常にまじめに働いているらしい。

「まじめすぎるぐらいですよ。硬骨漢とでもいえばいいんでしょうかね。曲がったことは大嫌いという人です。わたしなんかもう少し融通がきけばいいのに、とそう思うほどでしてね。たとえ相手が客でもルールに反することをしたら、きちんと注意する。見ているこちらがハラハラするぐらいでしてね。いまどきめずらしい正義感の強い人ですよ」

「…………」

ふたりの捜査員は顔を見あわせた。

ひとりがうなずき、もうひとりが上司に顔を向けると、

「烏森さんの私物はこちらにあるでしょうか」

「私物？」

上司はますますけげんそうな顔になり、

「それは、まあ、各自、ロッカーはありますが」

「本人以外にその鍵を持っている人はいますか」

「ええ、もちろん。本人が一個、会社のほうで一個、それぞれ所有する決まりになっていますが」

「ということは、つまり、ご本人が不在の場合は、どなたか会社のかたがロッカー内

のものの管理をまかせられている、とそういうふうに解釈してよろしいでしょうか」

「いや、そんな決まりはありません。不在だろうが何だろうが、ロッカーのものはその本人が管理することになっています」

「でも、会社のほうでもロッカーの鍵を所有しているわけでしょう？」

「それはそうですが、しかし、だからといって――」

「鍵を所有しているということは、本人が不在の場合は、しかるべき立場にいる人がロッカーのなかのものの管理をまかせられているということですよ」

「いや、そうはならないでしょう。そんな話は聞いたことが――」

「申し訳ありません。烏森さんのロッカーを開けていただきたいんですが」

刑事は強引だった。

それというのも、本人が不在のとき、その勤務先から、被疑者の私物の任意提出を求めることができるかどうかは、法的にはかなり微妙な問題をはらんでいるからだ。

ただロッカーの所有権が会社にあるというだけでは、被疑者のプライバシー保護の観点から、私物の任意提出を求めてはならないことになっている。

それが許されるのは、平素から、その同僚なり上役なりが、被疑者がいないとき、その私物の管理をまかせられている、という場合にかぎられるのだ。

そのためにも刑事たちは何としても、本人が不在の場合、会社側がその私物の管理をまかせられている、ということにしなければならないのだった。

上司は釈然としないようだったが、結局、刑事たちのいいなりになって烏森のロッカーを開けることになった。

「………」

ふたりの刑事は顔を見あわせた。

その棚にゴルフバッグがたてかけられていた。

なかを覗いた。

ゴルフバッグのなかはすっぽりくりぬかれてあった。

ひとりが鼻を寄せ、クンクンと臭いを嗅いだ。そして、間違いない、と歓喜の声をあげたのだった。

「こいつはアルコールの臭いだ！」

烏森は怒り狂っていた。

それも当然だろう。

もう少し、もう少し、といわれながら、もう二時間近くも応接室で待たされっぱなしになっているのだ。

女性警察官は五分とおかず、お茶をいれかえ、羊羹だのおかきだのを運んでくる。

しかし、かんじんの職務質問をした警官、署長はいっこうに姿を見せようとはしないのだ。

女性警察官が、

「おソバでもとりましょうか——」

そういってきたときには、ついに烏森の忍耐も限界に達したようだ。

「人をバカにするな。いつまで待たせるつもりなんだ——」

そうわめきながら席を立った。

そのときのことだ。

ふいにドアが開いて、数人の男たちが部屋になだれ込んできたのだ。

そのなかのひとりが、

「烏森さん、あなたの逮捕状が正式に裁判所から発付されました。放火事件の容疑です。ごらんください。これがあなたの逮捕令状です——」

厳しい声でいい、逮捕令状を示したのだった。

3

志穂は「芝公園連続放火事件」は担当していない。

——ゴルフバッグを持っている人間は疑われない……。

その思いつきが放火犯の逮捕に結びついたからといって、それはたんなるフロック以上のものではない。

現に、この日、連続放火事件の被疑者に逮捕状が出されたことを、志穂は知らされていない。

志穂はあくまでも「人形連続殺人事件」捜査本部の専従捜査員であり、その担当はユカちゃん人形なのである。

夕方、思いもかけない人物から志穂に連絡があった。

T大の淵沢教授——。

ユカちゃん人形を社会学的に考察し、一冊の本にまとめた大学教授だ。

以前、志穂が連絡をとろうとし、淵沢が海外に出かけていて、果たせなかったことがある。

淵沢教授は帰国し、志穂の手紙を読んで、電話をかけてきたのだった。

あのときから、さらにふたりの女が殺されて、事情は大きく変わっている。すでに専門家にユカちゃん人形のことを聞くなどという悠長な段階は越えてしまっていた。

正直、いまさら大学教授の意見を聞いたところで、捜査に寄与するところは何もない、とは思うのだが——。

自分から話を聞きたい、と手紙を書いた以上、会ってもいい、という教授の申し出をいまさらこばむわけにもいかなかった。

淵沢教授は大学の近くの喫茶店を待ちあわせの場所に指定してきた。

地下鉄の「本郷三丁目」駅で下車し、歩いて数分のところにあるミルクホールで会いたいという。

どうやら、この教授のなかでは時間が停止してしまっているようだ。

ミルクホールというから、どんな古風な店かと思ったが、何の変哲もない街中の喫茶店だった。

志穂が店に入っていくと、カレーライスを食べている初老の男が顔をあげた。

それが淵沢教授だった。

「ここのライスカレー、なかなかいけますよ。よかったら食べますか」

「いえ、済ませたばかりですので」

「そうですか。それじゃ失礼してこいつをいただいてしまいます」

「どうぞ、お待ちしています」

大学教授というから、近よりがたい人物を想像していたのだが、そんなぶったところは少しもない。学生のように気軽な印象の人物だった。

やがて、スプーンを置くと、コップの水を飲んで、どうも失礼しました、と笑いかけてきた。

「このまえまではユカちゃん人形に凝っていたんですがね。いまはライスカレーに凝っているんですよ」

「どうもお忙しいところをすみません」

「いいえ、そんなことはかまいません。まずお聞きしたいんですが——」

淵沢は紙ナプキンで口をぬぐいながら、

「その被害者の女性、室井君子さんといいましたっけ、その女性が死んだあとに頸部に指の痕をつけられていたというのは間違いないことなんですか」

「………」

志穂はあっけにとられた。

どうして淵沢がそんなことまで知っているのか？　そのことは新聞に報じられていないはずだし、もちろん志穂にしても、そんなことまで手紙に書いた覚えはない。

「あなたの手紙を読んで興味をそそられたものですからね。遠藤くんに電話して、事件のことをくわしく聞いたんですよ」

ああ、と志穂は思わず声をあげた。

そういえば特被部の遠藤部長もT大の准教授を務めている。専攻は違うが、このふたりは大学の同僚ということになる。

「どうなんでしょう。生きているときに頸部を絞められたのか、死んだあとに頸部を絞められたのか、生体反応を見れば、そのことは歴然とわかるはずですよね。たしかに室井君子さんは死んだあとに頸部を圧迫されていたんですか」

「ええ、そうなんです。どうして犯人がそんなことをしたのか、わたしたちもその判断に悩んでいます」

「そして死体のそばにあったユカちゃん人形は昭和五十年ごろに発売されたシリーズだった。そのことも間違いありませんね」

「ええ」

「そのユカちゃん人形は首が外れるようになっていた。そうでしょう?」

「…………」

「ユカちゃん人形は首が外れるようにはできていません。ユカちゃんの首が外れたんじゃ女の子たちの夢をぶち壊しにしてしまう。そうじゃありませんか。ユカちゃん人形のシリーズで、唯一、首が外れるものは、大田区で製造されたものだけなんです」

「…………」

「いまはもう玩具の製造はほとんどがアジアの下請けに移っていますが、昭和三十年代から五十年代にかけて、東京でおもちゃを製造している場所といえば、墨田区の町工場と決まっていたものです。ユカちゃん人形もその例外ではありません。ただ昭和五十年代のごく初期、墨田区の町工場だけでは製造が追いつかなくなって、大田区の町工場に発注されたことがありました。もっとも大田区の町工場は機械金属製造を専門にするところが多い。おもちゃを造る技術はとても墨田区の町工場にはかなわない。ユカちゃん人形もいったんは発注されましたが、すぐにとり消されました。信じられないような失敗なんですがね。大田区の町工場では首の取り外しができるユカちゃん人形を造ってしまったんですよ。そのほうが製造工程が合理的だという一面はあったんでしょうが、機械金属部門では通用しても、夢を売るユカちゃん人形では通用しない理屈です。つまり首を取り外せるユカちゃん人形があるとしたら、それはひとつの例外もなしに、当時、大田区で製造されたものなんですよ」

志穂は自分のうかつさが信じられなかった。あっけにとられていた。

たしかに客室乗務員の室井君子の横で発見されたユカちゃん人形は首が取り外せるようになっていた。

そして、ほかのユカちゃん人形でそんなふうに首が取り外せるものには、これまでお目にかかったことがない。

きわだった特徴だ。こんなきわだった特徴はない。

そんな特徴があるのに、ユカちゃん人形の出所を追跡するのは不可能なことだ、とはなからあきらめきっていたのだ。

　そういえば人形の髪から溶接鉄が採取されていた……

「大田区のどこの町工場で製造されたものかわかりますか」

　志穂の声はかすれていた。

「さあ、そこまでは。直接、現地に行かれてはいかがですか――」

　淵沢はそういい、その口調を変えずに恐るべきことをいったのだった。

「すでに死んでいる被害者の首に指をかけたのだとしたら、もしかしたらこの犯人は遺体の首が外れるかどうか、そのことを確かめてみたかったんじゃないですか」

タイムトラベル

1

八月十二日、水曜日。

――この日も夏だ。

妙な表現だが、それが志穂のいつわらざる実感だった。

空からは熱い陽光が降ってきて、乾いたアスファルトに照りつける。

そして、どこに行っても、セミのみんみんと鳴く声が追ってくる。

ただ、ここ蒲田では、そのセミの鳴く声に重なって、旋盤や、プレスの機械音が聞こえてくることが、ほかとは違う。

その機械音がなおさら暑さを追いあげているように感じられる。

――この日も夏だ。

それが蒲田を歩いた実感だった。

思いもかけないことから、連続放火事件の被疑者は逮捕されたが、「人形連続殺人事件」のほうの捜査は難航している。

今朝も、定例の捜査会議が開かれたが、何ひとつ進展はなかったといっていい。ただ本部長からはっぱをかけられただけだ。そのあと、専従捜査員たちは一斉に、聞き込みに散ったが、会議室を出ていくその足取りにしてからがすでに重かった。

志穂は、志穂だけが、ひとりユカちゃん人形を追って、ここ蒲田まで来ている。

もちろん――。

袴田のことを忘れたわけではない。

今朝も、所轄署に出るまえに、救急センターに行って、袴田の様子を見てきた。

袴田はあいかわらずだ。

意識が戻らない。

袴田をだれがこんな目にあわせたのか、意識不明のまま、うわ言のようにつぶやいた卒業という言葉はなにを意味しているのか？

「エクスプレス・キッズ」の辰巳は自分はタバコを吸わないといった。それなのに、その人さし指と中指が黄ばんでいて、そのことに気がついた袴田は、同時にマリファナのことにも気がついたのだろう。

袴田は妻との過去のことから、マリファナやコカインに関してだけには異様な執念を抱いていて、「人形連続殺人事件」の捜査から逸脱するとはわかっていても、ひとり、それを追わずにはいられなかった。そして数人の人間から暴行を受け、意識不明の重体におちいってしまったのだ。

どうやら室井君子は海外からマリファナを持ち込んでいたらしい。当然、「エクスプレス・キッズ」の辰巳もそのことに関わっているだろう。チーフパーサーの鈴木郁江もそのことは知っていて（というよりT航空の上層部が知っていて）、志穂たちの聞き込みをはぐらかそうとした。

室井君子はどうやってマリファナを海外から持ち込んでいたのか。袴田を襲った連中はだれなのか？　志穂としてはそれを追跡したい。

が——

「人形連続殺人事件」の第三の犠牲者が出てしまったいま、いったん袴田の事件はわきに置いて、ユカちゃん人形の追跡をつづけるほかはない。

女たちを扼殺し、人形を殺しつづけるこの犯人は、その異様な犯行を加速させている。茂野幸枝の遺体が発見されたその土曜日に、すでに五木智子が拉致されている。

とてつもない強迫観念にかられ、なにかに追われでもしているように、やつぎばやに犯行を重ねている。狂気が膨らんで急流のように加速しているのだ。

その狂気の行き着くさきは酸鼻をきわめる大量殺人だ。おそらく、その衝動はもう犯人自身にもどうすることもできないのだろう。一刻でもはやく犯人を逮捕しなければ、第四、第五の犠牲者が出るのは必至だった。

五木智子の死体が発見されるにいたって、マスコミも遅ればせながら、これが連続殺人事件であることに気がついたようだ。ユカちゃん人形のことは捜査員たちに箝口令が敷かれているが、いずれはマスコミに洩れることになる。そうなればどんなセンセーショナルな騒ぎが起こることになるか、捜査本部としてはそうなるまえに、なんとしても事件を解決してしまいたいのだ。

「人形連続殺人事件」の捜査はなによりも優先されて行われなければならない。そのためには、残念ながら、袴田の事件を追跡するのは中断し（そもそも事件を担当している所轄が違う）、ユカちゃん人形を追いつづけなければならないのだった。

ユカちゃん人形を追って、大田区までやって来て、

「…………」

志穂はその町工場のほとんど無数といってもいいほどの多さに驚いている。

このなかから、どうやって昭和五十年代初期、二十年以上もまえに、ユカちゃん人

形を製造していた町工場を見つけだせばいいというのか。

気が遠くなりそうな思いがした。

たしかに大田区は東京でも有数の町工場地帯だ。

大森、糀谷(こうじや)、六郷(ろくごう)、蒲田、萩中(はぎなか)……。

このあたりには、ひとりだけで操業する零細な町工場が蝟集していて、たがいに依存し、依存される一大ネットワークを形成し、その高度な技術で、戦後日本の経済成長をささえてきた。

これは志穂の知らないことだ。

志穂はこの地区の町工場の多さにただ圧倒されているだけだ。

しかし――。

じつは、不景気にさらされ、技術革新の波に洗われ、いま、この日本有数の町工場地帯は大きく根底から揺らごうとしているのだった。

一九九〇年代に入って日本の産業構造そのものが徹底した変質をせまられている。

大田区の町工場は零細で、景気の波にさらされ、大企業に非情に切り捨てられ、いつも時代の犠牲にされてきたが、今回もその例外ではない。

日本経済をささえてきた町工場の高度な技術が、コンピュータ制御システムの発達によって不要なものになりつつあった。

かつて経験を積んだ職人のカンとコツに頼っていた機械加工が、いまはコンピュータ制御の発達によって自動化されている。

いま、この町では、人間がすべてコンピュータにとって代わられようとしている。

ニューメリカル・コントロール（ＮＣ）は機械加工をすべてコンピュータ制御で自動的に行う。

自動プログラミング装置はそのＮＣ機を自動的に制御する。

さらにキャド・キャム・システムが、自動的に製品を設計し、そのための信号を工作機械に送る……。

どこに人間が必要だろう。

そして人間を必要としない社会とは、そもそもどんな社会なのだろう？

大企業は次から次に下請け工場を海外に移転し、大田区の町工場は閉鎖を強いられ、その高度な技術は急速に忘れ去られようとしていた。

空襲に焼け、戦後、軍需工場から民需工場への転換をせまられ、何度も不況の波にさらされ、それでもたくましく生き抜いてきて、戦後の高度経済成長をささえてきた大田区の町工場地帯は、いま、あえいでもがき苦しんでいた。

志穂の知らないことだ。

志穂はただ町工場地帯を吹きぬける熱い風に身をさらしているだけだ。

が、じつは、その風は、戦後という時代を吹きぬけてきた風なのだ。その風は、いま、大田区の町工場を吹きとばそうとしているのだが、だれもそれを気にかけない。

風がどこからきて、どこに向かうのか、だれもそれは知らない……

背後から声をかけられた。

「北見さんですか」

振り返るとそこにひとりの男が立っていた。

実直そうな中年男だ。

ワイシャツにネクタイ、きちんと背広を着て、暑そうに汗をかいている。

志穂の意外な美しさに驚いたのだろう。眼鏡の下の目を気弱そうに瞬かせて、

「わたし、お電話をいただいた『産業プラザ』の潮野(しおの)ですが――」

「ああ、どうもお忙しいところを申し訳ありません。警視庁・特被部の北見です」

志穂は頭をさげた。

「産業プラザ」は、平成八年、大田区が南蒲田に建設した産業会館だった。

経営・技術支援、情報提供、交流活動などを通じ、工場町を発展させようという意図のもとに建設されたという。

志穂は大田区の町工場のことは何も知らない。

それで「産業プラザ」に電話をかけて協力をあおいだのだった。

「お電話をいただいて、さっそく昭和五十年代初期に、ユカちゃん人形を製造していた町工場のことを調べてみました――」

「ご造作をかけました」

いいえ、と潮野は首を振って、

「もういまはその工場はありません」

「ない？　潰れたのですか」

「ええ、結果的にはそうなりますが――」

潮野はため息をついて、

「昭和五十一年八月に焼けているんですよ。放火だったらしい。経営者夫婦が焼死しているそうです」

2

風が吹いている。

いたるところにマンションが建って屋上で洗濯物がはためいていた。

高層のマンションに挟まれた路地に、肩をすぼめるようにし、何軒か町工場がある。

ほとんどの町工場は操業していない。そのシャッターを閉ざしていた。「貸工場」の貼り紙がわびしい。

人通りは少ない。ただ夏の陽光だけが虚ろに射していた。

その路地を抜けると、そこはもう環状七号線だ。

「このあたりなんですがね。どうもよくわかりませんね――」

潮野は立ちどまり、あたりを見まわした。

「古い工場が移転したり潰れたりして、そのあとにマンションが建って、このあたりもすっかり変わってしまいましたからねえ。昔の面影はありませんよ。このあたりに間違いはないんですけどね」

「…………」

潮野にならって、あたりを見まわす。

ここにその町工場があった。

プラスチック部品の表面処理をする工場だったという。

昭和五十一年といえば、もう二十年もまえのことになる。

経営者の名前は、宇野隆一(うのりゅういち)、当時四十歳だった。

一年まえに妻にさきだたれ、麻子(あさこ)（当時二十八歳）と再婚、先妻とのあいだにできた一女（鉦子(まさこ)、八歳）を育てていた。

大田区の町工場としては初めて、ユカちゃん人形の製造を受注し、まわりからも大いに期待されたのだが、結局、うまくいかなかったらしい。

大田区の町工場主たちは、創意と工夫をよりどころにし、いつも工程の合理化を念頭において仕事をしているのだという。そうでなければ、親企業の過酷な条件のもと、とても利潤を確保することなどできない。

が、この場合にはそれが災いし、首の取り外しのきくユカちゃん人形を作るという、とんでもない失敗をおかしてしまった。

これがほかのプラスチック部品であれば、製造工程を短縮するために、パーツ化を進めることに何の問題もないだろうが、ユカちゃん人形はたんなるソフトビニール商品ではない。

ユカちゃん人形は少女たちに夢を売る商品なのだ。その首が取り外せるなどとんでもない話だった……

潮野がタバコをくゆらしながら、五十年前後といえば、とつぶやくようにいった。

「公害が深刻な社会問題になってから数年というころですか。公害対策基本法、公害防止条例などが出されて、大田区の町工場も、それまでのように町中で自由に操業できないようになった。大田区の町工場が、昭和島や京浜島の埋め立て工業団地に次々に移転していったころです」

「………」

「その宇野さんという人もあせっていたんじゃないかな。それこそ死中に活を求めるような気持ちで人形の受注にこぎつけたんだと思いますよ。それまで玩具の町工場といえば墨田区と相場が決まっていましたからね。大田区での玩具工場のパイオニアになるぐらいの意気込みだったんじゃないかな。その意気込みが空回りしてしまった。首がとれる人形を作ってしまったんじゃやむをえないけど、結局、そのあとの受注をキャンセルされてしまった。気の毒ですよ」

「そのすぐあと、五十一年八月に、工場は焼けてしまったんですね。その火事で宇野さんご夫婦が亡くなった。放火だとおっしゃいましたね」

「ええ、当時のことをよく知っている人に聞いてみたんですけどね。犯人はすぐに捕まったらしい。なんでも工場で働いていた若い工員だったというんですけどね。なにしろ二十年もまえのことで、もうひとつはっきりしないんですよ。そのあたりのことは警察でお聞きになったらいかがですか」

「ええ、そうします。どうもお忙しいところを、時間をさいていただいて、ありがとうございました」

「いえ、とんでもない。そんなことはいいんですが……」

潮野はタバコを捨てて、それを靴で踏みにじると、重い息を吐いた。

「どこなんだろうな。何もかもすっかり変わっちまってわからないなあ。どこらへんになるのかなあ」

大森の所轄署で二十年まえの工場火災の記録を調べた。

幸い、家庭裁判所の調査記録の写しが残されていて、かなり克明に事件の全容を知ることができた。

当時、宇野家の町工場ではふたりの工員が働いていた。

火災直後、そのうちのひとり、斉田豊次（当時十七歳）が放火を自供、所轄署の係官に逮捕されている。

斉田豊次は、宇野隆一の妻、麻子とひそかに関係を持っていたが、そのことが夫に知れるところとなり、殴る蹴るの暴行を受けたのち、クビをいいわたされた。

斉田豊次は麻子に一緒に工場を出ることを迫ったが、これを拒絶され、そのことに恨みを抱いて、工場に放火したらしい。

工場さえなくなれば、麻子も夫と別れて、完全に自分のものになってくれるのではないか、という浅はかな考えからしたことで、殺意はなかったという。

殺意はなかったにせよ、やはり、ふたりもの人間が死んでいることは重視せざるをえなかったらしい。家庭裁判所から検察官に送致され、審判に付されたが、結局、中等少年院に収容されて、長期処遇に処された。

昭和五十二年十月、斉田豊次は少年院を仮退院し、保護観察となっている。

そこで記録は切れて、その後、斉田豊次がどうなったかはわからない。

いまも生きていれば三十七、八歳になっているはずだ。

――斉田豊次、か。

十七歳の少年が、二十八歳の人妻と関係を持って、捨てられ、どんな気持ちで工場に放火したのか、それを考えると暗澹とした思いにならざるをえない。

いずれにせよ、首の取り外しのきくユカちゃん人形は、この町工場で作られ、二十年後に、室井君子の遺体のそばに置かれることになったわけだ。

二十年まえの放火事件と、「人形連続殺人事件」とのあいだに何らかの関係があるとも思えない。

ただ、この町工場で作られたユカちゃん人形を追跡しつづければ、どこかで「人形連続殺人事件」との接点を見いだせるかもしれない。

記録に付箋がついていた。

短い覚え書きが添付されているのだ。

何の気なしにそれを読んで、顔色が変わるのを覚えた。

斉田豊次が警察に連行されるとき、残されたひとり娘が人形を渡したという。

捜査員は斉田に同情していたらしく、そのことを書き加えることで、斉田が優しい少年であったことを家庭裁判所の調査官に印象づけようとしたのだろう。

それがどんな人形であったかは記されていない。

しかし、

——ユカちゃん人形だ。

志穂はそのことを確信した。

父親の工場ではユカちゃん人形を製造していたのだ。それが首のとれるユカちゃん人形だったと考えても無理はない。

まだ何も説明できない。が、志穂はついに自分が事件の核心に触れたような、そんな興奮を覚えていた。

——この少女に会わなければならない。

先妻の残した鉦子という少女は、赤羽の親戚の家にあずけられたらしい。当時八歳だった少女が、どこまでユカちゃん人形のことを覚えているか疑問だが、ほかに手がかりらしい手がかりはない。

なにしろ二十年という歳月だ。

いまもおなじ住所にいるかどうかは疑問だが、とりあえず、その赤羽の親戚に連絡をとってみることにした。

幸運だった。

二十年たったいまも、その親戚はおなじ赤羽の住所に住んでいた。

宇野鉦子は高校卒業後、親戚の家を出て自立し、いまは虎ノ門のマンションで独り暮らしをしているという。

宇野鉦子に連絡をとった。

さいわい宇野鉦子は自宅にいた。

赤坂のクラブでピアノを弾いていて、三時から仕事に出なければならない。いますぐこれからなら会う時間がとれるという。

マンションの場所を教えてもらった。

虎ノ門五丁目、地下鉄の「神谷町（かみやちょう）」駅でおり、霊友会の建物をめざして歩けば、すぐにわかるという。

志穂は急いだ。

「神谷町」駅でおり、鉦子に教えられたとおりに歩いて、すぐにそのマンションが見つかった。

八幡神社に近い、白い、瀟洒な低層マンションだった。

宇野鉦子は美人だった。

それもまれに見る美人といってもいいかもしれない。

長身で、しなやかな体つきをしている。その黒々と澄んだ、大きな目が印象的だ。

部屋に通されて、

「いいお住まいですね」

まず志穂はそう誉めた。

「ありがとうございます」

鉦子は嬉しそうだ。

はにかむように微笑んだが、その笑顔がじつに愛らしい。

昭和五十一年に八歳だったというから、いまは二十八歳になっているはずだが、少女のようにあどけない表情だった。二十三歳の志穂とおない歳か、人によっては歳下に見るのではないか。若いというより、可愛らしいのだ。

「ほんとうに素敵な部屋だわ」

おせじではない。本心からそう誉めた。

それほど広くはないが、ロココ調の家具で統一され、非常に趣味がいい。窓ぎわに置かれた白いピアノがいかにも高価そうだ。窓からは東京の風景を一望でき、東京タワーがくっきり見えた。

——クラブでピアノを弾くのってそんなに儲かるのかしら？

ちらり、とそんな疑問が頭をよぎったが、これは警官根性の、よけいなお世話というものだろう。若い女がどんなふうに生きていようと、事件に関係ないかぎり、それは志穂が興味を持つべきことではない。

「電話のお話ではよくわからなかったのですけど――」

紅茶をいれながら、鉦子がけげんそうに聞いてきた。

「なにかユカちゃん人形のことについてお知りになりたいということでしょうか」

「ええ、昭和五十一年、お亡くなりになるすぐまえのことですけど、お父様はユカちゃん人形を作っていらっしゃいました。ほんの短い期間のことだったようです。そのことで何か覚えていらっしゃることがあったらお聞かせいただきたいんですけど」

「父がユカちゃん人形を作っていたという話は親戚から聞いて知っています。でも、わたし自身はそのことを覚えてもいないんです。なにしろ、まだ子供でしたから」

「ユカちゃん人形の在庫があったと思うんですけど、火事のあと、それがどうなったか覚えていらっしゃいませんか」

「さあ、そんなものがあったかどうか。あったとしても火事で燃えてしまったんじゃないでしょうか」

「…………」

「わたし、父のことも、火事のこともよく覚えていないんですよ。父と、義理の母が火事で焼け死んだということを聞いても、それがほんとうに自分の身に起こったことだと、信じられずにいるぐらいなんです。わたしってぼんやりしているんです」

「いやなことを無理やり思いださせるようで申し訳ありません。お父様の工場に放火したのは、当時十七歳になる若者で、工場で働いていたらしいのですが、その若者についてはご記憶ありませんか」

「ごめんなさい、なにも」

鉦子はわびるように微笑んだ。

「父の工場が焼けてしまったので、残された従業員の新しい就職口を見つけるのに苦労した、伯母からそんな話を聞いた覚えはあります。なんでも昭和島の給食センターとかそんなようなところでやっと雇ってもらえたのだとか……でも、これはその人とは関係のないことですよね」

「ええ。放火した若者は、そのあと、中等少年院に収容されていますから、それはべつの人の話だと思います――」

「………」

内心、ため息をついた。

焼けた工場がどこにあったのか、結局、それを確かめることはできなかったし、鉦子もほとんど事件のことは覚えていないという。なにか自分が、実体のない、空気のような事件を追ってでもいるような、そんな無力感にみまわれていた。

それでも念のために聞いてみた。

「放火した若者が警察に連行されるとき、あなたが人形を渡したという記録を読んだのですが、そのことは覚えていらっしゃいませんか」

「人形……」

鉦子はぼんやりとした表情になった。

「ええ、ユカちゃん人形だと思うのですが、そのことは覚えていらっしゃいませんか」

「さあ」

「覚えてませんか」

「……」

「お父様の工場跡に行ったりはなさるんですか?」

「一度もありません。親不孝かな、とは思うんですけど、さっきもいったように、父のことも含めて、そんなことが自分の身に起こったという実感がないんです。父の町工場のことはぼんやりとも覚えていません。人によくかわいそうだなどと同情されたんですけど、かわいそうも何も、わたし、なにも覚えていないんですよ」

「……」

「やっぱり、親不孝、ですよね」

鉦子は肩をすくめてクスリと笑った。

そんな何でもないしぐさが、やはり非常に愛らしい。同性の志穂もふと心を動かされそうになるほどだった。

オートロックのチャイムが鳴り、鉦子が立ちあがって、それに応答した。

それをしおに辞することにした。

どうせ、これ以上、話を聞いたところで、なにも得られるものはないだろう。

立ちあがり、礼をいった。

「ごめんなさい、なにもお役にたてませんでしたね」

さすがに鉦子は申し訳なさそうな表情になっていた。

部屋を出た。

廊下で若い男とすれちがった。

よく日に焼けて、高価なスーツを着た、いかにも毛並みのよさそうな若者だ。大きな花束を持っていた。

足をとめて見送った。

若者が鉦子の部屋のチャイムを鳴らすのを確かめてから、また歩きだした。

さぞかし、あの花はよく鉦子に似合うことだろう。

聞き込みに無駄足はつきものだ。

いちいち、そんなことで落胆していては、刑事という職業はつとまらない。

が、胸の底に残る、この苛立ちは何なのだろう？　ほとんど怒りにも似たこの思いはどうしたことなのか。

所轄に戻り、警視庁の指紋センターに連絡した。

指紋センターには六、七百万人にもおよぶ前歴者の指紋原紙がすべて保管されている。当然、斉田豊次の指紋も保管されているはずで、それをファックスで送ってくれるように依頼したのだ。

なんの根拠もない思いつきにすぎないが、万にひとつ、遺体が発見された現場から採取された指紋と合致するようなことがあるかもしれない。

が――

指紋センターからの返事は意外なものだった。

すでに斉田豊次は死んでいた。

当然、その指紋も破棄されている。

それも昭和六十四年一月、年号が平成と切りかわる直前に死んでいた。

3

暑い盛りを一日歩きまわって疲れていた。

しかし、気がかりなことを残して、一日を終えたくない。自分をはげまして横浜に向かった。

横浜の黄金町――

ここは日雇労働者や季節労働者が集まる町だ。

いわゆる簡易宿泊所と呼ばれる安い宿が蝟集している。

昭和六十四年、斉田豊次はそのうちの一軒「楽命荘（らくめいそう）」に泊まり、そして死んだ。

黄金町に近いところにあるビルの屋上から飛び降りて死んだのだ。

幸い、「楽命荘」の経営者はそのころと変わっていず、そのときの事情を聞くことができた。

「聞かれてもなにも話をするようなことはないねえ。たまたま、うちに泊まっていた人がよそで死んだという、ただそれだけのことなんだから。斉田豊次、という名だったか。そうだねえ、なんでもそんなような名だったかもしれないねえ――」

話をしてくれたのは元気な老婆だ。

「飛び降りた屋上に遺書が残されていたということだよ。ただ、死にます、と書かれてあって、名前が残されていた。着ているものから、このあたりの人間じゃないか、って当たりをつけたんだろうね。警察が聞いてまわった。婆さん、あんたの家にこんな名前の人が泊まっていなかったか。いますよ、だけどいまはいませんよ。その男が死んだよ。えっ、なんでまた。S町のビルの屋上から飛び降りて死んだよ。ヘエーッ、それは気の毒に――」

老婆は身振り手振りをまじえて話をし、ふいに肩を落とすと、それで終わりさ、と低い声でいった。この町ではそんなふうにして死んでいく奴が多いよ……

「あのころは偉い人がご病気だというんで、自粛、自粛で、めっきり建設の仕事も減っていたんだ。このあたりにいた連中であごが干あがっていた奴は少なくない。きっとあの人もそうだったんだろうね。かわいそうだけど、そんなことをいえば、この町にいる連中はみんなかわいそうなんだ」

「斉田豊次さんは何日ぐらいここに泊まっていらしたんですか」

「そんなこと覚えてないよ。もう何年もまえの話だもん。わたしは昨日出ていった人のことも覚えていない。一週間いたか、二週間いたか――」

「どんな人だったかも覚えていらっしゃいませんか」

「こうっと――」

老婆は視線を宙にさまよわせて、

「静かな人だったねえ。無口なんてもんじゃない。ほんとに一言も口をきかないんだ。度をこしていたよ。それでわたしはからかってやったんだ。そんなに使わずにいると舌が腐っちまうよって。そしたら、あの人、わたしから顔をそむけてね。こう、ほんとに淋しそうな顔をして、自分は口臭が強いんだ、っていってたよ。だから人から嫌われる。だから人とできるだけ口をきかないようにしているんだって」

「………」

「だんだん思いだしてきた。淋しそうな人だった。ほんとに淋しそうだった。この町じゃあんたみたいに淋しがってちゃ生きていけないよ。そういってやりたかったけど、どうしてかねえ、いえなかったよ。いってやればよかった、と思うけどねえ――」

老婆は窓の外に目を向けた。

すでにたそがれて窓の外は暗い。

「そういえばいつも大事そうに人形を持ってたっけ。女の子の人形だった。なんであんな人形を持ち歩いていたんだか。かわいい人形だったけど汚れててねえ」

「人形ですか」

志穂は興奮を覚えた。

「もしかしたらそれはユカちゃん人形じゃなかったですか」

「さあ、わたしはそんなのはよく知らないから――」

　老婆は窓の外を見つづけて、もう志穂を見ようともしなかった。

　死んだ男のことを淋しそうだといったが、老婆もやはり淋しそうだった。


　状況からいって、斉田豊次が自殺したのは間違いないことらしい。

　名前だけはわかったが、斉田豊次の本籍はわからなかった。

　斉田豊次が放火事件を起こしたのは東京でのことで、横浜の所轄署ではそこまで調べようとはしなかったのだろう。

　あとで本籍がわかった時点で、本籍分明届けを出してもらうということで、埋葬許可書が発行され、遺体は荼毘にふされた。

　要するに、名前がわかっているというだけで、斉田豊次の遺体はほとんど身元不明の行き倒れのように処理されたわけだ。

　――淋しい男が淋しい死に方をした。

　そう思うしかないのか。

　いつも人形を持ち歩いていた、というのは気になるが、それが「人形連続殺人事件」とどんな関係があるのか、あるいはまったくの無関係なのか、当人が死んでいるのではそのことを確かめようがない。

また無駄足を重ねたようだ。

「………………」

暗澹とした気持ちに閉ざされながら、救急センターに向かった。

一日に一度はかならず袴田を見舞うことにしている。

袴田の病室のまえにひとりの老人がすわっていた。

禿げた、ひどく血色のいい老人だ。

志穂の姿を見て老人は立ちあがった。

「あのう、わたしは新宿から来た者で、袴田さんの知り合いなんですけどねえ。袴田さんが入院したという話を聞いて、びっくりしてすっとんできたんですよ——」

老人はそこでふいに声を低めると、

「あのさ、わたし、袴田さんにあのほうの薬を売ったんだよ。袴田さん、ひどく元気がなさそうなんで、ちょっと力をつけてやろうと思ってさ。なんたって男は幾つになっても現役じゃなけりゃいけない。色気がなくなりゃ男もおしまいよ。だけど、ちょっと袴田さんには強すぎたかもしれないんだよね。あんまりききすぎて、それで袴田さん、ぶっ倒れたんじゃないかって、びっくりしてさ。そういうことならわたしにも責任がある。それでびっくりしてすっ飛んできたんだけどさ。袴田さん、どんな具合？」

死　点

1

新宿の老人は名前を関根といった。

歌舞伎町でケチな店をやっているのだとそういう。

どんなふうにケチな店だかはいおうとしなかった。

袴田は数日前にその店を訪れ、関根に写真を見せると、そこに写っている未成年者たちの学校を知りたいといったというのだ。

「それで教えたんですか」

「いや、まあ、わたしが教えたわけじゃなくて、制服にくわしい人間がいてね。そいつの力を借りたようなわけなんだけど――」

「制服にくわしい人間というのはどういう意味なんですか」

「いや、まあ、それは、ヘッヘッへ」

「………」

こんなにうさん臭い老人もめずらしい。カタギのはずはないが、かといってヤクザの印象もない。

関根がトイレで場を外した隙に、新宿の所轄署に電話を入れた。

話の様子では、袴田が新宿の所轄署にいたころの知りあいのようだ。だとすれば、防犯課の風紀係に問いあわせてみれば、関根の素性も知れるはずだった。

問いあわせたところ、関根のいうケチな店とは、いわゆるアダルトショップのことらしい。

裏ビデオ、ビニール本、バイブレーター、人工ペニス、SMプレイ用コスチューム、媚薬……要するに、いかがわしい客のために、いかがわしい性具を販売している、いかがわしい店なのだ。

関根はその道では一種の有名人なのだという。若いころからセックスの探究者を任じていて、ポルノ稼業一筋、警察とのいたちごっこを繰り返しながら、現在にいたっている。

風紀係の刑事が、

「憎めない爺さんでしてね。いいかげんなようでいて、芯が一本通っている。あの爺さんのいうことだったら信用できますよ」

そう保証してくれたのはおかしかった。

関根がトイレから戻ってくるまえに電話を切った。

事件が解決に向かうときというのは、こんなものかもしれない。なにか目に見えない指が事件を解決に導いてくれる……そんなことがあるものだ。

看護師が、袴田さんに電話がかかっているんですけど、と志穂にそう告げた。

志穂は電話に出た。

「はい――」

「ああ、わたし、椎名という者ですけど、袴田さんのことをニュースで知って、それで電話をしました。いま、袴田さんはどんな具合でしょうか。話はできるんでしょうか」

「袴田さんはまだ意識不明です。わたし、袴田さんの同僚で、北見志穂といいます。失礼ですが、袴田さんとはどのようなお知りあいでしょうか」

「ええ、じつは、わたし、成田空港の税関で旅具検査係をしている者なのですが、日曜日に、袴田さんと上野で会っているんですよ。袴田さんのほうから連絡をとってきたんですが――」

「…………」

椎名の話を聞いているうちに、志穂はしだいに興奮がこみあげてくるのを覚えた。

およその話を聞いたうえで、明日、もっとくわしい話を聞かせてもらえないか、と頼んだ。

こちらから成田空港に出向くとそういったのだが、

「いや、それにはおよびません。わたしは明日は非番で、たまたま東京に出る用事がありります。こちらから行きますよ。どちらにうかがえばいいんでしょうか?」

椎名はそういってくれた。

「人形連続殺人事件」捜査本部の置かれた所轄署を教えた。

電話を切って、後ろに立っている関根を振り返った。

その顔をジッと見つめた。

関根は渋い顔をした。

志穂から目をそらす。

見つめつづけてやった。

ふいに関根はわめき始めた。

「わたしは駄目だよ。明日はいろいろと忙しいんだから。そんなのは駄目!　そんな時間はないんだからさ。それにどうも警察というところは好きになれないんだ。なんたって忙しいんだから――」

それでも志穂が見つめつづけると、フッ、とため息をついて、

「わかったよ。わかりました。ほかならない袴田さんのためだ。わたしも警察にうかがいますよ」

やけのようにそういった。

その禿げ頭が急につやを失ったかのように見えた。


翌日、八月十三日、木曜日――。

関根と椎名のふたりがあいついで「人形連続殺人事件」捜査本部を訪ねてきた。

捜査員たちがそれぞれ話を聞いた。

関根の話を聞いているのは井原主任だ。

志穂はふたりの話が終わるのを刑事課の廊下で待っていた。

昨夜、志穂はふたりの話を総合し、袴田がひとりで何を追っていたのか、およその輪郭がつかめたと思った。

袴田が追っていたのはマリファナで、そのことはすでにわかっていたが、これまでは事件の概要のようなものが、もうひとつはっきりしなかった。

いわば幾何の問題を解くのに、一本、補助線が足りなかったようなものだ。

その補助線が加えられた。それも二本も加えられたのだ。

そのおかげで、袴田がなにを追跡していたか、ようやくその全貌のようなものが見えてきた。

少なくとも志穂には、

――これで室井君子の事件は解決に向かうわ。

そのことが実感として感じられるのだ。

志穂としては、ふたりの話を聞いて、井原たちがおなじように感じてくれることを願うばかりだった。

女性警察官が通りかかった。

店屋物のカツ丼をお盆に持っていた。

ソファにすわっている志穂を見て、

「ねえ、ちょっと頼めないかな」

と声をかけてきた。

「…………」

志穂は女性警察官を見た。

「第二取調室にさ、カラスの爺さんがいるんだけどさ。このカツ丼、持ってってやってくんないかな」

「カラスの爺さん？」

「烏森一光、連続放火事件の被疑者よ」

「放火事件の被疑者……」

　志穂はほとんど放火事件のことなど忘れていた。

　たしかに志穂がゴルフバッグのことを思いついたことが、連続放火事件の容疑者を挙げるきっかけにはなっている。

　しかし——

　この世に、刑事たちぐらい縄張り意識が強く、偏狭な人種はいないのだ。どんなことがあっても、本部・専従捜査員以外の人間が犯人逮捕のきっかけを作ったなどと、そんなことは絶対に認めようとしない。したがって、その後の被疑者の取り調べがどうなっているのか、そのことを志穂に知らせてくることもない。

　もっとも、志穂にしても、自分の思いつきが犯人逮捕のきっかけになったなどとは考えてもいない。地道な捜査の裏づけがあったればこそ、犯人を逮捕することもできたのだ、とそう心底から信じている。

　そのあと自分が「芝公園連続放火事件」の捜査本部から無視されていることも何とも思っていないし、第一、「人形連続殺人事件」の捜査のほうに必死で、放火事件のことなどほとんど忘れていた。

「芝公園連続放火事件」の捜査本部はべつの所轄に置かれているのだが、おそらくマスコミの目を避けるために、被疑者の身柄をこちらの所轄署に移して取り調べをしているいるのだろう。

「あの爺さん、頑固でさ――」

女性警察官は顔をしかめながら、

「爺さんの指紋と、キャデラックから採取された指紋とが一致しているのに、完全黙秘をつづけてるの。てこでも動かないって感じ。このままじゃ、完全黙秘のまま勾留決定ということになりそうだ、というので課長さんたち苦い顔してるわ」

「………」

「それは、まあ、いいんだけどさ。わたしたちの誰が食事を持っていっても、なにが気にいらないんだか、ろくに箸をつけようともしないのよ。なんで放火の被疑者にわたしたちが気をつかわなければならないのかわからないんだけど、あの爺さんの仏頂面見てると、なんだかこちらが悪いことでもしているみたいな気になっちゃって、つい卑屈になっちゃうんだよね。それが頭にきてさあ」

「それでわたしにカツ丼を持ってって欲しいというわけ?」

うん、と女性警察官はうなずいて、

「お願い、恩にきるよ」

片手をあげて拝む真似をした。

やむをえない。

カツ丼を運んでやることにした。

取調室では刑事と被疑者がにらめっこをしていた。

どちらかというと刑事のほうに疲労の色が濃い。

被疑者は昂然と頭をもたげ、唇を一直線にむすんで、壁の一点を見つめていた。

癇性で、潔癖そうな顔に、深くたてじわを刻んで、なるほど、たしかに女性警察官がいったように、見るからに頑固そうな老人だ。

刑事は、どうして志穂がカツ丼を運んできたのか、一瞬、けげんそうな顔をしたが、すぐに疲れた鈍い表情に戻って、

「まあ、いい。ここらで一休みしよう。烏森さん、食事にしようぜ」

投げやりな声でそういった。

「…………」

烏森は返事をしようともしない。

怖い顔をしてムッツリと黙り込んでいるだけだ。

志穂は烏森のまえに丼を置いた。

袋から割り箸を取り出し、割り箸を丼の蓋のうえに置いて、袋をたたむと、それを箸置きにした。

烏森の表情がちらりと動いたように感じられた。

が、やはり何もいおうとはしない。

行儀よく合掌すると、丼の蓋を取って、箸を持った。

女性警察官は、烏森が食事にろくに箸をつけようともしない、とそういったが、そんなこともなさそうだ。

「いまお茶をお持ちしますから――」

取調室を出た。

廊下で待っていた女性警察官が、どうだった、と目で聞いてきた。

「大丈夫、ちゃんと食べてるわよ。お茶を持ってってあげて」

志穂は微笑んだ。

そのとき、井原が勢い込んで廊下を歩いてくるのが見えた。

井原はいつになく興奮しているようだ。

志穂の姿を見るなり、

「袴田さんのかたきを討てそうだぞ」

そう大声でわめいた。

2

「人形連続殺人事件」捜査本部が動いた。

まず「エクスプレス・キッズ」の辰巳富久に任意同行を求めた。

ある程度、辰巳はこうなることを覚悟していたようだ。

素直に任意同行に応じた。

任意同行を求めた時点で、すでに裁判所から逮捕状の発付は得ていた。

辰巳の供述が進んで、逮捕状の執行が必要となったため、任意同行から逮捕に切りかえた。

辰巳は、室井君子の協力を得て、マリファナを国内に持ち込んでいたことを認めた。

マリファナを持ち込むのには古着を利用した。

マリファナは大麻から採集される。

大麻という植物は一年草の植物で、花の開きはじめのときに樹脂を分泌する。

この樹脂にもっとも酩酊度のある成分が含まれているのだが、これを有効に採集するためには、開花した大麻園のなかを革の前かけをつけて走りまわることだという。

そうすると革の前かけに自然に樹脂がこびりつく。あとになって、これを刃物でこそぎ落とすのが、大麻を採集するもっとも有効な方法だというのだ。

辰巳はこのことを知って、国内に持ち込む革の古着に、大麻の樹脂をこびりつかせることを思いついた。

古い革ジャンパー、革のコートなどは、海外ではそれほど高価なものではない。課税額を超えないことに留意すれば、何枚でも手荷物で持ち込むことができ、税関の検査もそれほど厳しいものではない。

麻薬類を日本に持ち込む場合、警戒しなければならないのは、空港のパッシブ・ドッグ、いわゆる麻薬犬の存在だ。

麻薬犬は、乗客の手荷物を運びだすターンテーブルの裏に待機していて、そこで荷物の臭いを嗅いでいる。マリファナ、ヘロイン、コカイン、どんなものも麻薬犬のするどい嗅覚をごまかすことはできない。

しかし、革製品の古着であれば、麻薬犬の嗅覚を逃れることも可能なのだ。

革ジャンパー、革コートであれば、その表面にレザー・オイルをたっぷり塗り込んでやっても何のふしぎもない。そして、イヌの嗅覚をあざむくには、レザー・オイルの揮発臭ぐらい有効なものはないのだった。

こうして辰巳は、室井君子と結託し、大麻樹脂を古着に付着させて、くりかえし国内に持ち込んで、末端価格にして何千万という荒稼ぎをした。

もちろん、辰巳も、そして室井君子も自分たち自身がマリファナを楽しんだことはいうまでもない。

ただ、一般乗客ほどではないにしても、客室乗務員も麻薬犬の検査の対象になる。

室井君子は国内、海外を問わず、マリファナに耽溺しきっていて、それだけにその臭いを麻薬犬に嗅ぎつけられることを非常に恐れていた。自分の体からはマリファナの臭いがするのではないか、とそのことに異常に神経質になっていた。

そのことを恐れるあまり、室井君子はほとんど病的なほど丹念に脱毛に努めた。

連日、エステに通いつめて、体の手入れを怠らなかった。

むだ毛を剃り、腋毛を剃り、陰毛さえ剃ったのだ。

常識的に考えれば、匂いがつきやすいのは髪の毛とか、着ているもののはずで、体毛は関係ないと思うのだが、それだけ室井君子が神経質になっていたということだろう。

しかし——

それでも不安は完全には消えなかった。

ついに室井君子は自分の体を革ジャンパーのように扱うことに決めたのだ。

揮発臭の強い油で麻薬犬の嗅覚をごまかすことにした。

かといって、まさか体にレザー・オイルを塗るわけにはいかない。レザー・オイルのかわりに体に塗ったのはサンスクリーン剤だった。全身くまなくサンスクリーン剤を塗り込んだ。ハイレグ・ビキニに覆われる、わずかな肌にさえサンスクリーン剤を塗るのを忘れなかった。それだけマリファナの臭いを消すために必死だったのだ。

こうして室井君子は、志穂がそのことを不審に感じるほど、異様にツルッとした裸身を持つことになった。

そう、ユカちゃん人形のソフトビニールのような異様に光沢のある肌を……

そこまで供述し、うつむいてしまった辰巳に、

「マリファナを売った客のことをすこし話してもらおうか――」

容赦なく井原は質問をたたみかけた。

「客のなかにF校の高校生がいるはずだ。その連中のことを聞きたいんだけどな」

「高校生？」

「ああ、いるだろう」

「…………」

辰巳はぼんやりと井原の顔を見た。

その顔にしだいに笑いが浮かんできた。なにか奇妙な笑いだった。そして、高校生なんか、といった。

「ひとりもいませんよ」

男の子がいた。

ヘッドホンを耳に当て、スケボーを小わきにかかえながら、ひとり、原宿の竹下通りを歩いていた。

夕暮れだ。

この時刻になると原宿も若者の街とばかりはいえなくなる。帰宅途中のサラリーマンたちの姿がドッと増えるからだ。夏にはビア・ガーデンで気楽に飲めるからだろう。ほろ酔い機嫌で歩いているサラリーマンたちが少なくない。

男の子は歩きながら、ときおり、そんなサラリーマンたちに、ちら、ちらと視線を走らせた。

男の子の前方をふたり連れのサラリーマンが歩いていた。

まだ、日の光が残っているというのに、すっかりできあがっていた。

必要以上に、肩をいからせ、大股で歩きながら、ゲラゲラと大声で笑っていた。

「…………」

男の子の表情が動いた。

スケボーを歩道におろし、片足を乗せた。もう一方の足で歩道を蹴った。

体を斜めにひらいて、膝を屈伸させ、巧みにバランスをとりながら、人々のあいだをすり抜けていった。

前方のふたり連れに突っ込んだ。

ひとりは前のめりに転んだ。もうひとりもガードレールに膝をぶつけた。

男の子も転んだが、柔道の受け身のようにクルリと体を丸めると、巧みに衝撃をそらした。

そして地面からサラリーマンたちの姿を見あげた。野生の獣のように、狡猾で、抜けめのない目だった。

「馬鹿、危ないじゃないか。こんな人なかで何やってるんだ！」

ガードレールに膝をぶつけたサラリーマンがわめいた。

「おまえ、何だ。こんなところでそんなことやってもいいと思っているのか」

男の子が、ごめんなさい、と泣き声でいった。

泣き声をあげた。が、ほんとうには泣いていない。

泣き真似をしているのは明らかだが、酔っぱらっているサラリーマンたちは、そんな稚拙な演技も見抜けないようだった。

「ごめんなさい、ごめんなさい。怪我はありませんか。ほんとうにごめんなさい。近くに家族が待っているんです。それでつい急いじゃったんです——」

歩道に転んだサラリーマンがノコノコと起きあがり、

「家族がいるだと。よし、おれたちをそこに案内しろ。子供にこんな危ないことをさせとくなんて、どんなしつけをしてるんだ。おまえの父親や母親に文句をいってやる」

そう居丈高にわめいた。

このサラリーマンたちも酔っぱらっていなければここまで大人げないことはしなかったろう。日頃の鬱憤を晴らすのには絶好の機会だったし、相手がほんの子供ということで安心もしていた。

「ごめんなさい、ごめんなさい」

男の子はうつむいて声を震わせた。

その顔は、しかし、唇の両端がまくれあがって、凶暴な表情になっていた。獲物を見つけた獣の表情に似ていた。にんまりとほくそえんだ。

「あやまって済むことじゃない。いいから家族のもとに連れて――」

ふいにサラリーマンの声がとぎれた。

数人の屈強な男たちがいきなり出現し、サラリーマンふたりをとりかこむと、路肩に押しやったのだ。

そして、そのなかのひとりがボソボソと何事か囁きかけた。サラリーマンたちの顔色が変わった。すっかり酔いが覚めたような顔になり、足早に立ち去っていった。

「…………」

男の子はあっけにとられている。

身をひるがえし、自分もその場を立ち去ろうとした。

が、そのまえに、ひとりの女が立ちふさがった。

「おやじ狩りだったらやめといたほうがいいよ――」

と、その女、志穂がそういった。

「あなたの仲間はみんな補導しちゃったからね。まさか、ひとりでおやじ狩りなんかできないでしょう」

「…………」

少年の顔に追いつめられたような表情が浮かんだ。

きょろきょろと周囲を見まわした。

しかし、いつのまにか、まわりを屈強な男たちがとりかこんでいた。男たちは背中で壁をつくり、通行人たちの視線から男の子の姿をさえぎっていた。

「あなたはまだ卒業していないのね。十三歳なのね。それでこんなことをしてもいいとそう思っているわけ？　F校の高校生だとばかり思っていた。まさか中学生だなんて考えてもいなかった――」

志穂の声は苦かった。

ふいに男の子の緊張がゆるんだ。にこにこと笑いながら、明るい、屈託のない目で、志穂を見つめた。

「そうさ。ぼくはまだ十三歳なんだよ。中学二年生だよ。十四歳になったらこんなことからは卒業するけどね。いまはまだ十三歳なんだよ――」

男の子はあっけらかんとした口調でこういった。

「刑法四一条って知ってる？　警察の人なんだもん、知らないわけないよね。十四歳に満たない者の行為は罰しない。ぼくたちを逮捕するのは勝手だけどさ。どうせ、ぼくたちを法律でどうこうすることなんかできっこないんだよ」

3

袴田は奇禍(きか)にみまわれるまえに、「エクスプレス・キッズ」の女店員から話を聞いている。

そのときにどんな話をしたのか、当の女店員から証言をとっている。女店員は、

――室井君子が海外から持ってかえった古着は、店の経理を通さずに、辰巳が個人的に高校生か中学生に売りさばいている。

という内容のことを話したのだ。

袴田は、それ以前に、捜査会議の席で、三日月曜日十一時半ごろに芝公園付近を撮影したビデオを見ているのだ。

ビデオに高校生のグループが映っているのを見て、さらに女店員の話を聞き、学生の制服を脱がせたのではなかったか、とそう思いついたのにちがいない。

実際には、それは中学生のグループだったのだが、そんなことは想像を絶している。袴田はそれを高校生のグループだと思い込んだ。

だからこそ、鑑識に依頼して、ビデオから写真をプリントアウトし、その制服からどこの高校生なのかを突きとめようとした。

どうして犯人は、室井君子の遺体を裸にしなければならなかったのか、捜査員の誰もが身元を隠すためだとそう考えた。

制服を着たままでは客室乗務員であることがばれてしまう。だからこそ、全裸にしなければならなかったのだ、と。

が、袴田が疑問をていしたように、室井君子が客室乗務員であることは、フライトの日時がくれば、自然にわかってしまうことではないか。予定していたクルーが来なければ、当然、家出人捜索願いが出されることになる。

失踪した室井君子が、変死体と結びつけて考えられるようになるのは、いずれ時間の問題だ。わずか数日、身元がばれないようにするだけのために、女を裸にする手間をかけるものだろうか。

制服を着せたままではまずいから全裸にした、という推理は間違っていない。

間違っていたのは、それがT航空の客室乗務員の制服ではなく、F校の制服であったことだ……


あの女、ここんところ、ぼくたちに少しもマリファナを回してくれないようになったんです。そんなのないよ。ぼくたち、きちんとカネも払っていたのにさ。それで、ぼくら腹をたてて、みんなでやっちまおうとそういうことになったんです。室井君子、歳だけど、わりといい女だったし。それに一応CAだったし……

マリファナのことで相談したいと電話して、みんなで芝公園の近くにあるファーストフードの店で会いました。そしたら、あの女、どうもチーフパーサーとかが気がついたみたいだから、しばらくマリファナを国内に持ち込むのはやめたい、とそういったんです。しばらく、だなんて、そんなのないよ。しばらくしたら、ぼくらみんな十四歳になって、卒業しちゃう。なにをやっても罰せられないという特権をなくしちまう。それは困るといったんです。十四歳になったら、ぼくら、みんな真面目になるつもりだし、マリファナを楽しめるのはいまのうちだけなんだから。

それなのに、どうしてもあの女、うん、っていわなかった。もう仕方ないですからね。あの女が飲んでいるコーヒーに、ソッと砕いた睡眠薬を入れてやったんです。あの女、粋がって、いつもコーヒーをブラックで飲んでいたから、多少、苦くても睡眠薬には気がつかないだろう、ってそう思ったんだけど。

あの女、すぐにふらふらになっちゃった。それで、外に連れだして、公衆便所のなかでセーラー服に着替えさせたんです。だって、ぼくら中学生だから、大人の女の人と一緒にいたら怪しまれるんじゃないかとそう思ったんです。それでみんなですこし楽しんで、B型の唾液、ああ、それ、ぼくかもしんない。あの女、いいオッパイしてたから。刑事さん、知ってます？　B型って天才タイプが多いんですって。

そしたら、急に、あの女、体温が下がり始めたんです。それはもうびっくりしましたよ。だって、ぼくらの仲間に石田（いしだ）っているでしょ？　あいつ、医者の子供だから、睡眠薬の致死量なんかのことも知っていたし。そんな、あれぐらいの量で死んだりするはずないんだから。へええ、そうなんだ。睡眠薬中毒って個人差があるんだ。それじゃ、あれ、完璧に事故なんだ、そういうことだよね。それに決まり！

なんとか正気に戻そうって思って、風に当たらせればいいんじゃないかって思って、みんなであの女を抱きかかえてしばらく歩いたんですよ。そしたら芝公園まで来たところで、完全に死んじゃったんです。どうにもならないよね、もう。そしたらうまい具合に停電になって、それでぼくら急いで制服を脱がせて、だってF校の制服なんか着てたらまずいし、真っ暗でよくわからないから、何でもいいから脱がせればいいんだろうって素っ裸にして、たまたまそこにワゴン車がとまっていたから、その下に体を突っ込んで逃げだしたんです。

　そんなことしません。ほんとですよ。嘘なんかつかないって。そんな、なんで死んだ女の首なんか絞めるわけ？　そんなことしないよ。ユカちゃん人形？　またまたあ、ぼくらもう中学生なんだから人形ゴッコなんかしないよ。

　会津（あいづ）っているでしょう？　あいつ、弁護士の息子だから、いろいろ親父に聞いて、法律のことよく知ってるんだ。これ、触法行為、っていうんだよね。刑罰法規に触れる行為だけど十四歳未満のために責任を問われない。ね、そうでしょ？

　いろんな職業の父親がいて便利だなって？　それはそうだよ。だって、ぼくらのF校って一流大学への進学率抜群だしね。父親だってそれなりに社会的地位のある人が多いよ。ぼくら、そのことを心底から誇りに思ってるんです。

　所轄署から捜査員たちが一斉に飛びだしていった。全員、血相が変わっていた。署のまえに待機していたパトカーや覆面パトカーに分乗する。次から次に発車した。

　井原も遅れて駆けだしていった。志穂の顔を見て大声でわめいた。

「ちくしょう、高瀬邦男だ。なにが第一発見者だ。子供たちはあの野郎のワゴン車の下に死体を突っ込んだんだそうだ。死体が自分でベンチに移動するはずがない。ふざけやがって。あの野郎がやったんだ。あいつが真犯人(ホンボシ)だ！」

わめきながらパトカーに飛び乗った。パトカーはすぐに発車した。

志穂ひとり、所轄署の玄関のまえに残された。

残りたくて残ったわけではない。だれも同乗しようと誘ってくれなかった。

それに――

どうしてか志穂はほかの捜査員たちのように一途に興奮できなかった。

たしかに、マリファナのことから中学生グループの存在があぶりだされ、室井君子の遺体が発見された状況の前後関係が、かなりはっきりとはわかってきた。

しかし、茂野幸枝、五木智子がどうして殺されたかがわからない。いや、室井君子にしたところで、中学生たちの供述からは、どうして死んだあとに頸部に絞められた痕が残されていたのか、その説明がつかない。なにより、死体とユカちゃん人形との関係が何ひとつ明らかにされていないのだ。

とても井原のように高瀬邦男を真犯人(ホンボシ)だと決めつけて興奮する気にはなれなかった。

それに、犯人がどこでどんなふうにして被害者たちを見つけたのか、そのこともわかっていないのだ。

最初のうちは、日比谷通り、芝公園付近で被害者を物色したのではないか、とそう考えられていたのだが、五木智子が六本木で姿を消したことから、その推理も修正を余儀なくされたようだ。

志穂は空を仰いで、

——三人の被害者に共通することは何なんだろう？

そのことをぼんやりと考えた。

はるか遠くの空、そこには東京タワーがオレンジ色にライトアップされ、するどくそびえていた。

その東京タワーの灯がフッと消えた。

それと同時に周囲がまったくの暗闇に閉ざされた。

——また停電だ。

志穂はうんざりした。

——せっかくの東京タワーがまた見えなくなってしまう。

そのときのことだ。

志穂はふいに三人の被害者に共通することが何であるかそれに気がついたのだ。

三人の遺体が発見された現場からは共通して東京タワーをあおぐことができたのだ！

ピアノのユカちゃん

1

八月十四日、金曜日——

今日も暑い。

空はきれいに晴れ、獰猛なまでに激しい陽光がぎらぎらと射している。

東京の街はそろそろお盆休みで車の数が少なくなり始めている。

帰省ラッシュの話題がニュースにとりあげられ、これも毎年の恒例のように台風が九州に近づきつつあると報じられている。

昨夜、「人形連続殺人事件」捜査本部の捜査員たちは、大森東の「タカセ弁当」を急襲したが、かんじんの高瀬邦男は店にはいなかった。

従業員たちもいない。

「タカセ弁当」もお盆休みなのだ。

高瀬邦男は独身で、どこにいるのか、だれも知らない。

昨夜はすでに遅く、裁判所に「捜索押収」の令状を求めることはできなかったが、違法を承知で、捜査員たちは「タカセ弁当」に踏み込んだ。

高瀬邦男がどこにいるのか、自宅に帰ってくるのか、それともどこか旅行にでも出たのか、その手がかりになりそうなものを求めたのだ。

残念ながら、その手がかりになるものは見つからなかったが、そのかわりに重要な証拠となるべきものを見つけた。

ユカちゃん人形だ。

高瀬邦男が寝室に使っている六畳間の押入れから、数体のま新しいユカちゃん人形が見つかったのである。

それを見つけて、捜査員たちはあらためて高瀬邦男が真犯人(ホンボシ)であると確信した。

数人の捜査員たちが「タカセ弁当」の張り込みに残った。

張り込みは一日四交代制でつづけられることになる。

高瀬邦男は自宅に戻ったとたん逮捕されることになる。

そのほかの捜査員たちも、高瀬邦男が向かいそうな場所を求めて、それぞれ聞き込み捜査に散った。

高瀬邦男の戸籍も調べられた。

本籍地は熊本になっている。両親は亡く、もともと兄弟はいない。お盆だからといって、熊本はすでに帰るべき故郷ではなくなっているようだ。

中学を卒業し、上京してからは大田区の町工場を転々としたらしいが、その二十年にわたる職歴をたどるのは不可能だろう。

本人がほとんど話そうとはしなかったし、大田区に町工場はあまりにも多い。

高瀬邦男は酒を飲むのが好きだったが、行きつけのスナック、飲み屋というようなものはなかったらしい。

要するに、高瀬邦男がいまどこにいるのか、それを突きとめる手がかりは皆無といえるのだが、捜査員たちはそんなことで意気消沈しなかった。

事実、

——事件解決は時間の問題だ。

今朝の捜査会議で、本部長はそう豪語してはばからず、捜査員たちの耳にもそれが心地よく響いたはずだった。

が、志穂ひとりはその興奮の外にいた。

午前十一時、志穂の姿は東京タワーの展望台にあった。

展望台の四方には硬貨を入れて覗く双眼鏡がずらりと並んでいる。

それを片っ端から覗き込んでいた。

芝公園、日比谷通りは東京タワーから東に位置している。ほとんど真下にあるといっていい位置だから、これが見えるのには不思議はない。

しかし、

展望台の表示によれば——

南東に、芝Gプール。

北西に、五木智子が通っていたテニス・クラブのコート、それに谷町インター近くにある駐車場——

　このふたつの現場が、途中、さえぎるものが何もなく、指呼の間に見ることができるというのは、やはりもう偶然という言葉では片づけられないだろう。

いうまでもないが東京の街は建物がぎっしりと密集している。

東京タワーのメインの展望台は一五〇メートルの高さがあるが、双眼鏡から見ても、地上の建物は重なりあい、たがいに死角となって、完璧に見通せるものは意外に少ない。

　そんななかにあって、三人の被害者が発見された現場だけは、双眼鏡のレンズのなかに手にとるように見えるのだ。

芝公園では歩いている人の姿、

芝Gプールでは泳いでいる人の姿、

テニス・コートのプレイヤー、

谷町の駐車場ではとまっている車の種類まで――

くっきりと見てとれるのだ。

――間違いない、これだ。

展望台をめぐり、次から次に双眼鏡を覗き込みながら、志穂のなかでその確信が固まりつつあった。

高瀬邦男は芝公園で弁当を売ったのち、よく付近をぶらついて時間をつぶしたという。

東京タワーにのぼり、展望台から双眼鏡を覗くこともあったのではないか。

地上では若く美しい女たちがいきいきと動きまわっている。

覗いているという後ろめたさなしにその姿を存分に楽しむことができるのだ。

楽しんでいるうちに、しだいに高瀬邦男のなかで何かが変わっていった。なにかが育っていった。

なにかが――怪物が。

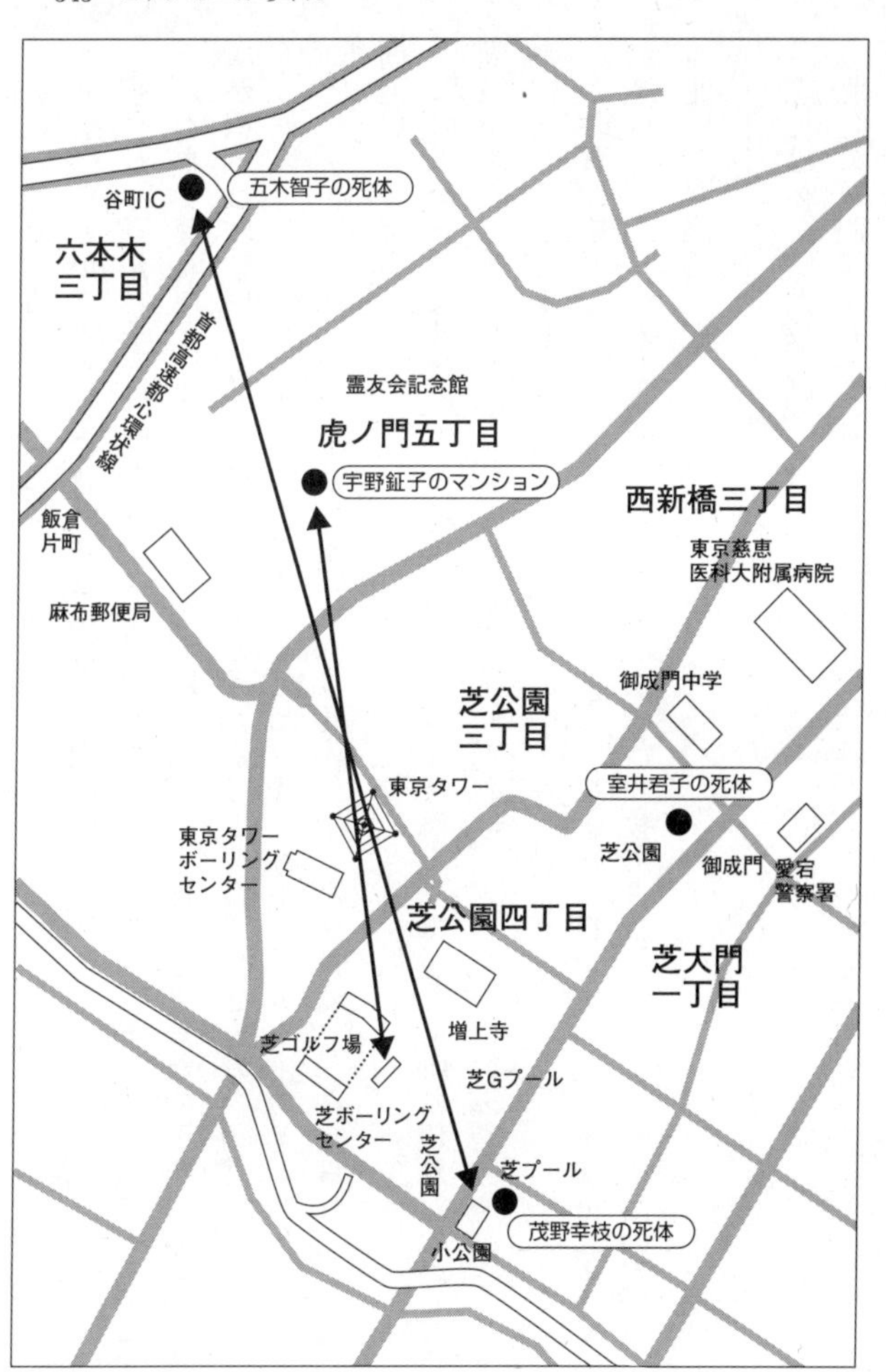
五木智子の死体
谷町IC
六本木
三丁目
首都高速都心環状線
霊友会記念館
虎ノ門五丁目
宇野鉦子のマンション
西新橋三丁目
飯倉
片町
東京慈恵
医科大附属病院
麻布郵便局
御成門中学
芝公園
三丁目
東京タワー
室井君子の死体
東京タワー
ボーリング
センター
芝公園
御成門
愛宕
警察署
芝公園四丁目
芝大門
一丁目
増上寺
芝ゴルフ場
芝Gプール
芝ボーリング
センター
芝
公
園
芝プール
茂野幸枝の死体
小公園

日比谷通りでもなければ芝公園でもない。

東京タワーが三人の被害者の共通項であったのだ。

もっとも室井君子だけはもうひとつはっきりしない。フライトが終わってから、よく六本木で遊んだというから、そのときに高瀬邦男の目にとまったのか？　いや、なにか釈然としない。彼女に関しては何かそんなことではないような気がする。

しかし、いつも芝Ｇプールで泳いでいたという茂野幸枝、六本木のテニス・クラブに通っていたという五木智子のふたりが、東京タワーの双眼鏡でとらえられたことは間違いないだろう。

このふたりの女性はいつもほとんど決まった時刻、決まった場所に現れる。それを双眼鏡でとらえ、しっかりと記憶に刻み込んでおけば、地上でこのふたりを捕まえるのは決してむずかしいことではない。

この事件を通じて、いつも視野の隅に東京タワーがそびえていた。あまりにも大きすぎるために、かえってそれを事件に結びつけて考えることができなかったのだ。

〝北〟の双眼鏡を覗き込んで、

「…………」

志穂は体がこわばるのを覚えた。

〝北〟の双眼鏡からは、赤坂御所、アークヒルズ、テレビ東京社屋と一望することができ、すぐ手前に「霊友会」の建物を見ることができる。

その中間、虎ノ門に、宇野鉦子のマンションが見えるのだ。

しかも宇野鉦子の部屋をほとんど正面から見ることができる。窓ごしに部屋を覗き込んで、宇野鉦子がピアノを弾いているその姿まで余さず見てとることができた。

宇野鉦子は薄いレースの部屋着のようなものを着ていた。

ピンクの部屋着だ。

ロココ調に統一された部屋のなかで、白いピアノを弾いているその姿は——ユカちゃん人形そのままではないか。

——宇野鉦子が危ない！

ふいにその思いが志穂の胸を締めつけた。前後に何の脈絡もない、唐突な、しかしほとんど確信めいた思いだった。

身をひるがえし、エレベーターに急いだ。

頭のなかにはピアノを弾いている鉦子の姿がはかない幻のように揺れていた。

ここにもうひとりのユカちゃんがいる。

もうひとりのユカちゃん？

いや、そうではない。

どうしてか志穂には、宇野鉦子こそ本物の、この地上にただひとりのユカちゃんであるように思われるのだった。

2

なぜか、ひどく気がせいた。

虎ノ門までタクシーで急いだ。

東京タワーから虎ノ門まではほんのすぐの距離だ。

そのせいか運転手は不機嫌だった。

ろくに返事もせずにラジオのニュースを聞いていた。

台風のニュースを報じていた。

最大風速四〇メートルの大型台風が接近しつつある。現在、九州に上陸し、急速に本土を北上しつつある。今夜にも関東地方が暴風雨圏内に入るだろう。せっかくのお盆休みだというのに嘆きの雨になりそうです、とアナウンサーが調子よくいっていた。

そう、せっかくのお盆休みだというのに、と志穂は頭のなかで暗鬱につぶやいていた。

――わたしは帰省するどころか、殺人者を追いつづけている。

虎ノ門のマンションに着いた。

八幡神社に近く、いつも静かな街なのだろうが、今日はお盆ということもあり、おそらくいつにも増して静かだ。

ほとんど人通りがなく、ときおりひっそりと車が走りすぎる以外、動くものの影はまったくない。

ただアスファルトに陽炎（かげろう）だけが揺らめいていた。

オートロックの宇野鉦子の部屋番号を押した。

応答する声はない。

しつこく押しつづけた。

押しても押しても応答がない。

押すたびに不安がつのっていった。

視野の隅を人影がかすめた。

「…………」

志穂はそちらにサッと向いた。

歩道にひとりの男が立っていた。

高瀬邦男だ。

志穂は高瀬邦男を見知っているが、高瀬邦男のほうは大勢の捜査員のなかに混じっていた志穂のことなど覚えていないだろう。

が、志穂の姿を見て、高瀬邦男は敏感に何かを察したようだ。
その顔色を変えた。
「待って！」
志穂がそう叫んだときには、身をひるがえし、必死に逃げだしていた。
ガードレールを飛び越えた。
ろくに左右も見ずに道路を走って横切ろうとした。
ほんの一瞬のことだ。
人間は一瞬のうちにたやすく死んでしまうものなのだ。
急ブレーキの悲鳴が聞こえ、ドン、と鈍い音が響いた。
高瀬邦男の体は宙に撥ねあげられた。
飛んで、頭から落ちて、二度、三度とバウンドし、そして動かなくなった。
頭から血が流れ、それがゆっくりと道路に拡がっていった。
車を運転していたのは若い女だ。
車から飛びだしてきて、わたしが悪いんじゃない、この人が飛びだしてきたんだ、
とヒステリックにわめき始めた。
「うるさい！」
と志穂は一喝し、

「それより一一九番して」

　女はびっくりしたように志穂の顔を見た。コクンとうなずいて、ハンドバッグを開けようとした。携帯電話を取り出そうとしているのだろうが、指が震えて、なかなかハンドバッグの留め金を外せないようだ。

　女なんかにかまってはいられない。

　高瀬邦男の横に駆け寄ったが、その体を動かしていいものかどうかためらった。

「しっかりして、いま救急車を呼ぶから」

　そう声をかけたが、その言葉の虚しさはだれよりもよく志穂自身が承知していた。死んでいく人間に救急車は無用だ。どんなものも無用だ。

　高瀬邦男は仰向けに倒れていた。

　目を開けてぼんやりと志穂を見た。

　唇が痙攣するように震えた。

　なにか必死に告げようとしていた。

　志穂は耳を高瀬邦男の顔に近づけた。

「火をつけたのは――」

　意外にはっきりした声で高瀬邦男はそうつぶやいた。

「あいつじゃない」

「え？」

志穂はあらためて高瀬邦男の顔を見た。それがどういう意味だか確かめようとした。確かめることはできなかった。高瀬邦男はもう死んでいた。

3

高瀬邦男が死んだ現場では大変な騒ぎになっているはずだ。「人形連続殺人事件」の捜査員たちが大挙して押しかけ、動物園のサルの群れのように口々にわめきたてているにちがいない。せっかく犯人を突きとめたと思ったら、その犯人があっさり死んでしまったのだ。おそらく井原などは悔しさのあまり、脳溢血寸前に興奮しているのにちがいない。

志穂は現場に残って事情を説明すべきだったろう。

が、駆けつけてきた交番の警官に、ザッと事情を話しただけで、すぐに現場を離れた。

志穂にはすべきことがある。

それが何であるのか、まだはっきりとはわからないが、自分にはすべきことがある、という思いだけは強迫観念めいて、激しく胸の底にうずまいていた。

こんなところで悠長に井原たちを待ってなどはいられない。

その強迫観念につき動かされるようにして現場を離れた。

志穂が向かったのは「芝公園連続放火事件」捜査本部の置かれている所轄署だ。

その留置場に連続放火事件の被疑者である烏森一光が留置されている。

高瀬邦男は死ぬまぎわに、これだけは言い残しておかなければならない、とでもいうように、火をつけたのはあいつではない、とつぶやいた。

あいつ、というのは烏森一光のことだろうか？

腑に落ちない。どうして高瀬邦男が烏森のことを知っているのだろう。ふたりがたがいに知りあいのはずはないのに。

火をつけたのが烏森でないとしたら、いったい誰なのか、それは烏森自身に聞くのがもっともいいようだ。

烏森はちょうど午後の取り調べを終え、留置場に戻されたところだという。

留置場係の警官はこころよく志穂を留置場に通してくれた。

「どうせ、あの爺さん、完全黙秘なんだからねえ――」

警官は留置場に通じる扉の鍵を開けながら歌うようにいった。

「だれが会ってもおんなじよ。なんにもしゃべりっこないよ」

留置場の烏森のまえに立った。

烏森はきちんと床に正座していた。目を閉じている。端正といってもいい姿だった。自分だけにしてくれないか、と係の警官に頼んだ。

警官が出ていくのを確かめてから鉄格子ごしに、烏森さん、と声をかけた。

烏森は目を開けた。

意外なことに、おお、あんたか、とそういって、機嫌よく笑ってみせた。

女性警察官たちは口をそろえて頑固爺いとののしっているようだが、そんな感じはなく、むしろ親しみやすい印象さえあった。

「烏森さん、お聞きしたいことがあるんですが——」

志穂は慎重に言葉を選んで話した。

「じつは、ある人が、火をつけたのはあなたではない、とそういいました。わたしは放火事件の担当ではないのでそのことがよくわかりません。これがどういう意味なんだか烏森さんにはおわかりになりますか」

「…………」

烏森は首をかしげるようにして志穂の話を聞いていた。すぐには返事をしようとはしなかった。やはり黙秘するのか、と志穂はそう思ったが、そうではなかった。

「女性警官というのはみんなあんなふうにがさつなものなのかね。人に飯を運ぶのにガシャンと乱暴に音をたてて置く。ろくに声もかけない。刑事も刑事だ。一方的に人

を犯人あつかいするばかりで、こちらの話を聞こうともしない。あれが日本人か。い
いつから日本人はあんなふうに礼儀知らずになってしまったんだろう」
　落ちついた声だった。が、どこか響きの端に、バランスを逸した、危ういものを感
じさせる声でもあった。非常に冷静に狂気をはらんでいる、そんな矛盾した印象だ。
「だが、あんたは違った。あんたは割り箸の袋をきちんと箸置きにたたんだ。わたし
のような容疑者に対しても丁寧だった。いや、感心しましたよ。よほどお母さんがき
ちんとしつけをなさったのだろう。あんたになら話をしてもいい。あんたならわたし
の話も通じるだろう」
　志穂には意外だった。
　あのときは気がせいていて、正直、放火犯どころではないという思いだった。
　そんなふうに烏森が感じてくれているとは思ってもいなかったことだ。
　ありがとうございます、と礼をいって、
「それではお聞きします。車に放火しつづけたのはあなたじゃないんですか」
「いや、わたしだ――」
　烏森はクスッと笑って、
「だれが何をいったのかは知らないが、火をつけたのはあいつじゃない、というのは
わたしのことではないだろう。失礼だが、あんたは何か勘違いをしているようだ」

「…………」

「ついでに、どうして車に放火しつづけたのか、そのことも話しておこう。どうせわたしは精神鑑定を受けることになるだろう。これからはまともに話を聞いてくれる人もいないだろうからね――」

「…………」

「一言でいえば外車が気にいらなかったということになる。いや、もちろん気にいらないのは、外車ではなく、それを乗りまわしている人間のほうなんだけどね。駐車場の整理員なんかやっていると、いかにあの連中が傲慢で恥知らずか、いやでもそれを思い知らされることになる。わたしはあの連中にはもううんざりしてしまったんだよ。どうしてあんなに自分がカネ持ちなのを威張りたがるんだろう？　どうしてあんなにエゴイスティックにふるまえるものなのか。あの連中を見ていると日本の戦後とは何だったのか、とそう疑問に思う。われわれはひたいに汗し、営々と働いて、結局はあいう品性下劣な人間を大量に生み出してしまったわけなのか。それがわれわれ日本人の築いてきた〝戦後〟なのか。そうだとしたらその〝戦後〟を生きてきたわたしの人生にどんな意味があるというのか。いや、そもそも意味なんかないのか」

「だから、外車に手当たりしだいに火をつけて回ったというわけですか」

「そう、だから火をつけて回ったわけだ――」

　烏森は笑い、

「なに、貧乏人のひがみと受け取ってもらってもいっこうにかまわないのさ。実際にそうなんだから」

　貧乏人のひがみなのか、それともこれもやはり狂気の一種なのか、それは志穂なんかが判断すべきことではない。

　烏森はゆっくりと顔をあげ、

「あんたは親切だし、礼儀もよくわきまえている。だから、あんたにだけはいいことを教えてあげよう。これを自分の手柄にして、お母さんを喜ばしてあげることだね」

「…………」

「先週の月曜日になるか。芝公園で女性の変死体が発見された。そのことはあとで新聞で読んで知ったし、わたしもあの時刻、ちょうど現場にいた。停電になる直前のことだ。わたしは公園に男が入っていくのを見ているんだよ」

「…………」

　べつだん驚くようなことでもない。

　あの夜、烏森は現場をうろついていて、ゴルフバッグを背負ったその姿は、ちゃんとビデオにも収録されているのだ。

　時間の前後関係からいって、おそらく烏森がすれちがった男というのは、高瀬邦男であるだろう。

高瀬邦男は公園に入って自分のワゴン車に向かった。

そのとき停電になった。

やがて明かりが戻って、そのときにベンチで裸の女が死んでいるのを見つけた、高瀬邦男はそう証言しているが、もちろんこれは真実であるはずがない。

中学生たちはワゴン車の下に室井君子の死体を突っ込んだとそう証言している。

高瀬邦男はどうしてかその死体をベンチにすわらせたのだ。どうしてかその頸部を絞めつけている……

疑問は多い。

ユカちゃん人形のこともある。

高瀬邦男の部屋からは幾つかユカちゃん人形が見つかったらしいが、だからといって、それが死んだ女のそばにユカちゃん人形を置かなければならなかった説明にはならない。

いずれにせよ――

室井君子は睡眠薬の急性中毒で死んでいるのだ。高瀬邦男が殺したわけではない。

それがどうして、二度、三度と女性を拉致し、あんなふうに無残に殺して、その横にユカちゃん人形を残していく衝動を引きおこしてしまったのか。

そう、どうしてか？　あまりにもわからないことが多すぎる。

高瀬邦男が死んでしまったいま、その謎は永遠に究明されないまま残されることになるのだろうか。

「何だ、この爺い、わかりきったことをいう、という顔をしているな——」

烏森は苦笑するようにいい、

「わたしはすれちがった男がひとりだとはいわなかったよ。わたしはふたりの男とすれちがったんだよ」

「え？」

一瞬、烏森がなにをいっているのかわからなかった。ふたりの男？　何のことだろう。

志穂はポカンとして相手の顔を見た。

「そうなんだよ。わたしはふたりの男とすれちがったんだ。ふたり連れだ。ひとりは酔っぱらっていたが、もうひとりはそんなに酔ってはいないようだった。ふたりがどんな話をしていたかまで覚えているよ。ひとりが、たいして酔っぱらっちゃいない、といって、もうひとりが、そうとも、そんなに酔っぱらってはいない、と答えた。停電になっても暗闇のなかから声が聞こえてきた。ひとりが、停電だ、すぐにともるさ、とそういい、もうひとりが、そうとも、こんなものはすぐにともるさ、とそう答えていた。まるで掛け合い漫才のようでおもしろかったな——」

「ふたり……高瀬邦男はひとりではなかった……」

志穂は呆然とつぶやいた。

なにかよって立つ地面が根底からぐらりと揺れ動いたように感じた。

あのとき高瀬邦男はひとりではなかった。もうひとり男がいた。そのもうひとりの男というのはいったい誰なのか？

「どうしてそんなことまで覚えているかというと、じつはその男たちとすれちがったとき、わたしはひやりとしたんだよ。それというのもゴルフバッグのなかにガソリンをこぼしていたものだからね。四リットル缶の蓋がゆるんでしまっていた。どこかで拭きとらなければ、と思いながら、なかなかその暇がなくてね。ついガソリンをバッグのなかにこぼしたまま、そこまで来てしまったんだよ。臭いはかなり強かったんじゃないかな。丹念に拭きとって、そのあと臭いを消すつもりで、アルコールで拭いたんだが。翌週には、そのアルコールの臭いを酒の臭いと間違えられたらしく、警官に職務質問される始末さ。酔っぱらいと勘違いされたらしい。それからさらにガソリンはこぼれていたから、誰にもはっきりとその臭いは嗅ぎとれたはずなんだよ。わたしがひやりとするのも当然じゃないか——」

「…………」

この人物は異常に神経質だ。

よほど大量のアルコールを使ったのにちがいない。

烏森は含み笑いをして、

「ひとりの男は自分が酔っぱらっていたから、まあ、ガソリンの臭いに気がつくことはないだろう。そう思ったけどね。もうひとりの小柄な男、こいつが問題だった。ほとんど酔っていないみたいだったから、臭いに気がつかないほうがおかしい。わたしはそのとき放火犯だと覚られるのをほとんど覚悟したよ。だけど、結局、ふたりともガソリンの臭いに気がつかずに、そのまま公園に入っていった。どうしてなんだろう、とわたしは不思議でならなかった」

「どうしてだったんですか？」

「鼻が悪いんじゃないかと思ったよ。それ以外には考えられないじゃないか。あの小柄な男は臭いを嗅ぐことができなかったのさ」

「………」

そのとき留置場係の警官が戻ってきた。

烏森はぴたりと口をつぐんで、床にすわりなおすと、ふたたび目を閉じた。

そのまま、もう牡蠣のようにおし黙って、二度と口を開こうとはしなかった。その不動の姿勢は、たんにかたくなというだけでなく、はっきりと狂気の翳が感じられるようだった。

やむをえず、

「さようなら――」

志穂は留置場をあとにした。

思いだしたことがあった。

その記憶に圧倒され、もう烏森のことなどどうでもよくなっていた。

志穂も「タカセ弁当」で小柄な男を見ているのだ。

古くなったレタスを冷蔵庫に入れようとしてパートのおばさんにどやされていた。

おばさんは、男というのはどうしてみんなこう食べ物の古くなった臭いがわからないのか、と嘆いていたが、あの小柄な男はそもそも嗅覚に難があったのではないか。

あの男は何という名前だったか。たしか、おばさんが一度だけ名前を呼んでいた。

志穂は懸命に記憶を振りしぼった。

たしか学生のことは佐久間くんと呼んでいた。もうひとりの男のことは……

思いだした。

――そうだ、いたさんだ。あの人はいたさんと呼ばれていた……

志穂はそれを単純に板前のいたさんなのだと思っていたのだが――

ふいに頭のなかを蹴りつけられたようなショックを覚えていた。

このとき志穂は思わず声をあげていたはずだ。

──いたさん、さいたさん、斉田さん！

そんなバカな。斉田豊次は自殺したはずではなかったか。自殺した？　そう、遺書は残されていた。しかし、遺体を確認した人間はいない。あの「楽命荘」のおかみさんもあとになって刑事から話を聞いただけだ。

東京と横浜、警察の管轄が違ったために、斉田豊次が昭和五十一年の放火事件の犯人だということさえ確認されなかった。指紋が照合されることさえなかったのだ。遺体は本籍不明のまま、だれからも確認されずに、埋葬許可書が発行され、荼毘にふされた。要するに、ビルの屋上から飛びおりた人間が斉田豊次だったということを証明しているのは、ただ一通の遺書だけなのだった。

もし、あの小柄な男が斉田豊次だったとして、それでは高瀬邦男との関係はどういうことになるのだろう？

これもすでに、あらかじめ明白な事実がすべて提示されていた。

あのとき、おばさんは高瀬邦男の経歴をあれこれ話してくれた。中学を卒業して、上京し、勤めた工場がおかしなことで潰れてしまった。もちろん、おかしなことというのは、工場が全焼してしまったことを指しているのだろう。その後、昭和島の給食センターなどに勤めて、ずいぶん苦労したらしい。

そして、たしか宇野鉦子は、工場が焼けてしまったあと、親戚が奔走し、残された従業員を大田区の給食センターの仕事に斡旋したとそういったのではなかったか。

高瀬邦男と斉田豊次は要するに宇野の町工場の同僚だったことになる。

なにも証拠はない。志穂のあいまいな記憶だけを根拠にした、ずさんといってもいい推理だった。

いたさんの名前を知ろうにも、いまはお盆休みで、「タカセ弁当」には従業員がいない。急場には間にあわないのだ。

しかし、もし、その推理が当たってるのだとしたら――

志穂は宙の一点に視線をすえた。

高瀬邦男のいった、火をつけたのはあいつじゃない、という言葉には、べつの意味が含まれていると考えるべきだろう。

あいつでなければ、誰がやったことなのか？

犯人だと思っていた高瀬邦男が事故死したことから、すっかり鉦子のことを忘れて安心しきっていたのだが……

考えてみれば、そもそも高瀬邦男はどうして鉦子のマンションになど現れたのか。

急に宇野鉦子がマンションに不在だったことが気にかかり始めた。

鉦子に電話をかけた。留守番電話がセットされているだけで、やはり不在だ。先日、鉦子からピアノを弾いていると聞いたクラブにも電話した。今日はお盆で休業だという。

焦燥感がつのった。

とりあえず鉦子のいそうな場所を探してみることにした。台風が来るという。歩きやすい靴に履き替えたほうがいい。そう思って、所轄署のロッカーからゴム底のスニーカーを取りだした。

「………」

志穂は眉をひそめた。

スニーカーの底に何かがこびりついていた。何か？　いや、これはオガ屑だ。キャデラックのタイヤに付着していたというオガ屑なのだ。どうしてオガ屑などがスニーカーの底にこびりついているのか。

このスニーカーを以前どこで履いたのか思いだそうとした。そう、たしか「タカセ弁当」を訪ねたときに履いていた。かなり歩くことになるだろうと思ってスニーカーを履いたのだ。だとすると……

「あっ」

と志穂は声をあげていた。

ふいに昭和島の「給食センター」が閃光のように頭にひらめいたのだ。

あのとき、どうしてか「給食センター」に茂っていた夏草が水に濡れていた。その水が歩道にまであふれていた。志穂はそのうえを踏んで歩いた。

これまで高瀬邦男が働いていたという「給食センター」と、あの「給食センター」とが頭のなかで結びつかなかったのは、後者が完全に廃墟だったからだ。

そのために自動的に意識の外に追い出していたらしい。

――「昭和島給食センター」……

空が暗くなり、風が強くなっていた。

どうやら関東地方はすでに暴風雨圏に入りつつあるようだった。

昭和島

1

給食センターだ。

すでに廃棄されて久しい。

それなのに電源が切られていない。明かりもともるし、牛が一頭まるまる入るほどの大型の冷蔵庫も使用可能だ。クーラーはない。この「給食センター」が設立された昭和五十一年には、すべての職場にいきわたるほどクーラーは普及していなかった。

クーラーさえあれば、あの女（何という名だったか、そうそう、茂野幸枝だ）もあんなふうに熱中症で衰弱することはなかった……

この給食センターが廃棄されて何年ぐらいになるのだろう？

最初に大田区に「給食センター」ができたのは昭和三十七年のことだったと聞いている。

当時、大田区の工場町は、戦後経済復興の追い風に乗って、大いに繁栄したらしい。当然、人手不足が深刻な問題になり、若い住み込みの労働者を確保するために、「給食センター」が創設されたのだ。最盛期には年間五百万食の注文があったというから、いかに大田区の工場町が繁栄していたか、わかろうというものだ。

しかし、それも工場町がおとろえるにつれ、しだいに注文が減っていき、いまは火が消えたようになってしまった。

この昭和島の「給食センター」にいたっては、昭和五十一年、工場群が大田区から移動したときに設立されたものの、当初から採算割れがつづいて、わずか三、四年で廃棄されてしまったらしい。

大田区の工場町は「時代」に翻弄されつづけたが、それをもっとも如実に反映しているのが「給食センター」といえるかもしれない。

——あいつもかわいそうな男だ。

ふと思った。

あいつ、あいつ——高瀬邦男のことだ。

宇野の町工場が焼けてから、高瀬邦男はこの「給食センター」で働いていたのだが、ふたたび失業してしまった。ただ、「給食センター」で惣菜をつくる技術を習得できたから、それを唯一の頼りにして飲食業を転々とし、ようやく弁当屋を開くことができた。

が、その「タカセ弁当」も経営が苦しく、いまにも潰れそうなのだという。

あいつの苦労した二十年もいまはほごになろうとしているのだ。

あいつも、そしておれも――

入り口のほうから音が聞こえてきた。

あの人が来たのではないか、と思い、ピクンと顔をあげた。

そうではなかった。

風にドアが揺れただけだ。

雨になるのだろうか。

風が強くなった。

昔、ずっと昔、おれがまだ子供だったころ、風の匂いを嗅いだことがある。ひんやりと湿って、それでいてどこか突き抜けたところがあるような、そんな匂いだった。

風の匂いはいまもおれの記憶のなかにある……

いや、そうではない。おれはほんとうは匂いというものがどんなものだか忘れてしまっている。おれがそんなものを覚えているはずがない。残っているのは匂いだことがあるという思い出だけだ。

二十年、匂いのない生活を送ってきた。二十年はあまりに長かった。なかったのは匂いだけではない。

夢から覚めたとき、人に呼ばれて振り返るとき、そんな何でもない拍子に、ふと匂いがよみがえったように感じることがある。一瞬、ほんの一瞬、なにか鮮烈なものが記憶の底をかすめるのを覚えるのだ。

おれは懸命にそれにすがろうとするのだが、匂いははかなく消えて、あとにはただ虚しい思いが残されるだけだ。

おれは自分が二度死んだと思っている。

一度は横浜の黄金町だ。

いまではもうあの男の名前も覚えていない。もしかしたら名前を聞いていないのか。そんな気もする。汚い宿の隣りのベッドで寝ていた男だ。顔色が悪く、痩せていた。ほとんど無一文のくせに、焼酎だけは欠かしたことのない男で、いつも毒をあおるようにして飲んでいた。

おれとは妙に気があって、気があったといっても、たがいに何を話すでもなく、ただ一緒にいるだけで、いまから思えば、それもどうして一緒にいたのかわからない。

死にたいが死ねない、というのが口癖で、どうしてなのか聞いてやるのが親切だったかもしれないが、おれは面倒で、いつもそのまま聞き流していたのだが、聞き流しているうちに、おれの名前で遺書を残してビルから飛び降りた。

死にたいが死ねない、というのは、死ねば身内の誰かに連絡がいく、それがいやで死ねないのだ、という意味だったのか、とようやく気がついたが、それにしても何も人の名前で死ぬことはない。

最初はむかっ腹をたてたが、考えてみればおれはもともと生きながら死んでいるようなもので、どちらでもいいことだ、と思いなおしてそのままにしておいた。

これまで確かめたことはないが、だから、おれ、斉田豊次という男は戸籍上は死んだことになっているのではないか。

そのまえにもおれは死んでいる。

宇野のおやじさんはいい人だった。短気だが、腹には何もない人で、晩酌のビールがあればそれが極楽で、娘を抱きあげ髭づらをこすりつけて喜んでいるような人だった。

奥さんは後妻さんで、若くて色っぽいなどという人もいたが、おれはなんとなく不潔な気がして好きになれなかった。

高瀬邦男はおれとおない歳で、どうも奥さんと何かあったようで、ときおり自慢げにそれをほのめかしたりもしたが、おれは羨ましいとも何とも思わなかった。

あんな女よりも、おれは鉦子ちゃんと遊んでいるほうが何倍も楽しく、いま思いだしても鉦子ちゃんはほんとうにお人形さんのように可愛かった。

お人形さんのように？　いや、鉦子ちゃんはユカちゃん人形が大好きだったが、おれにいわせれば、鉦子ちゃんのほうがユカちゃん人形より何倍も可愛らしい。おれは本気でそう思っていた。

ユカちゃん人形を受注できたときには、おやじさんはほんとうに嬉しそうだった。鉦子ちゃんを抱きあげて、おまえをユカちゃんみたいに育ててやる、いや、ユカちゃんよりも何倍も幸せにしてやろう、とそう笑っていた。

それがあんなふうな無残な結果に終わって、おやじさんが酒を飲んで荒れる気持ちになったのも無理はない。飲んでは朝帰りする日々がつづいた。そんなときに奥さんの浮気がばれて、苦しまぎれにだろうが、奥さんは浮気の相手におれの名前をだし、おやじさんはおれを殴りつけて、ますます荒れに荒れた。

奥さんとしては、高瀬邦男をかばいたい一念からのことで、いまさら恨む気持ちにもなれないが、かわいそうなのは鉦子ちゃんだった。それまで優しかったおやじさんが、あんなふうに変わってしまって、どんなに小さな胸を痛めたことか。

ある日、ユカちゃんにお父さんがいないのはどうしてなの、と聞いてきたのだが、あれはもちろんユカちゃんのことをいってるのではなく、自分のことをいっていたのだ。

おれはバカで、そのことに気がつかず、ユカちゃんのパパは仕事が忙しくてなかなかおうちに帰れないのだよ、とそう教えた。あのころの日本の父親は、仕事が忙しくておうちに帰れないのが当たりまえで、誰もそのことを不思議には思わず、おれも子供にそう教えるのを当然のことのように考えていた。

それじゃお父さんは絶対におうちに帰ってこないの？

そんなことはないさ。地震とか火事とかそんなことがあれば心配して急いで帰ってくるさ。

おれはバカだった。鉦子ちゃんは工場に火をつけたが、それもおれがつけさせたようなもので、おれは自分が鉦子ちゃんの身代わりになって警察に捕まったなどとは考えていない。死んだおやじさんや奥さんのことを考えれば、おれは警察に捕まって当然のことをやったのだし、それで誰かを恨むなどとんでもない話だ。ただ、これでもう鉦子ちゃんには会えなくなるのかと思うと、それだけはつらかったが、鉦子ちゃんは別れるときに大事にしていたユカちゃん人形をくれて、おれにはそれがなによりの宝物になった。

2

おれはあの火事で嗅覚を失った。嗅覚障害とかいうのだそうだ。工場には失敗作に終わったユカちゃん人形の在庫がごまんと積みあげられていた。なんでもソフトビニールが燃えるときに噴きあげられたガスが、おれの嗅上皮とかを傷つけて、それで嗅覚を失ってしまったらしい。

高瀬はすぐに逃げだしたが、おれは鉦子ちゃんのことが心配で、つい逃げるのが遅れてしまったのだ。

こんなことをいうと変態あつかいされそうで、これまで誰にもいったことはないが、鉦子ちゃんを抱きあげて嗅いだあの幼い匂い、というか匂いのなさがおれは大好きで、ユカちゃん人形にもおなじ匂いを感じたものだ。

おれは嗅覚を失い、それと同時に鉦子ちゃんの匂いの記憶も失ってしまった。おれが自分は二度死んだというのは、つまりはそういうことで、かけがえのない記憶を失った人間は死んだも同じということなのだ。

あれから高瀬邦男もずいぶん苦労したらしい。

あれは二年まえのことになるか、街でばったり出くわして、おれがとても三十代には見えないほど老け込んでいることに、ひどいショックを受けたようだ。

高瀬邦男は、奥さんが浮気相手におれの名前を出したことに、ずっと罪悪感を覚えていたらしく、もう済んだことだから何とも思っていない、とおれがいくらいっても、あのとき本当のことをおやじさんにいうべきだった、自分は臆病でどうしてもそれがいいだせなかった、と何度もおれに謝った。

どうやら高瀬邦男は、おれが浮気の濡れ衣に腹をたてて、工場に放火したとそう考えているらしく、自分のためにおれが一生を棒に振った、とそう思い込んでいた。

高瀬邦男は罪滅ぼしのつもりか、そんなおれを拾ってくれて、おれはおかげでなんとか雨露だけはしのげるようになった。

芝公園で、鉦子ちゃんと再会したときにはほんとうに嬉しかった。おれはいつも運が悪かったが、その不運もあの幸運な偶然ですべて帳消しになったのではないか。鉦子ちゃんは見違えるほどきれいになっていたが、よく見れば、やっぱり昔のままの（ユカちゃん人形のような）鉦子ちゃんだった。

おれは家にいるときも、仕事で弁当を売っているときにも、鉦子ちゃんからもらったユカちゃん人形を手離したことがなく、そして人はそんなおれをさんざん笑いものにしたが、そのことがこのときに役にたった。

おれは鉦子ちゃんにユカちゃん人形を返すことができたのだ。

鉦子ちゃんはおれのことを思いだせないような顔をしていた。だが、おれのことを忘れているはずがなく、一緒にいた男の手前、わからないふりをしたのだと思う。つきあっている男に、自分は子供のころに父親の工場に火をつけたことがある、などと知られるのがいやなのは当たりまえで、それでおれのことをわからないふりをしたのだろう。その証拠に鉦子ちゃんはユカちゃん人形を黙って受け取ってくれたではないか。どこに住んでいるのか、とおれが聞いたのにも、東京タワーの近くに住んでいる、とちゃんとそう答えてくれたではないか。

斉田は自分でも気がつかずにブツブツと声にだしてつぶやいていたようだ。

ふいに厨房の暗がりのなかに女の声が聞こえてきたのだ。

「そう、それにわたしはこうしてちゃんとやって来たしね――」

「………」

斉田は顔をあげた。

ジッと闇を凝視した。

その顔が泣き笑いのように歪んだ。

「ユカちゃん!」

3

風が強くなっている。

真っ黒い雲が夜空に奔騰し、ひだをなしてかすめていった。

いまにも雨が降りだすだろう。降れば、おそらく豪雨になるにちがいない。

「昭和島は夜にはだれもいないよ——」

タクシーの運転手は志穂を昭和島でおろすのをためらったようだ。

「それにこの嵐だ。どんな事情か知らないがよしたほうがいいんじゃないか」

志穂は運転手の言葉をさえぎって、

「お願い、大事なことなの、ここに連絡して」

タクシーから転げるようにおりた。

そして昭和島の入り口に向かう。

こんな天候だ。

今夜は昭和島には警備の人間さえいないのにちがいない。

東京の中心にありながら昭和島はまったくの無人島になるのだ。

その無人島に、ユカちゃんと、昭和、平成の時代の変転のなか、ひたすらユカちゃんを追い求めた男がいるはずだった。

「給食センター」はあいかわらず暗い。

その暗いなかにボソボソと斉田の声だけが聞こえてくる。

ワゴン車がコンクリートのたたきのうえに停まっている。斉田はその運転席にすわり、窓をあけて、ひとり言のようにしゃべりつづけているのだ。

「おれはほとんど毎日、東京タワーに登って、鉦子ちゃんを探した。鉦子ちゃんがおれに嘘をいうわけがない。東京タワーの近くに住んでいるというからには、東京タワーに登れば見つかるはずだ。おれはそう信じきっていたよ。どうせ、毎日、高瀬と一緒に芝公園に弁当を売りに行くのだから、そんなことは何でもないことだったよ。どうしてそんなにしょっちゅう東京タワーに登るのか、と高瀬があきれていたよ。おれは、鉦子ちゃん、いつかきみが見つかるものとそう信じていた……

そうとも、おれは信じていた。が、なかなか鉦子ちゃんが見つからないので、おれはさすがにいらだってきた。そんなときだ。高瀬につきあって酒を飲んで（とはいってもおれはほとんど酒は飲めないのだが）、芝公園に戻って、ワゴン車の下に女の死体が突っ込んであるのを見つけたのは。それまで停電で何も見えなかったのが、どこかで火が燃えて、その明かりのなかで初めて見えたために、なおさらびっくりした。高瀬は警察を呼んでくるから、ここにいろ、とそういって、公園の外に急いで駆けだしていった。そのとき明かりがともった。そして、女の死体のすぐそばに、鉦子ちゃん、おれはあれを見つけたんだよ。おれがきみに返したユカちゃん人形を。

それでわかったんだ。きみはなにかの理由でおれに連絡をつけようとしてつけられずにいる。それであんなふうにして合図を送っているんだ。だってそうじゃないか。あの女の人はユカちゃん人形みたいにツルツルしてた。光ってた。あんな女の人がいるもんじゃない。これはユカちゃん人形のつもりなんだな、とおれにはピンときたよ。それで合図は受け取ったというつもりで、あの女の人をユカちゃんみたいにしてベンチにすわらせて、ユカちゃん人形をその後ろに置いたんだ。おかしいよね。もしかしたら、おやじさんの作ったユカちゃん人形みたいに、この女の人も首が取れるんじゃないかと思って、おれはあの人の首をひねったんだぜ。高瀬には気の毒なことをした。あんなふうに現場が変わっているんで、警察を連れてきたときには、さぞかし驚いたことだろう。

（くわしいことは話さなかった。だけど、人形をくれた女の人に再会したので、ようやく人形を返すことができたとだけ高瀬に話した。そしたらその人形が公園に落ちていた、と。おれは女からのなにかの合図だろうか、といったのだが、高瀬は哀れな男で、あんな汚い人形だから捨ててしまったんだろう、とそういいやがった。そのことでおれはあいつを責めるつもりはない。あいつは苦労を重ねてきて人間がひねくれちまったんだ）

そのあとも、ユカちゃん、きみを探して、連日、東京タワーにのぼった。するとあのあたりにはユカちゃん人形に似た女の人が意外に多いことに気がついた。こちらからも何とかきみに合図を送りたい。だから、きみがしたように、おれもユカちゃん人形できみに合図を送ることにした。最初はプールの女の人だった。ピチピチユカちゃんみたいだとそう思った。だから、あの人をさらってユカちゃん人形にした。この昭和島だったら夜はまったく無人だし、昼間だって「給食センター」に近づいてくる人はいないしね。でも、きみがやったみたいにはうまくいかなかった。どうしたらユカちゃん人形みたいにきれいな肌になるかわからなかったので、この「給食センター」でいちばん暑い場所にとじこめておいたんだ。汗を流すだけ流せばきれいになるかなとそう思ったんだ。そしたら熱中症で意識を失ってしまった。苦しそうに顔をゆがめていた。おれにはそれが我慢ならなかった。だって、ユカちゃん人形の顔が歪んでいたらおかしいものな。だから意識を失っているうちに首を絞めて殺した。

殺したけど、あの人をユカちゃん人形にすることを完全にあきらめたわけじゃなかったんだよ。おれには人殺しをつづける趣味なんかない。冷蔵庫に入れて、なんとかきれいに加工しようとしたんだけど、何度か停電が起こってしまった。おれは鼻が悪いんだよ。死体が腐ってもそれがわからない。ユカちゃんは腐らないものな。もし、どこかすこしでも腐っていたらもうそれはユカちゃんじゃない。だから不完全だとは思ったけど、あの女をユカちゃんにしたてて、芝公園の水遊び場につけた。水につけておいたのはすこしでも腐るのを防ごうと思ったんだ。プールのことは失敗だった。東京タワーから見ていたものだから、芝Gプールと区営の芝プールを間違えちゃったんだ。横にユカちゃん人形を置いたのは、これはきみへのサインなんだよ、と知らせたつもりなんだけど。わかってくれたろうか。

いや、わからなかったんだよね。あんな不完全なユカちゃんじゃわかるはずがない。だから、ユカちゃん、きみはサインの返事をしてくれなかった。それでもうひとり、悪いとは思ったけど、テニス・ウェアの女の子をさらったんだ。それでまた、この「給食センター」に連れてきたんだけど、またユカちゃん人形にするのに失敗してしまった。あんまり騒ぎたてるものだから、ちょっと首を絞めたら、すぐに死んでしまったんだ。どうしてあんなにあっけなく死んでしまうのかな？　信じられないよ。今度こそちゃんとしたユカちゃん人形にしたかったんだけど、冷蔵庫に入れておいたら、また停電になってしまった。短い時間だから大丈夫だとは思ったけど、万が一ということを考えると、やっぱりどこかが腐っているのが怖い。なんとかきちんとユカちゃん人形にしあげるだけの時間が欲しかったんだけどね。せいぜい体を洗うぐらいでどうもうまくいかない。あのテニス・ウェアの女の子は『新車のユカちゃん』にするつもりだったから駐車場からキャデラックを盗んできた。腐敗が進行するのが怖いからクーラーを入れておいたんだけどね。失敗だった。いや、失敗じゃなかった。だって、こうして、ユカちゃん、きみのほうから連絡してくれたんだものね……だけど女の子って変だよな。いつもはすごい用心深いのに、もう終わりだから、弁当を半額にしてあげるっていうとかんたんに信用してついてくるんだぜ。あれが安い弁当だから逆に信用したのかもしれない。宝石とか洋服とかを持ちだしたらかえって信用されなかったかもしれないよ。まあ、あの子たちは、しょっちゅう芝公園のあたりをうろついていたみたいだから、おれが弁当屋のおやじだってことを知っていたのかもしれないけどな……」

「わたしのほうから連絡したくて連絡したわけじゃないわ。あの高瀬という男がわたしに電話してきたのよ。工場に火をつけたのはほんとうはあんただというじゃないか。

かわいそうに、斉田はあんたの罪をかぶって一生を棒に振ったのに、まだあんたのことを思っている。斉田に連絡しろ。『給食センター』に行け。そうでないとあんたが父親や義理の母親を焼死させたことを知りあいにみんなぶちまけるぞ——」

「高瀬が……」

「あんた、そのことを高瀬にしゃべったのね。卑怯だわ。どうせ罪をかぶるんだったら、ずっとかぶりつづければいいのよ。第一、ほんとうにそんなことがあったのかどうか、わたしはぜんぜん覚えてもいないのよ。どうして覚えてもいないことで恩にきせられなければならないの？」

「よく覚えてないけど、ひょっとすると高瀬にしゃべったことがあるかもしれない。だけど高瀬に悪気はなかったんだよ。あいつは自分のせいでおれの人生がぶち壊しになったと信じていた。そのことに罪悪感を覚えていたんだ。だから——」

「工場が焼けたあと、わたしの伯母が高瀬の仕事を斡旋したのよ。高瀬がその気になれば、わたしの居所なんか突きとめるのはかんたんなのよ」

「高瀬もバカな男だ。そんなことをする必要はなかったんだ……」

斉田がうっとりと微笑んでいった。

「おれはあんたがどこにいるかとっくに知っていたんだ。だって東京タワーからあんたの部屋が見えるんだからな。おれはただ、あんたがいつか連絡してきてくれる、とそれを待っていれば、それで十分に幸せだったんだよ」

「あなた、自分が何をしたのかわかってるの？　わたしは工場が全焼して両親が死んだ娘なのよ。なんとしてもこの境遇から這いあがろうと必死だったのよ。あなたは狂っていて、わたしのことをユカちゃんと呼ぶ。そうよ、わたしはユカちゃんだわ。ユカちゃんみたいになろうと必死だったわ。人にいえないようなこともずいぶんしてきた。でも、ようやく可愛い部屋に住んで、ピアノも買って、ユカちゃんのボーイフレンドのような恋人もできた。あの人とうまく結婚できれば、ユカちゃんハウスのようなおうちに住んで、ユカちゃんのような子供を持って、夢のように幸せに暮らせるんだ。それをあなたはぶち壊そうとしている」

「それでいいんだよ。それでいい。みんなユカちゃんみたいになろうとして必死に生きてきたんだもんな。みんな、そうだ。あんなふうになりたかったんだ。必死に歯を食いしばって生きてきた。昭和ってそんな時代じゃなかったのか？　男も女もそんなふうにして生きてきたんじゃないのか。だけど、みんなうまくいかなかった。おれも失敗した。そもそも最初から失敗だったんだ。〝時代〟には独特の匂いというやつがあるんじゃないか。だけど、おれはこんなふうで、その匂いを嗅ぐことができなかった。きみは違う。きみなら成功する。だって、鉦子ちゃん、きみは本物のユカちゃんなんだものな――」

「………」

女の影が動いた。

その手に、キラリ、と光がひらめいた。

そのとき志穂が物陰から飛びだした。

「刃物を捨てなさい！」

叫んだ。

鉦子はナイフを持ったまま立ちすくんだ。

「刃物を捨てなさい――」

と志穂がくりかえした。

「そんなことをしても何にもならないわ。あなたは工場に火なんかつけなかった。そう思えばいい。もう二十年もまえのことで誰もいまさらそんなことはほじくり返さないわ。あなたの幸せをぶち壊そうとは誰も思わない。あなたは子供だった。あなたは八歳だったのよ」

「………」

鉦子はずいぶんためらっているようだ。ワゴン車のなかの斉田と、志穂の姿とを交互に見つめ、唇を噛んでいた。

やがてナイフを捨てた。

「………」

志穂はワゴン車に走った。

それまで開いていた窓がいつのまにか閉まっていた。

斉田はハンドルに顔を伏せるようにしていた。ピクリとも動こうとしなかった。

志穂の顔色が変わった。

助手席の窓にゴムホースが入っているのだ。ゴムホースは排気管に接続され、窓の隙間はガムテープでぴったり閉ざされている。エンジン音が聞こえていた。弁当を運搬するワゴン車は運転席と荷台とのあいだに隔壁が設けられている。排気ガスはすぐに充満するだろう。

「開けなさい、ここを開けなさい！」

志穂は叫んで、必死にドアを引いた。

しかし、ドアはロックされていて、ビクとも動かない。窓を拳で連打したが、素手でガラスを割れるはずもない。外部からエンジンを切る方法も見つからない。

志穂はガラスに顔を寄せて、

「斉田さん、斉田さん！」

叫んだ。

斉田がゆっくりと顔をあげた。

唇を動かした。

なにもにおいがしない。

そうつぶやいたように見えた。

そして、また斉田はがくりとハンドルに顔を落とし、今度こそ二度と動こうとはしなかった。

お断り

「囮捜査官　北見志穂4芝公園連続放火」をお送りします。読者の皆様に楽しんでいただければいいな、と心の底から願っています。

これまでのシリーズ三作品と異なり、この「芝公園連続放火」では、昭和という時代の匂いが、重要なテーマになっています。年号が、昭和から平成に変わり、その平成から昭和という時代を見返る、検討する、という試みに挑んだつもりでした。この作品は、いわば「囮捜査官　北見志穂　シーズン2」への橋渡しになるもので、しかも平成から昭和を見返す、という試みに挑んだものでもあるのですから、これまでのように単に「平成はなかった」として口を拭い、知らん顔をしているわけにはいきません。

私としては、007のジェームズ・ボンドがそうであるように、時代がどう変遷しようが、テクノロジーがどう進化しようが、まるで歳をとらずに、その時代背景にちゃっかり沿って活躍する主人公であるのが好ましいわけなのですが――「芝公園連続放火」において昭和から平成に変わったことがここまで明確に記されている以上――シーズン2にかけて、それなりの整合性が要求されるのではないか、という編集部からの要請に応じないわけにはいきませんでした。

その解決法として、「芝公園連続放火」で記されたように、たしかに昭和から平成に変わりはしたが、大地震、大規模テロなどの凶事があいついで起こったために、平成はわずか数年で、令和に改元された、という設定を採用することにしました。いわば「裏設定」ということと、ご理解いただければ幸いです。

まことに勝手なお願いで、汗顔のいたり、としか言いようがないのですが、どうかそのようにシーズン2をお読みいただき、楽しんでいただければありがたい、と切にお願いする次第です。

山田正紀

解説

太田 愛

まず流れるような速度が圧巻である。

中心となる事件は二つ。ひとつは高級外車ばかりを狙った連続放火事件、もうひとつは、死体のそばに、常にそれと同じ恰好をした〈ユカちゃん人形〉が置かれているという猟奇的な連続殺人事件だ。警察小説らしく、事件の進行と捜査の積み重ねが丁寧に描かれるが、事態は次々と局面を変え、物語の速度にいささかの緩みもない。多重に仕掛けられたギミック、周到なミスリーディング、伏線回収のうまさ、真相の意外性、と最初から最後までエンターテインメントを読む愉しみを存分に味わわせてくれる。

しかし、それだけでは本作の魅力の半分を語ったことにしかならない。なぜなら、この小説の真髄はその先にあるからだ。読み終えたとき、読者の前には作者が描き出した〈時代〉が明晰な構図で浮かび上がる。それは「戦後の昭和」だ。

作者のモチーフは、三つの短い出来事からなる〈プロローグ〉にすでに示されている。

1976年（昭和51年）8月、大田区大森の町工場で起きた放火事件。

1989年（昭和64年）1月、横浜市黄金町で起きた男性の飛び降り自殺。

現在（1996年＝平成8年）、港区芝公園で起きたある男女の邂逅。

ご承知のとおり、第二の事件が起こる1989年は昭和天皇崩御の年だ。そのため昭和64年は1月7日までしかなく、8日からは平成元年になる。作者はあえて事件を「昭和64年1月」と設定することで、「昭和の終焉」がこの物語にとって大きな意味を持つことを読者に予告している。

だが、なんといっても素晴らしいのが、一連の出来事の起点となる放火事件の設定だ。

事件が起こるのは東京都大田区大森の町工場。この地が日本有数の町工場の街となったのは1960年代で、敗戦の焼け野原から日本が復興し、急速に工業化した高度成長期である。大手メーカーが自動車、機械、生活家電などの大量生産に乗り出し、その部品作りの担い手として全国にたくさんの町工場が作られた。「高度成長」の定義どおり、当時の実質経済成長率は10・7％と驚異的だが、それを支え、日本の産業の土台となっていたのがこれら中小、零細の町工場であった。

その意味で、大田区大森はまさに戦後昭和の復興期を象徴する場所のひとつにちがいない。しかし、そうであれば、物語の起点となる事件は高度成長期に起こってもよさそうに思える。１９６４年の東京五輪、１９７０年の大阪万国博覧会、１９７２年の札幌五輪、すべてこの「もっとも華やかで力溢れていた」時代の出来事だ。けれども、作者は事件をここに置かず、高度成長期後の１９７６年を選んだ。

では、それはどんな時代だったのか。

１９７３年の石油危機によって高度成長期は終わりを迎え、１９９１年のバブル崩壊までの約二十年間、日本はいわゆる安定成長期に入る。この「安定成長」期という耳ざわりのよい命名が時代の一面しか捉えていないことは、現在では周知の事実である。なぜなら、経済成長率こそたしかに平均４・２％と緩やかな右肩上がりではあるものの、その「成長」を無理にも生み出そうとした結果、さまざまな社会的な歪みが水面下で悪化していったのがこの時代だったからだ。

たとえば、大企業を頂点とするピラミッド型系列や、下請・孫請など階層化され分業が固定化し、収奪構造が強化されていった。その一方で「モーレツ（猛烈）社員」「会社人間」的な働き方が蔓延し、長時間労働と過労死の種も蒔かれた。パート主婦を中心とする非正規労働者が増加し、労働者派遣法も成立して、のちに貧困と格差の温床となる非正規枠拡大への道筋もこの時期にできあがる。また、男性中心の勤務体系が強固になっていくのに並行して、核家族化・家庭内での男女の役割の固定化が進み、ジェンダー格差も広がっていった。加熱する受験と教育の空洞化、公害などが社会問題化したのもこの頃である。

〈プロローグ〉で放火事件が起こる大田区の町工場も、例にもれず零細企業で、日本の産業構造のヒエラルキーにおいてもっとも弱い立場に置かれていた。「親企業の過酷な条件」のもとで常に合理化を迫られ、しかも、公害対策の法整備が進むなか、「町中で自由な操業ができな」くなり、経営は厳しくなる一方だった。そんな折、死中に活を求めるような気持ちで受注したのが、〈ユカちゃん人形〉の下請け仕事だった。ところが、その生産にあたって致命的な失敗をしてしまい、それが躓(つまず)きの始まりとなって遂には放火事件に至る。

〈ユカちゃん人形〉の受注が、町工場転落の契機になるという卓抜な着想に、作者の「戦後の昭和」に対する深い洞察が凝縮されている。

〈ユカちゃん人形〉は、有名なリカちゃん人形をモデルとしたものだが、この玩具が発売されたのは高度成長期まっただなかの1967年。当時の流行語に「一億総中流」がある。日本は世界に並ぶ国になったという「実感」が端的にあらわれた言葉で、1969年に行われた内閣府の「国民生活に関する世論調査」では、自分たちの暮らし向きが「中流」であると答えた人が89%に達している。〈ユカちゃん人形〉は女の子の玩具であると同時に、その「中流」の人々の「来たるべき未来」への憧れを具現化したものでもあった。

　しかし、「実感」がどうであれ、実態はどうだったのか。

　物語の中で、〈ユカちゃん人形〉製造メーカーの中年男性が当時を思い出して語る次の言葉が印象的だ。


――妙なことをいうみたいだが、ユカちゃんにあこがれていたんですよ。自分の娘にユカちゃんみたいな暮らしをさせてやりたいと本気でそう思っていた。だから働きに働いた。一生懸命に働けばそんな暮らしをさせることができる、と本気でそう信じていたんですよ。


「本気でそう信じていた」という男の言葉には、だがそれは幻だったという苦い認識がある。社会学者の橋本健二氏は、戦後の短い一時期、格差が縮まった時期があったことを認めたうえで、「日本は『総中流』だとする言説が広まったころには、すでに格差拡大は始まっていた」と指摘し、その曲がり角を１９７０年代だとしている。

　であれば、放火事件は次のように読み替えることができる。すなわち、高度成長期の「総中流」という幻想にとらわれたまま覚醒(かくせい)できなかった者（＝当該の町工場）が、再び「あの成長」を手に入れようとしたことで破綻する事件、と。そして、この事件が遠い火種となって、二十年後にもう一度、〈ユカちゃん人形〉とともに連続殺人事件が起こる。物語の本線が動き始めるのだ。

本作が上梓されたのは1996年。昭和はすでに終わり、バブルは弾け、平成8年となっていた。「総中流」という戦後昭和の見た幻は、格差が広がっていく社会の実態と乖離しつづけ、根深い病巣となって人々を蝕み、いま起こる「事件」の淵源となっている。作者のまなざしは、そんなふうに時代を捉えていたにちがいない。前年には阪神・淡路大震災とオウム真理教による地下鉄サリン事件が起こり、社会全体が騒然としていた頃だ。そんなときにあって、冷徹に時代の核心を見抜いていた作者の慧眼と先見性に驚嘆させられる。

そして、その作者の時代認識は、現代において、より多くの読者の共感を呼ぶのではないか。コロナ禍に二度目の五輪を終え、2022年を迎えた今、本作を読み返して強くそう思う。なぜなら、戦後昭和が見た幻は、長い平成をくぐり、令和を迎えてなお潰えておらず、むしろ息を吹き返しかねない勢いだからだ。〈失われた三十年〉を経て格差社会があらわとなった今、さすがに中流幻想こそ色褪せているが、「あの成長」をもう一度という声はあちこちでかまびすしい。ぜひとも現代に読み直されるべき傑作である。

最後に、「囮捜査官」シリーズらしく日本のジェンダー格差にふれた一節を引きたい。

——昭和の高度経済成長の時代、日本の家庭はすべて母子家庭だったといえるかもしれない。平成元年を迎えるまで、ユカちゃんのパパ（フランス人の作曲家！）が登場しなかったのもそのためだろう。

こちらも昭和の歪みを看破しており、痛烈である。

二〇二二年四月

1996年8月トクマ・ノベルズ「女囮捜査官4 嗅姦」、1999年2月幻冬舎文庫「女囮捜査官4 嗅覚」、2009年6月朝日文庫「おとり捜査官4 嗅覚」として刊行されました。本書は朝日文庫版を底本とし改題、加筆修正をいたしました。

なお、本作品はフィクションであり実在の個人・団体などとは一切関係がありません。

徳間文庫

山田正紀・超絶ミステリコレクション#5

囮捜査官(おとりそうさかん) 北見志穂(きたみしほ) 4

芝公園連続放火

2022年6月15日 初刷

著者 山田正紀(やまだまさき)

発行者 小宮英行

発行所 株式会社徳間書店

東京都品川区上大崎三-一-一 〒141-8202
目黒セントラルスクエア

電話 編集〇三(五四〇三)四三四九
販売〇四九(二九三)五五二一

振替 〇〇一四〇-〇-四四三九二

印刷 製本 大日本印刷株式会社

ISBN978-4-19-894753-8 (乱丁、落丁本はお取りかえいたします)